NICOLA FÖRG

Gottesfurcht

Buch

Kaum tritt Gerhard Weinzirl seinen Dienst im Oberbayerischen an, da wird er schon mit einer Leiche im winterlichen Eibenwald westlich von Weilheim konfrontiert. Als zwei weitere Tote auftauchen – der eine am Döttenbichl in Oberammergau, der andere in Peißenberg –, meint der kluge Kommissar, einen Zusammenhang herstellen zu können. Alle Opfer waren einst an der berühmten Schnitzschule von Oberammergau ausgebildet worden. Und alle drei trugen bei ihrem Tod geschnitzte Holztierchen bei sich. Ein Fingerzeig des Mörders? Und was hat es mit der esoterischen »Frau Kassandra« auf sich, die Weinzirl darauf hinweist, dass die drei Männer ausgerechnet in den mystischen Raunächsten sterben mussten? Offenbar wurde ihr Tod an besonderen kultischen Orten regelrecht inszeniert. Weinzirl beschließt, die Vergangenheit der Opfer genauer unter die Lupe zu nehmen. Die Spur zum Täter führt ihn ausgerechnet zurück ins Allgäu, seine alte Heimat. Und dann ist da auch noch seine alte Freundin Jo, die sein Seelenleben gewaltig durcheinanderwirbelt …

Autorin

Nicola Förg ist im Oberallgäu aufgewachsen, studierte in München Germanistik und Geographie und ist ganz im Westen Oberbayerns der alten Heimat wieder näher gerückt. Sie lebt mit fünf Pferden, zwei Kaninchen und einer wechselnden Zahl von Katzen in einem vierhundert Jahre alten, denkmalgeschützten Bauernhaus im Ammertal – dort, wo die Natur opulent ist und wo die Menschen ein ganz spezieller Schlag sind. Als Reise-, Berg-, Ski- und Pferdejournalistin ist ihr das Basis und Heimat, als Autorin Inspiration, denn hinter der Geranienpracht gibt es viele Gründe (zumindest literarisch) zu morden.

Von Nicola Förg im Goldmann Verlag außerdem lieferbar:

Schussfahrt. Ein Allgäu-Krimi (46913)
Funkensonntag. Ein Allgäu-Krimi (47018)
Kuhhandel. Ein Allgäu-Krimi (47015)

Nicola Förg

Gottesfurcht

Ein
Oberbayern-Krimi

GOLDMANN

Dieses Buch ist ein Roman.
Handlung, Personen und manche Orte sind frei erfunden.
Ähnlichkeiten mit lebenden oder toten Personen sind rein zufällig.

Verlagsgruppe Random House FSC-DEU-0100
Das FSC®-zertifizierte Papier *Holmen Book Cream* für dieses Buch
liefert Holmen Paper, Hallstavik, Schweden.

2. Auflage
Taschenbuchausgabe September 2010
Wilhelm Goldmann Verlag, München,
in der Verlagsgruppe Random House GmbH

Von der Autorin aktualisierte Ausgabe
des gleichnamigen Romans
Umschlaggestaltung: UNO Werbeagentur, München
Umschlagmotiv: com/visum
mb · Herstellung: Str.
Druck und Bindung: GGP Media GmbH, Pößneck
Printed in Germany
ISBN 978-3-442-47014-3

www.goldmann-verlag.de

Für Fenja

»Well I lost all I was,
and it's more than I've tried to be.«

Standing here with you.
(Megan's Song), Pavlov's Dog, 1976

Fuizbuam Dezember 1948

Als Karli den Kopf hob, fiel ein Lichtstrahl auf sein Gesicht. Das Licht kam von hoch oben, dort, wo fast an der Decke des Kellers ein kleines Fenster eingesetzt war. Die Nachmittagssonne spielte mit den Eisblumen auf der Scheibe, das Licht brach sich und sendete feine Strahlen auf den gestampften Lehmboden, wo die vier Buben hockten. Im Schneidersitz auf zusammengefalteten Rupfensäcken.

Karlis Freund Schorschi atmete tief durch und seufzte: »So was möchte ich können. Glasschleifer möcht ich werden und Blumen machen, so wie die. Der Onkel hat's erzählt, irgendwo weit weg, in irgend so einem Wald, da sitzen arme Leute, arm wie wir, und machen Glas. Glas wie im Märchen.«

Hansl, der Dritte im Bunde, wandte sich Schorschi zu. »Glasschleifer, du? Du warst noch niemals in Weilheim, wie willst du da in irgendeinen Wald kommen? Bleib lieber bei uns. Schnitzen wir halt was. Das kannst du doch so schön. Das ist ebenso gut wie Glas.«

»Ja, schnitzen wir was!«, rief Pauli.

»Und was wollen wir schnitzen?«

Kurze Zeit war es still, bis Karli leise sagte: »Tiere. Die Kathl sagt, Tiere können in diesen Nächten sprechen. Schnitzen wir sprechende Tiere.«

Hansl gab ihm einen Knuff. »Warst bei der Kathl. Da sollen die Kinder aber nicht hin. Die ist 'ne Hexe. Die kann die schwarze Kunst. Die war kürzlich bei der Mutter und wollte sich ein Beil leihen. Die Mutter hätt ihr nie eins gegeben, weil sonst Pech ins Haus kommt. Sie hat nicht mal lügen müssen. Wir haben eh keins.«

»Sie kann auch die weiße Kunst. Sie hat meiner Schwester Anna die Warzen weggebetet.« Karlis Augen glänzten, fast als hätte er Fieber. »Es ist mir egal, was die Erwachsenen sagen. Ich mag die Kathl.«

Schorschi sah vom einen zum anderen. »Jetzt streitet nicht. Ja, schnitzen wir Tiere.« Er warf jedem der drei anderen ein Prügel Holz hin, und ehrfürchtig verteilte er drei Schnitzmesser. »Die gehören dem Onkel Josef aus Oberammergau. Macht bloß nix kaputt.«

Die Köpfe senkten sich, bis nach einiger Zeit Pauli fragte: »Was schnitzt ihr eigentlich? Ich mach einen Ochs.«

»Ich mach ein Schaf«, sagte Schorschi.

»Und ich einen Esel!«, rief der Hansl.

Karli sah die Freunde an. »Das passt ja: Pauli der sture Ochs, Schorschi das ängstliche Schaf, Hansl der gewitzte Esel.«

»Ja und du? Was bist dann du?« Hansl stupste ihn mehrmals mit dem Holzstück in die Rippen.

Karlis funkelnde Augen waren noch wilder als sonst. »Ich, ich bin ein Drache, ein Adler, ein Ungeheuer.« Er fuchtelte mit seinem Messer.

»Depp!« Hansl war mit solchen Reden nicht zu beeindrucken. »Außerdem ist bald Weihnachten: Ochs, Esel, Schaf, das passt in die Krippe. Du musst was schnitzen, was in die Krippe passt.«

Die anderen nickten. »Ja, noch ein Schaf oder einen Hütehund, oder …?«

»Ein Kamel«, fiel Hansl ein. »Das von den Weisen im Morgenland. Das passt zu dir. Ein großes Tier aus der Wüste. Nix von hier. Du passt ja auch nicht zu uns. Wir Fuizbuam, der Berliner Hansdampf und du, der Großbauer!«

Karli schoss hoch und packte Hansl an seinen dünnen Handgelenken. »Was, ich pass nicht zu euch? Ich denk, wir sind Freunde.«

»Klar sind wir Freunde. Depp! Ich mein doch bloß. Ein Kamel ist schön und groß und anders und edel, ja edel.«

Karli starrte Hansl an, der wie immer ein wenig spöttisch schaute. Dann sah er in die angstgeweiteten Augen von Schorschi, suchte Pauls stets neugierigen Blick und lenkte schließlich ein. »Einverstanden, ein Kamel.«

Die Augen senkten sich wieder auf die Stücke, bis Schorschi einwarf. »Machen wir morgen weiter. Es ist fast dunkel und kalt, und die Eltern kommen bald aus Achberg zurück. Der Vater mag's nicht, wenn ich nichtsnutzige Dinge tu. Und schaut: Der Hansl hat schon ganz blaue Finger.«

Hansl zuckte mit den Schultern. »Ja, hab ich immer. Meine Handschuhe hat mein Bruder, der Hermann. Den friert schneller als wie mich.«

»Und deine Knie sind auch blau.«

Hansl legte seine kleinen knochigen Finger auf die Knie und rieb sie ein wenig. »Hast du etwa eine lange Hose für alle Tage?«

Schorschi schüttelte den Kopf. »Bloß der Karli hat eine, oder sogar zwei?«

»Ja und? Also was ist jetzt mit den Tieren? Schnitzen wir morgen weiter?«

»Natürlich!«, sagte Pauli, und plötzlich ging ein Leuchten durch seine Augen. »Wir gründen eine Bruderschaft, die Bruderschaft der unzertrennlichen Tiere.«

»Au ja, der sprechenden unzertrennlichen Tiere. Tiere reden in diesen Nächten!«, stimmte Karli zu.

»Das darf der Herr Pfarrer aber nicht wissen. So was glauben doch bloß Heiden«, flüsterte Schorschi gerade so, als würde ihn der Pfarrer sonst hören.

»Ach der!«, bellte Karli, nahm sein Messer und ritze sich in den Unterarm. »Blutsbrüder der redenden Tiere. Die Unzertrennlichen, Ochs, Esel, Schaf und Kamel. Oder seid ihr zu feig?«

Hansl hatte das Messer schon angesetzt, Paul auch, und Schorschi schaffte es schließlich auch.

Feierlich rieben sie die Arme aneinander und flüsterten die Worte: »Wir sind Ochs, Esel, Schaf und Kamel. Wir haben magische Fähigkeiten. Wir sind die Unzertrennlichen und unbesiegbar.«

1.

Gerhard lächelte. »Horch in di nei, Bua«, hatte seine Mutter gesagt. »Loos gscheid und dann dua eabbas räächts.« In sich reinhören, das klang ihm doch wirklich zu sehr nach Selbstfindungsseminar. Schön, dass wir darüber geredet haben? Aber er wusste, was sein Mutter ihm hatte vermitteln wollen: Folge deiner Intuition, du machst das schon richtig.

Er war gefahren, aber war das nun richtig? So sehr er auch horchte, sein Inneres blieb ihm eine Antwort schuldig. Er war unterwegs an diesem nasskalten Tag. Die Entscheidung war also gefallen. In seinem VW-Bus purzelten einige Rucksäcke durcheinander, sein Mountainbike und Tourenski. Mehr hatte er erst mal nicht dabei. Er hätte wirklich gerne etwas gefühlt: Trauer, Unwohlsein, Unruhe, aber da war nichts. Meine Seele ist ebenso grau wie der Himmel, dachte Gerhard, wahrscheinlich bin ich ein gefühlloser Klotz. Eigentlich hätte er ja erst am 2. Januar anfangen sollen, aber die Aussicht, Weihnachten allein zu verbringen, war wenig prickelnd. Er hätte mit Jo feiern können, aber nach dem Ärger der letzten Tage konnte er sich nicht überwinden anzurufen. So hatte er beschlossen, sich schon mal ein Bild von seiner neuen Arbeitsstelle zu machen.

Er fingerte nach einem Stück Papier, die Mail, auf der die neue Dienststelle die Anschrift seiner Wohnung verzeichnet hatte. Gerhard war froh, dass sie ihm etwas besorgt hatten.

Sein zukünftiger Kollege Peter Baier oder besser dessen Frau hatte das arrangiert.

»Meine Frau ist ein wandelndes Ehrenamt«, hatte Baier am Telefon gesagt. »Orgelverein, Nachhilfe für die Minderbemittelten, Bürger für Bürger, Rentner für Kinder, Bauern für Städter, Mediatoren für die Zwiderwurzen dieser Welt – was weiß ich alles. Meine Frau kann arbeiten wie eine Besessene, darf bloß nichts sein, wo man eventuell Geld damit verdienen würde. Eine Bekannte von ihr, ganz ähnlich, Weinzirl! Ganz ähnlich! Bei denen haben Sie die Wohnung. Skurrile Familie, aber sehr nett. Wird Ihnen gefallen.« Er ließ offen, ob er die Familie oder die Wohnung meinte.

Gerhard hatte sich über Baiers reduzierten Sprechstil mehrfach schon amüsiert. Der Mann schien Verben zu hassen, und wenn, dann beschränkte er sich auf »sein«, »haben« und andere Hilfsverben, wenn's irgendwie ging. Gerhard fand das beruhigend. Kein Schwätzer. Außerdem verstand er Baier: Wenn das Leben zur Routine wurde, dann brauchte man nicht mehr so viele Worte zu verwenden.

Auch deshalb wollte er etwas Neues erproben. Gegen die Routine, gegen die Sprachlosigkeit. Die Stelle war ausgeschrieben gewesen, eine A 13. Gerhard hatte sich eigentlich nur so nebenbei als Gag beworben, in der tiefen Überzeugung, dass ihm für den ersten Kriminalhauptkommissar der Hintern viel zu tief hing. Da würden sich ganz andere Kaliber bewerben. Und nun wollten sie ihn als Nachfolger für Peter Baier. Gerhard war nur abgeordnet für jene Monate, die Baier noch im Dienst sein würde. Er könnte zurück, zumal Evi momentan den Laden in Kempten nur kommissarisch leitete.

Der Deal war einer mit Netz und doppeltem Boden, er war

eine Schau-mer-mal-Konstellation. Aber Weilheim war im Prinzip genau nach Gerhards Sinn. Die oberbayerische Kreisstadt war keine Großstadt. Sein Ausflug nach Augsburg hatte ihm schon gereicht. Eine Karriere in München war für ihn undenkbar. Gerhard konnte und wollte dort arbeiten, wo es keine Autobahnkreuze und keine Staus gab. Höchstens mal den Stau hinter einem Traktor oder einer Kuhherde, die unterwegs war zum abendlichen Melken im heimischen Stall. Er hatte mal gelesen, dass der moderne Großstädter ein Jahr seines Lebens in Staus zubrachte. Das war doch pervers!

Er war gerade durch Hohenpeißenberg gefahren. Der Nebel war dick wie in einem Dampfbad, wenn die Düse auf der höchsten Stufe Feuchtigkeit ausspie. Aber so ein Dampfbad war wenigstens warm. Ein Temperaturmesser an einer Bankfiliale zeigte vier Grad an. Gerhards verbogener Scheibenwischer ächzte und zuckte, neue Wischblätter wären kein Luxus. Ein neues Auto wäre auch kein Luxus, aber Gerhard hielt seinem alten VW-Bus seit Jahren die Treue. Schmierte Rostlöcher zu, schweißte Bodenbleche und Auspuff. Er wollte kein Auto mit elektrischen Fensterhebern und keines, das mit affektiertem Scheinwerfer-Aufleuchten quittiert, dass Herrchen auf »Unlock« getippt hatte. Er wollte keine dieser Heizungen mit Digitalanzeige und erst recht keine dieser Damen, die mit schnarrender Stimme vorgaben, wohin er zu fahren habe. Er hatte sich umgesehen. Es gab keine echten Autos mehr, mit Lenkrad, vier Reifen bis zum Boden und einem Motor, an dem man selber noch dengeln konnte. Es gab nur noch die Spitzfindigkeiten einer Generation von Ingenieuren, die der heimtückischen Elektronik-Göttin huldigten. Und wenn dann so ein 7er BMW am Straßenrand mal wieder seinem perfekten Ausstattungspaket erlegen war, dann war Gerhard schadenfroh. Obwohl er sonst nicht so war. Sein Handy klingelte.

»Herr Weinzirl, gleich auf die Dienststelle. Wir haben eine Leiche. Auspacken können Sie später.«

Gerhard lächelte, auch gut, sogar besser.

Als Gerhard die Inspektion betrat, waren einige Leute versammelt. Ein kleiner Mann mit wachen Augen kam auf ihn zu. Der Mann war höchstens einssiebzig groß, irgendwie hatte sich Gerhard den neuen Kollegen, den ersten Kriminalhauptkommisar Peter Baier, größer vorgestellt.

»So – das Schwäble. Der Herr Weinzirl aus dem Allgäu. Geier, Aasgeier, Allgeier – nix für ungut, mehr wissen wir halt nicht vom Allgäu draußen. Willkommen Herr Weinzirl! Na, das ist ja wenigstens ein bayerischer Name, oder? Man hört, Sie haben einen guten Ruf. Tote Baulöwen im Schnee, Funkenleichen, ein Rad-Psychopath, sind informiert über Ihre Heldentaten. Ja, Herr Weinzirl, mehr der Höflichkeiten später, wir haben zu Ihrer Begrüßung gleich mal 'nen Toten im Eibenwald. Die Streife, die alarmiert wurde, hat angerufen. Kommt denen komisch vor. Pack mers!«

Er erhob sich, Zeichen für den Rest der Runde, auch aufzustehen. Gesichter zogen an Gerhard vorbei, Hände reckten sich ihm entgegen. »Grüß Gott, auf eine gute Zusammenarbeit.« Gemurmel, durchaus wohlwollende Blicke. »Später kauf mer uns amoi a Hoibe.« Das war's auch schon. Auf zur Tagesordnung.

»Dann wollen wir mal, Herr Kollege.«

Gerhard nickte, schluckte noch ein-, zweimal am Schwäble. Aber für lokalpatriotische Empfindlichkeiten war jetzt keine Zeit. Die Oberbayern in die Feinheiten der Grenzziehung nach Schwaben einzuweihen, dazu blieb noch genug Zeit. Tagesordnung!

»Eibenwald, sagten Sie?«

»Ja, der Eibenwald, steht seit 1939 unter Naturschutz. Ein anderthalb Kilometer langer Weg, vorbei an bis zu tausend Jahre alten Eiben, führt durch das Gebiet. Recht lehrreich das Ganze, oder wussten Sie, dass es männliche Eiben mit gelben Blüten und weibliche Eiben mit roten Früchten gibt. Ich bin da erst im Herbst mit meiner Enkelin durch, die wusste mehr als ich – auch, dass Eiben giftig sind. Hat unser Toter vielleicht zu viel Eiben erwischt?« Er lachte, was bei ihm wie ein Knurren klang, gleichzeitig aber funkelten und tanzten seine Augen.

Peter Baier fuhr über die Ammer hinein nach Tankenrain. Er wies nach links. »Herrschaftzeiten, unser Sorgenkind! Immer mal wieder eine Diskothek, wechselt ständig den Namen, der Ärger bleibt. Die Türken verklopfen die Russlanddeutschen oder umgekehrt. Werden Sie noch mitkriegen.« Am Ortsende zeigte er wieder nach links. »Hahnenbühl, auch was Spezielles. Eigentlich Schwarzbauten, sehr spezielle Bewohner da im Schutz des Waldes. Werden Sie noch mitkriegen.« Und dann ging der Zeigefinger nach rechts, unbestimmt in den Wald hinein. »Da wohnen Sie übrigens.«

Gerhard sah nach rechts. Drei einsame Säulen markierten so was wie eine Einfahrt. Drei windschiefe Säulen, deren Bestimmung so nebulös war wie das nebelfeuchte Wetter.

»Soll mal ein Zaun werden und ein Tor dazu. Irgendwann. Nette Leute, Ihre Vermieter«, sagte Baier.

Der Zusammenhang von Säulen und Vermietern entzog sich Gerhard. Aber das würde alles noch werden mit dem

Verständnis. Baier fuhr schnell und sicher durch eine lang gezogene Kurve.

»Haben sie unlängst entschärft, Herrschaftzeiten, die Deppen derrennen sich trotzdem.« Dann bog er nach links ab und gleich noch mal, und es wurde schlagartig noch dunkler, als es an diesem licht- und konturlosen Wintertag schon war. Es war vier Uhr, als sie unter den düsteren Bäumen parkten. Ein Streifenpolizist war vor Ort. »Baier, elende Haubn« kam es von irgendwoher, und Baier knurrte ein »Servus, du meineidiges Arschloch« zurück.

»Alter Freund von mir. Haben zusammen bei unserer ersten PI gelernt«, sagte er in Gerhards Richtung.

Doch – das würde werden mit dem Verständnis. Gerhard empfand jetzt schon Spaß am oberbayerischen Grant. Weniger spaßig war das Wetter. Die feuchte Kälte kroch durch Gerhards Lederjacke, ihn schauderte. Sie gingen einen abschüssigen Weg hinunter, der schlüpfrig war unter Gerhards Turnschuhen. Die Eiben über ihm flüsterten im Wind, als raunten sie sich Geheimnisse zu. Ein kleines Holzschild mit der Aufschrift »Abkürzung« markierte eine Kreuzung. Dort standen noch ein uniformierter Kollege und eine Dame mit wilder Haarpracht, die einen zitternden Rehpinscher auf dem Arm hielt. Gerhard und Baier bogen nach links ab, schritten weiter hinein in das diffuse Licht des Waldes. Der dunklere Weg hob sich wie ein düsteres Band ab von den verwelkten Gräsern am Rande.

Ein Mann saß leicht gekippt in einem hohlen Baum. Der Stamm umgab ihn, schien ihn zu schützen und zu stützen. Der Mann war tot, seine Augen waren geschlossen. Baier und Gerhard blickten auf den Oberkörper, der zur Seite gesunken war, was seiner Haltung die Form eines Fragezeichens gab. Der Mann war etwa Mitte sechzig, eher von kleiner Statur, ein schmaler sehniger Typ. Er trug eine Trekkinghose, Flanellhemd und Weste. Ein Rucksack, der halb offen stand, lehnte links am Baum, rechts war ein Trekkingrad angelehnt. Alles sehr ordentlich, fast symmetrisch, wie arrangiert für ein Gemälde. Ein makabres Gemälde.

Gerhard sah Baier an. »Wieso sind seine Augen geschlossen? Und er sitzt so merkwürdig da.«

Baier nickte. »Kommt mir auch so vor. Irgendetwas ist hier doch nicht ganz normal.«

Inmitten dieser Düsternis erleuchtete plötzlich eine starke Leuchte die Umgebung, und mittendrin flammten ein orangefarbener Daunen-Anorak und ein verwuschelter Kurzhaarschnitt in derselben Farbe auf. Die dazugehörige Frau rief: »Baier, grüß dich! Deine Jungs haben mich angerufen.« Dann gab sie Gerhard die Hand.

»Herr Weinzirl, nehm ich an. Sie wurden hier mit Spannung erwartet. Sandra Feistl, grüß Gott!«

»Sandra Feistl, Notärztin«, sagte Baier in Gerhards Richtung. »Herrschaftzeiten, Sandy, du bringst Farbe in diesen tristen Tag.« Baier strahlte sie an.

Dann richteten sie alle den Blick wieder auf den, der Sandra nun in die Knie gezwungen hatte.

»Woran ist der Mann gestorben?«, fragte Gerhard.

Die rote Sandy zuckte mit den Achseln. »Herzinfarkt, würde ich sagen. Scheint ja ein sportlicher Bursche gewesen zu sein«, sie deutete auf das Rad. »Aber körperliche Anstrengung bei der kalten feuchten Luft. Das freut die Bronchien und die Pumpe nicht immer. Er dürfte in den Morgenstunden, spätestens mittags gestorben sein. Ich glaube, da hast du Herrn Weinzirl zu früh einen Mord versprochen, Baier. Aber so kurz vor Weihnachten muss das auch nicht sein, oder Herr Weinzirl?«

Gerhard machte eine unbestimmte Handbewegung. »Er hat die Augen zu. Hat ihm die jemand zugedrückt? Müssten die nicht offen sein?«

Sandra Feistl blickte überrascht auf. »Ja, äh …«

Baier mischte sich ein. »Was kreuzt du an, Sandy? Natürlich oder nicht. Müssten die Augen nicht wirklich offen sein, Sandy?«

Der Flammkopf richtete sich auf. »Eher scho wia ned«, sagte Sandy und machte ein dickes Kreuz auf dem Totenschein. Nicht natürlicher Tod.

Ihre drei Köpfe waren eng zusammengesteckt, und sie starrten den Mann an. Aber der würde ihnen nichts mehr erzählen können. Nichts davon, wie und warum er hier hergekommen war.

Gerhard richtete sich wieder auf. »Wer hat ihn denn gefunden?«

»Die Dame mit dem Rehpinscher, die bei euren Kollegen steht. Sie ist ein bisschen, na ja, gaga, wunderlich, würde ich sagen. Sie hat mich zugetextet, als ich kam. Sie steht da oben an der Abzweigung. Eine neurotische Persönlichkeit mit Eso-Wahn, scheint mir.« Sandra Feistl zuckte mit den Schultern. »Ich muss, Leute. Hab noch einiges auf meiner Agenda. Herr Weinzirl, hat mich gefreut. Kommen Sie doch mal demnächst zum Bullenstammtisch in die Gogglalm. Da kauf mer uns amoi a Hoibe. Geht da immer recht lustig zu. Manche schießen bei diesen legendären, so genannten Heimatabenden auch mal in die Decke.« Kurz verdunkelte sich ihr Blick. »Gott hab ihn selig, den Vamos.«

Sie blinzelte Baier zu und verschwand leichtfüßig im Wald,

ab und zu blitzte die rote Flamme noch hinter den Bäumen auf.

Gerhard hatte den Rucksack inzwischen näher unter die Lupe genommen, der unter anderem einen Schlüssel mit einem geschnitzten Esel als Anhänger und kleine Hämmerchen und ein Fläschchen mit Salzsäure enthielt. Er stutzte kurz, dann lächelte er. »Er hatte Salzsäure dabei, ich nehme an, um Kalk in Steinen nachzuweisen. Ein Hobby-Geologe, was der hier wohl gehofft hatte zu finden?«

Und bevor Baier noch eine Spekulation abgeben konnte, erklang eine helle Stimme hinter Gerhard. »Die Eibe ist ein heiliger Baum, ein Sinnbild der Ewigkeit. Wissen Sie das nicht?« Das kam tadelnd. »Ihre Zweige dienen der Abwehr von bösem Zauber, der Baum verbindet mit seinen Wurzeln das Diesseits und Jenseits. Wohl hat er Kraft gesucht, aber vielleicht hat er die falschen Götter gerufen, die falschen Worte gesprochen. Es ist der 21. Dezember, das zumindest wissen Sie doch?«

Gerhard wusste durchaus, welchen Tag man heute schrieb, dennoch sah er die Dame fragend an. Sie war um die vierzig, schätzte er. Ihre kohlschwarz umrahmten Augen fixierten ihn, ihre wilden schwarzen Locken, die sie mit einem schreiend bunten Tuch zurückgebunden hatte, wippten, als sie einige Schritte auf Gerhard zu machte.

»Es sind die Raunächte, es sind die Nächte der Wiederkehr.« Sie machte eine theatralische Handbewegung, als würde sie auf einer Bühne stehen und rezitierte: »Abwärts senkt sich der Weg, von trauernden Eiben umdüstert, führt er durch Schweigen stumm zu den unterirdischen Sitzen.« Sie machte eine Kunstpause und sagte dann wieder in ihrer normalen Stimmlage, die eher piepsig war: »Ein Toter in der

Raunacht? Merken Sie denn gar nichts? Böse Mächte haben von ihm Besitz ergriffen. Sie haben ihn ins Jenseits hinabgezogen.« Der Rehpinscher schickte ein hohes Heulen hinterher. »Still, Plinius!«, und zu Gerhard gewandt sagte sie: »Er spürt die negativen Schwingungen mehr als Sie und ich. Sie ja wohl sowieso nicht!«

Baier wandte sich an die Dame. »Frau?«

»Kassandra!« Sie reichte ihm eine Karte: Kassandra, Schamanin, eine Adresse in Raisting.

Baier unterdrückte ein Grinsen. »Frau Kassandra. Würden Sie und Plinius bei unseren Kollegen zu Protokoll geben, wann genau Sie den Mann gefunden haben. Äh, Frau Kassandra, Plinius der Jüngere oder der Ältere?«

»Der Ältere, der Jüngere ist bereits in die Unterwelt hinabgestiegen, den Styx hinabgeschwommen.« Sie wandte sich ab, der Ältere Plinius jaulte noch mal auf.

Baier lachte sein Knurrhahn-Lachen. »Herrschaftzeiten, die Frau Kassandra. Heißt wahrscheinlich Zenzi Hintermooser oder so. Damit kann man aber keine Vorhersagen machen.«

Gerhard schüttelte den Kopf und grinste. »Na, Sie haben zu meiner Begrüßung ja wirklich einiges aufgeboten. Wenden wir uns mal dem Irdischen zu. Ein Hobby-Geologe, ein Tee-mit-Rum-Fan«, er schnüffelte an der aufgeschraubten Trinkflasche, »namens«, er öffnete die Brieftasche, »Johann Draxl, geb. 1940, wohnhaft in Wessobrunn. Na, das ist für seine Familie ja eine schöne Bescherung so kurz vor Weihnachten.«

Baier schaute auf die Leiche hinunter. »Er hat keine Kinder. Und keine Frau. Sie ist vor fünf Jahren gestorben.« Gerhards Blick musste ziemlich irritiert wirken, denn Baier schickte sich an hinzuzufügen: »Ich kenne den Mann. Leider.«

»Leider?«

»Nicht falsch verstehen: Herrschaftzeiten, ein netter Kerl, der Johann Draxl! Aber er hat uns die letzten sechs Monate mehrfach aufgesucht. Hat Anzeige erstattet, er würde verfolgt und beobachtet. Wollte Personenschutz. War früher Postbote, früh verrentet. Ein zacher Tropf. Stammt aus ganz ärmlichen Verhältnissen. Ist ein guter Stockschütze gewesen, heute noch. Und immer bei Wind und Wetter draußen. Ein ganz bodenständiger Kerl. Drum haben wir die mit den Jacken mit den zugenähten Ärmeln auch nicht verständigt. Nicht der Typ für Verfolgungswahn. Aber ich bitt Sie! Was hätt ich machen sollen? Herrschaftzeiten, und nun ist er tot. Vielleicht war da wirklich ein Verfolger. Der hat ihn vielleicht zu Tode erschreckt.«

Baier sah Gerhard mit zusammengekniffenen Augen an. Der beherrschte sich nur mühsam. »Sie haben den von Anfang an erkannt? Ja, warum haben Sie das denn nicht gesagt?«

»Ich wollte Sie nicht beeinflussen.« So wie Baier das sagte, lag ein gefährlicher Unterton in seiner Stimme. Ein Unterton, der keinen Widerspruch zuließ. Diese kleine Szene vermittelte Gerhard im Bruchteil einer Sekunde den Eindruck, weswegen Baier es so weit gebracht hatte. Warum er als harter Hund galt. Warum sein Urteil nie angezweifelt wurde. Baier setzte Grenzen, und er musste dazu nur die Stimme modulieren.

»Nun gut.« Gerhard schluckte.

»Sollen wir glauben, dass einer zu Tode erschreckt wird? Oder sollen wir einen hundsgewöhnlichen Herzinfarkt nicht einfach Infarkt sein lassen? Herr Weinzirl? Und dann sitzt er da fast griabig.« Baier knurrte nun wieder wie ein Pitbull.

Gerhard sah Baier an, dann den Toten. Johann Draxl, ein zacher Tropf? Ja, zäh, sehnig, gesund, immer mit dem Radl unterwegs und tot! Die Eiben über ihm hatten wieder begonnen zu flüstern.

»Wir haben einen Totenschein, der keine natürliche Todesursache bestätigt. Natürlich lassen wir obduzieren.« Gerhard hatte »wir« gesagt, so wie Baier schon vorher. Wir! Gerhard war mittendrin in einem Fall, mittendrin in einem neuen Leben. Er war diesem Draxl fast dankbar. Gerhard mochte keine Leerläufe.

Ein Mann kam auf sie zugelaufen. Eine gewaltige Kameratasche zog ihn in leichte Schräglage. Baier stellte sich ihm in den Weg. »Greinau, sind Sie auf der Jagd nach 'ner Weihnachtsgeschichte? Keine Fotos von der Leiche. Erst, wenn sie abtransportiert ist. Ach, darf ich vorstellen: Gerhard Weinzirl, unser neuer Mann, Erasmus Greinau, Tagblatt. Greinau, wieso schon hier? Hat Ihr Nachbar schon wieder den Polizeifunk abgehört?« Er drohte diesem Greinau scherzhaft mit dem Finger.

Gerhard musste auch grinsen. Es war ja ein Witz, dass überall auf der Welt die Polizei über digitalen Funk verfügte, nur in Deutschland analog gefunkt wurde und jeder Hobby-Funker abhören konnte. Ohne Anstrengung und Kreativität.

Greinau lächelte. »Herr Baier, Ihnen muss ich das doch nicht erklären.« Er wandte sich Gerhard zu und sah ihn prüfend an. »Grüß Gott, Herr Weinzirl, da könnten wir beide doch gleich ein Foto machen. Die Zeitung wird allemal eins brauchen von Ihrer Inthronisation. Gerhard nickte, eingedenk der Regel, dass es besser war, einen guten Kontakt zur Presse zu pflegen. Manchmal brauchte man die Schmierfinken ja schließlich. Hätte er allerdings geahnt, mit wem er es da zu tun bekam! Greinau hatte von einem Foto gesprochen, aber das, was nun folgte, war ein Fotoshooting. Gerhard war doch nicht Heidi Klum. Aber der Fotograf brachte seinerseits auch vollen Einsatz. Warf sich auf den Boden, erklomm rutschige Baumstümpfe für immer neue Perspektiven. Jahre später, schien es Gerhard, war er zufrieden und enteilte in der selben Schräglage, wie er gekommen war. Es war, als folge er seiner Kameratasche, als zöge sie ihn vorwärts zu immer neuen Motiven.

»Himmel, der nimmt's aber genau!« Gerhard stöhnte und dachte ans Allgäu, wo manche der Fotografen sozusagen im Vorübergehen geblitzt hatten.

»Ja, guter Mann, eher ein Künstler. Ein bisschen Diva. Aber ein guter Mann. Glück für so ein Lokalblatt.«

Baier hatte sein Handy rausgezogen, eines aus der Generation, als Handys noch groß wie Kühlschränke waren. Er forderte den Erkennungsdienst an, traf Arrangements für den Abtransport der Leiche. Dann sprach er mit der Gerichtsmedizin in München und ließ sich mit Professor Stahlmischer verbinden. Der als »oide Fischhaut« Bezeichnete scherzte anscheinend mit Baier. Nach einer Weile des Geplänkels sagte Baier: »Schau mir mal nach Fingerabdrücken auf den Augenlidern.«

»So«, sagte Baier, als sie wieder im Auto saßen, »dann fahren Sie mal zu Ihrer neuen Bleibe. Alles Weitere morgen.«

»Wollen Sie die Staatsanwaltschaft nicht informieren?«, fragte Gerhard.

»Eilt nicht! Warten die Obduktion ab. Machen uns ja lächerlich, wenn's doch nur ein Herzinfarkt war.«

Sie schwiegen bis Weilheim, Baier reichte Gerhard kurz die Hand, nickte ihm zu und verschwand im Gebäude. Also setzte sich Gerhard in seinen Bus und tuckerte los, nun wusste er zumindest, wo er wohnte. Es war sieben Uhr abends geworden, als er bei den Pseudosäulen in den Hof einbog. Das Anwesen bestand komplett aus Holz. Gerhard schepperte über eine Art Tennenbrücke und stand mitten in einem Hof. Seine Scheinwerfer, die im dicken Nebel stocherten, tauchten diverse Nebengebäude, ein Unimog-Ungetüm, eine Kutsche und andere undefinierbare Gerätschaften in ein milchiges Licht. Das Haus war dunkel. Gerhard hatte einige Probleme, auszumachen, wo der Eingang sein sollte. Dann entdeckte er eine Tür mit Klingel, und da hing ein Beutel mit einem Zettel, den das abendliche Nebelnass schon ziemlich aufgeweicht hatte. Die verschwommene Schrift besagte: »Willkommen. Schlüssel im Beutel. Ihre Wohnung ist hinter der Brücke.«

Aha! Gerhard parkte seinen Bus irgendwo am Rande des Innenhofs und ging über die Brücke retour. Die Nacht war stockfinster, das Flüstern der Eiben war hier in einen röhrenden Wind übergegangen, der durch den angrenzenden Wald pfiff. Von der Straße, die hinter einem gewaltigen Wall lag, hörte man Autos vorbeibrausen. Gerhard sah sich um. Links lag die Einfahrt, nach rechts führte ein steiniger Forstweg ums Haus herum, und von dort unten kam ein Lichtschimmer. Wie ein Blinklicht. Gerhard folgte dem Weg, stolperte über einen dicken Stein. Das Licht kam näher, es zuckte über einer Tür. Anscheinend eine Solarleuchte, die zu wenig Sonne abbekommen hatte und nur noch zu müden Zuckungen in der Lage war. Der Schlüssel passte in die Tür, und Gerhard betrat sein neues Heim. Es roch ein bisschen muffig, schien aber frisch renoviert zu sein. Es war, wie nennt man das?, fragte sich Gerhard, teilmöbliert, semibestückt. Aber es gab ein Bett mit einer guten harten Matratze. Und einen Kühlschrank. Jemand hatte seinen Kühlschrank gefüllt, mit Brot, Käse und Wurst, Bier und einer Flasche Lugana. Er machte sich zwei Brote, und dann warf er sich auf das Bett, das jemand netterweise auch überzogen hatte.

Gerhard fühlte sich wie im Zeitraffer und hatte bisher nur Eindrücke konsumieren können. Zum Verarbeiten war keine Zeit gewesen. Der verbenlose Baier. Die rote Sandy. Frau Kassandra. Diese Raunächte. Der leblose Mann, der zache Tropf. Dieser Johann Draxl, Kind armer Eltern, beliebt und bodenständig. Draxl, über den er gar nichts wusste, nur dass er tot war.

*

Fuizbuam Sommer 1949

Hansl leierte. Er, dessen Stimme sonst so schön moduliert war. Er, der seine Zuhörerschaft spielend leicht in seinen Bann schlagen konnte. Er leiert wirklich, dachte Karli, und er spricht extrem langsam. Dann setzte Hansl sich und sah den Pfarrer unverwandt an.

Das Gesicht des Herrn Pfarrers war gerötet. An seiner Schläfe zuckte eine Ader.

»So ein Geleier, Bua. So erweist man dem Herrn keine Referenz. Los, sag die Zehn Gebote nochmals auf, aber richtig.«

Hansl erhob sich wieder und ratterte die Gebote des Herrn in Affengeschwindigkeit herunter, diesmal so laut, dass man's wohl am Bahnhof noch hören konnte. Hansls donnernde Zehn Gebote waren aber absolut fehlerfrei aufgesagt.

Die Ader an der Schläfe des Pfarrers schwoll an. Er schnappte ein paar Mal nach Luft, dann riss er seinen schweren Körper förmlich zu Karli herum.

»Los, Laberbauer, ich will die zehn Gebote anständig hören.«

Karli stand auf und begann. Er verhaspelte sich. Auswendig lernen war für ihn das Schlimmste. Er konnte sich Inhalte merken, aber nie den genauen Wortlaut.

Der Pfarrer unterbrach ihn. »Du hast nicht gelernt!«, donnerte er.

»Doch, hab ich!«

»Nein! Weiter!«

Karli fuhr fort und machte den nächsten Fehler.

»Saukrüppel! Du hast nicht gelernt.«

»Doch!« Tränen begannen sich in seinen Augen zu stauen. Er hatte gelernt. Aber alles war wie weggeblasen. Er wollte nicht weinen, nicht vor dem Pfarrer. Er wollte nie weinen, schon gar nicht vor dem Pfarrer.

»Von vorne!«

Karli stotterte los.

»Du hast nicht gelernt. Lüg den Herrn nicht an.« Der Pfarrer machte eine dramatische Handbewegung in Richtung Kreuz.

»Doch! Ich hab gelernt.«

»Nein, gib es zu.«

Es wurde still, und dann flüsterte Karli. »Ich habe gelogen.«

Triumphierend wandte sich der Pfarrer ab. Karli schluckte die Tränen hinunter. Der Schmerz, der sein Herz überschwemmte, war grenzenlos. Anders als der, den er empfunden hatte, als die Axt in sein Handgelenk gefahren war. Anders als der, wenn die Mutter ihn ausschimpfte für etwas, das die Schwester getan hatte. Aber es war ja seine Schwester, das Annerl, das geliebte. Es war ein anderer Schmerz, einer, der eine Kerbe in sein junges Herz schlug. Eine, für die es keine Heilung gab.

Als sie später zusammenstanden, sagte Pauli: »Jetzt hast du wirklich gelogen. Du hast etwas zugegeben, was nicht stimmt. Du hast gelernt. Ich war dabei. Du hast gelernt.«

Der kleine Schorschi hatte eine Haselrute in der Hand. Er zeichnete Kreise in den sandigen Boden. Plötzlich hieb er so in den Boden, dass die anderen zusammenfuhren. »Das ist ungerecht. Will das der Herr?«

Die anderen blieben ihm eine Antwort schuldig, bis Hansl Schorschis Hand nahm. »Gehen wir heim, Schorschi. Denk dir nix. Was der Pfarrer will, muss nicht das sein, was der Herr will. Das weiß der Karli auch.«

Wusste er das?, fragte Karli sich. Der Hansl, der war mutig und zach. Wütend stapfte er nach Berg hinauf. Pauli kam kaum hinterher.

2.

Gerhard lag auf dem Rücken, die Arme hinter dem Kopf verschränkt. Der Wind umtoste das Haus, überall klapperte es, die Bäume rauschten, mal murmelten sie leise, mal schrien sie an gegen den Wintersturm. Er entspannte sich, er begann in die Matratze hineinzusinken. Diese Wohnung war doch ein Geschenk des Himmels. Okay, es roch wirklich etwas muffig, aber er wohnte mitten im Wald, nur fünf Minuten von Weilheim entfernt.

Seine Vermieter würde er hoffentlich bald mal treffen, um sich zu bedanken. Außerdem wollte er die Leute mit den Säulen und einem riesigen Holzhaus und mehreren Nebengebäuden kennen lernen. Sie führten einen Doppelnamen mit einem adligen »von«. Keine Ahnung, wovon die lebten, keine Ahnung, wer überhaupt zur Familie gehörte. Aber ein Familienmitglied stellte sich soeben vor: ein schwarzer Kater, der ihn kurz ansah und dann ohne zu zögern seinen dicken Katerkopf zwischen Decke und seinen Oberschenkel zwängte, ein Stück weit in die Höhle kroch, sich umdrehte, ein wenig kreiselte und dann liegen blieb und zu schnurren begann, monoton, beruhigend und gedämpft unter der Decke.

Wie pflegte Katzenmama, katzenverrückte, katzenabhängige Jo zu sagen? »Es gibt drei Sorten von Katzen. Fußwärmer, das sind die angenehmsten, die rollen sich adrett auf deinen Füßen zusammen. Dann gibt es Kragen, die liegen am liebsten so, dass du im Hochsommer das Gefühl hast, 'nen Angorakragen umzuhaben. Und dann gibt's Schlüpfer, die müssen unter die Decke.« Der da war ein Schlüpfer. Ach Jo, der würde dir gefallen. Vielleicht würde der Kater sie ja milde stimmen, denn Gerhards Abgang war alles anders als ruhmreich gewesen am letzen Freitag, wo alles so Jo-typisch begonnen hatte.

Er starrte zur Decke, als würde dort einer der Krimis laufen, die ihn immer so nervten, weil die Ermittler in sechzig oder neunzig Minuten die Fälle lösen konnten. Dann waren sie alle so starke Charaktere voller bizarrer Marotten. Und sie waren stets so wortwitzig! Allein die »famous last words« bei C.S.I., bevor der Abspann kam. Immer trefflich, immer hochintelligent, immer so lässig. So was fiel ihm nie ein, Baier wohl auch nicht. Aber sie waren eben auch nicht Horacio aus Miami.

Gerhard starrte weiter an die Decke, wo ein Film lief. Einer aus seiner jüngsten Erinnerung, und den hätte er lieber verdrängt. Aber der ließ sich nicht verjagen.

»Jo, das sind jetzt schon die zehnten! In Worten: zehnten. Und die haben auf mich einen netten Eindruck gemacht, einen richtig netten. Ich fand die sehr sympathisch«, hatte Gerhard gesagt. Damit war es losgegangen.

»Ja, aber die Kinder sind zu laut!«

»Jo, deine so genannten Kinder sind zwölf und vierzehn, der Junge machte mir einen etwas verdruckten Eindruck, und das Mädchen wirkt nicht so, als ob sie wilde Partys feiern würde. Das sind doch keine kreischenden Babys mehr«, hatte er lachend eingewandt.

»Ja schon, aber das mit den Partys kann doch noch kommen!«

Gerhard hatte den Kopf geschüttet und sich dem Kühlschrank zugewandt. Mit einem Plopp hatte er sein Weißbier geöffnet, und er war auf einen Stuhl gesunken. Seine hatten Jos Augen gesucht, und er hatte sie kopfschüttelnd angegrinst.

»Jetzt schau nicht so. Die waren es eben nicht«, hatte Jo gesagt und ihm die Zunge rausgestreckt.

»Ja, die nicht und auch nicht die letzten neun. Und auch nicht Patti ...«

»Komm, die hat ja nun wirklich ein schreiendes Kleinkind«, hatte Jo ihn sofort unterbrochen.

»Okay! Geschenkt. Aber auch nicht Evi ohne Kleinkind.«

»Ja, aber die ist ja nie zu Hause«.

»Sie hätte zwei genommen, und die hätten dann ja wohl 'nen Kumpel und 'nen Garten.«

»Gerhard, ich mag Evi wirklich, aber für so was ist sie zu, na ja, zu karrieristisch!«

Gerhard hatte mit den Augen gerollt, und er spürte es auch jetzt noch ganz deutlich, wie sein Amüsement begonnen hatte in leisen Ärger umzuschlagen. »Und die Kohlrossens? Mensch, so mit Kneipe, was da alles abfällt an Köstlichkeiten« war sein nächster Vorschlag gewesen.

»Ja schon, aber die Straße!«

»Jo, Diepolz ist doch nicht der Stachus.«

»Ha! Weißt du, wie die da durchrasen. Gerade am Morgen! Nö, unmöglich! Und außerdem sind das Herbstkatzen. Die sind besonders zart und brauchen viel Zuwendung.«

Während Gerhard versucht hatte, Jos Mauer der Ablehnung zu durchbrechen, machte so ein kleiner zarter Tiger Männchen vor seinem Weißbierglas und starrte gebannt auf die kleinen Perlchen, die im Glas aufstiegen. Noch mehr Streckung, die Pfote ins Glas getaucht – und rumms: Ein schepperndes Glas und eine Sturzflut. So was von zart, das Tierchen, und schnell. Es sauste pfeilgerade unter die Couch.

»Scheiße!« Gerhard war aufgesprungen, die Jeans klatschnass.

Der kleine Tiger, der inzwischen seinen Schutz wieder verlassen hatte, zwei weitere getigerte Exemplare und ein schwarzweißes Tier mit viel zu großen Ohren hatten im Türrahmen Position bezogen und verfolgten mit riesigen Kulleraugen, was da los war.

»Herrgott, ihr Doofen, ja, euch meine ich. Von euch reden wir. Euer Frauchen gibt nun schon zehnseitige Adoptionsbögen aus, aber niemand im Orbit ist auch nur ansatzweise gut genug, euch zu beherbergen«, hatte Gerhard in ihre Richtung gesagt. Und was hatten die getan? Gegähnt, ihn einfach angegähnt!

Bianchi von Grabenstätt, die Mutter der Kompanie, hatte seine Rede aus einem Brotkorb am Tisch verfolgt und entstieg diesem nun elegant wie eine Göttin. Elegant war sie, wenn auch nicht schön, fand Gerhard. Sie war, etwas farbschwach, weiß mit Ringelschwanz und einem Tigerfleck hinterm Ohr. Sie streckte sich, sprang auf Gerhards Schoß, sah ihm tief in die Augen und hackte ihm dann im Runterspringen eine Kralle in den weißbiernassen Oberschenkel. Red nicht so über meine Kinder!

Jo verfolgte das Tun mit Stolz. »Kluge Katze! Der versteht nicht, wie süß ihr alle seid.«

»Ja, sicher sind die süß, alle. Aber du kannst nicht vier kleine Katzen behalten, dann hast du insgesamt sieben. Außerdem werden die größer! Und dann wollte ich eigentlich nicht den ganzen Abend über Katzen reden. Ich wollte eigentlich ...« Seine Stirn-Dackelfalten hatten sich vertieft.

»Was wolltest du? Was heißt das eigentlich?«, hatte Jo gefragt, in einem Ton, der ihm nur allzu bekannt war. Alarm!

»Ich wollte was mit dir besprechen, na ja besser, ich wollte dir was sagen.«

»Herrgott Gerhard, ja dann spuck es halt schon aus!« Jo hatte gelacht. »Muss ich mich setzen? Hast du 'ne Affäre mit Patti? Oder mit sonst wem?«

Gerhard schaute noch faltiger. Er spürte ein Gefühl von seinem Magen her aufsteigen, eine unbestimmte Übelkeit. Diesen kalten Frosch, diese Kröte, diesen Klops.

»Hast du eine Affäre? Gerhard? Willst du mich loswerden?«, hatte Jo gefragt und ihn dabei so entsetzt angeschaut, dass er sie am liebsten sofort in den Arm genommen hätte.

Gerhards Stirn entknitterte sich wieder ein wenig. »Nein, ich habe keine Affäre, und ich will dich nicht loswerden. Es ist nur so, dass ich …«

»Dass du?«

»Dass ich weggehe.« Nun war es raus. Sakrament, du fiechtiger Brocka, hatte er noch gedacht, das war ja nun wieder alles andere als diplomatisch formuliert.

»Wie weg?«

Gerhard hatte tief durchgeatmet, Jo geradewegs angesehen und gesagt: »Ich werde nach Weilheim gehen an die dortige Polizeidienststelle. Als Vertretung und zur Probe für drei Monate. Der alte Chef geht demnächst in Pension, ich könnte sein Nachfolger werden. Aber erst mal will ich rauszufinden, ob es mir da taugt«, hatte er noch versucht abzuwiegeln.

»Wann?«, hatte Jo mit Grabesstimme geflüstert.

Gerhard hatte das Weißbierglas wieder aufgestellt und starrte das Glas an, als sei es eine Kristallkugel, die Erkenntnis verspräche. »Am Mittwoch.«

»Mittwoch?« Er sah es Jo an, dass sie sich bisher zusammengerissen und ihr Temperament gezügelt hatte, aber nun war da nichts mehr zu schlucken, unmöglich! Das hatte er verstanden. Sie hatte gebrüllt.

»Mittwoch? Das ist in drei Tagen! Merkst du, was du da sagst? Du gehst nach Weilheim, und das erfahre ich drei Tage vorher? Du Arschloch, du, du ...«

Gerhard war aufgestanden, hatte das Glas zur Spüle getragen. Arschloch war einfach zu viel. Er redete zur Spüle:

»Weilheim ist doch nicht aus der Welt. Es gibt Wochenenden, es ist doch wirklich nur zur Probe.«

»Lass das beschissene Glas stehen. Los, schau mich an! Bist du total bescheuert? Wo Weilheim liegt, ist doch scheißegal. Wieso hast du mir nie erzählt, dass du so was planst? Wieso? Bin ich auch bloß zur Probe?« Ihre Stimme war gekippt. Die schrillen Tiraden abgeebbt. Sie war auf einmal ganz leise geworden, die Tränen hatten begonnen zu fließen. »Gerhard, so was entscheidet man doch nicht an einem Tag. Wieso hast du nie was erzählt? Wir sind doch, wir sind doch Freunde?«

Er hasste Tränen, er konnte damit nicht umgehen. Er fühlte sich dann immer so unbeholfen. Immer wenn eine Frau weinte, wurde er erst recht brummig und am Ende aggressiv – aus Unsicherheit. Und Freunde? Waren sie das? Natürlich waren sie Freunde, Freunde, die sich so oft verloren hatten und immer wiedergefunden. Freunde, die sich die miesesten Seiten zugemutet und manches Mal die besten entdeckt hatten. Ob sie allerdings ein Paar waren, das lag immer noch unausgesprochen in der Luft seit dem Herbst. Sie waren zusammen, irgendwie. Sie schliefen miteinander, nicht häufig, aber doch. Es hatte sich etwas verändert, aber dieses Etwas war nie definiert worden. Gerhard wusste, was Jo dachte. Weil er das auch gedacht hatte. Unentwegt hatte er diesen Gedanken gedreht und gewendet und verwirbelt und von vorne begonnen. Sie hatten so viele Jahre gebraucht, sich zu finden, als Paar zu finden. Und ausgerechnet jetzt. Aber was hieß »ausgerechnet jetzt«? Selbst wenn er nach Weilheim ging, gäbe es eine Zukunft. An Wochenenden, oder aber Jo würde mitkommen können. Wieso denn nicht? Langsam war er auf Jo zugegangen.

»Natürlich sind wir Freunde. Das weißt du doch! Waren wir immer! Und nun sind wir mehr. Ich hätte mir gewünscht, das Angebot wäre früher gekommen oder auch später. Nicht gerade jetzt. Aber ich musste mir erst klar werden, was ich will. Und ja, ich will nach Weilheim. Zumindest muss ich es probieren. Schau, das sind hundert Kilometer, es gibt Wochenenden, ich komme, du kommst. Und dann dachte ich, na ja, vielleicht würdest du ja später mitkommen können. Da gibt es auch Touristen, ich meine, so toll ist dein Job hier ja nicht, du hast so viel Ärger mit deinem Bürgermeister, all den Gscheitnäsigen, die in den touristischen Gremien sitzen.«

»Du weißt, wie toll mein Job ist?«, hatte sie ihn angebrüllt. »Ich soll mit dir in irgendein beschissenes Weilheim gehen, und das erfahre ich zwei Tage vor deiner Abreise? Verdammt, hast du nie daran gedacht, mich mal an deinem Entscheidungsprozess teilnehmen zu lassen. Mich miteinzubeziehen?«

»Ja, hab ich!« Er wurde nun auch lauter. »Aber ich musste das erst für mich klar kriegen! Und außerdem«, war es aus ihm herausgebrochen, »geht es in deinem Haushalt seit Wochen nur um Katzen! Um deren Adoption oder auch nicht. Wie goldig sie sich putzen. Wie reizend sie schon Nassfutter fressen. Wie klug sie an deinem Bein hochrennen. Wie süß sie schon aufs Klo gehen können. Dich interessieren Tiere doch weit mehr als Menschen. Tiere haben deine bedingungslose Zuneigung. Menschen selten oder nie!«

Ja – und dann hatte sie ihn mit gepresster Stimme gebeten zu gehen und ein »viel Spaß auf deinem weiteren Lebensweg« hinterhergeschickt. Okay, das mit den Katzen war unfair gewesen, aber sonst? Frauen wollten immer jeden einzelnen Schritt miterleben, mitdenken und mitreden. Er aber, und da waren seine Kumpels genauso gepolt, teilte nun lieber mal Endergebnisse mit. Was interessierte der Rechenweg, das Ergebnis zählte. Aber wie sollte er das einer Frau erklären, wie das Jo erklären, gerade Jo? Trotzkopf, Brausewind! Nun war er hier. Es gab sicher Gesprächsbedarf, aber zuerst war da eine Leiche. Gut so!

3. Als Gerhard an seiner neuen Arbeitsstelle ankam, erwarteten ihn Baier und Frau Kassandra. Die raunachtskundige Schamanin war gekommen, ihr Protokoll zu unterzeichnen. Sie war nicht davon abzubringen, dass Raunächte Losnächte seien und ein Toter unter Eiben ausgerechnet am Thomastag kein Zufall sein könne. Gesehen hatte sie nichts, niemanden getroffen. Wenn die Einschätzung von Sandy Feistl stimmte, war das auch unwahrscheinlich, denn wenn der Mann gegen Morgen ums Leben gekommen war, dann war sein Mörder längst über alle Berge gewesen, als Frau Kassandra und ihr schwindsüchtiger Pinscher gegen drei dort aufgetaucht waren.

Als Gerhard sie fragte, wo sie denn so den gestrigen Tag verbracht hatte, sprang sie auf und zeterte. »So, das ist der Dank! Da meldet man etwas, und die Staatsmacht schlägt sofort zurück. Bin ich jetzt verdächtig?« Weil Frauchen so laut geworden war, begann Plinius zu heulen, was wie bei allen Kleinhunden das Gehör aufs Martialischste quälte.

»Kann der die Schnauze halten?«, fragte Baier.

»Still, Plinius!«, rief sie, und so wie sie Baier ansah, hatte Gerhard irgendwie das Gefühl, die beiden spielten ein Theaterstück, Chiemgauer Volkstheater, Iberlbühne oder so. Baier und diese Schamanin gaben ein Kriminalstück, die Charaktere waren überzeichnet. Gerhard schaltete einen Gang runter.

»Ich danke Ihnen inständig dafür, dass Sie so eine gute bayerische Staatsbürgerin sind, ich werde Herrn Seehofer davon in Kenntnis setzen, vielleicht gibt es ja was am Bande. Trotzdem, wo waren Sie?«

Sie hatte sich wieder gesetzt und Plinius auf den Schoß genommen. »Ich war bis zwei zu Hause, dann sind wir losgezogen. Gerade bei schlechtem Wetter muss man rausgehen, um einer Winterdepression vorzubeugen. Wir sind zum Eibenwald gefahren, herumspaziert, und gegen drei haben wir den Mann gefunden, den Rest kennen Sie.«

Gerhard war sich sicher, dass diese Frau nicht zu Depressionen neigte. »Also keine Zeugen?«

»Nein, es steht Ihnen frei, herauszufinden, was mich mit dem Mann im Wald verbindet. Bin ich seine verschmähte Geliebte oder die uneheliche Tochter? Erpresse ich ihn, weil ich weiß, dass er im Internet Kinderpornos vertreibt? Finden Sie es heraus! Mit Verlaub, der Mann sah mir eher aus wie ein Herzinfarkt.« Sie schaute nun Baier offen an. »Ich habe mal Medizin studiert.«

»Vielleicht hat Ihr Plinius den Infarkt durch seine Bellfrequenz ausgelöst?« Gerhard grinste nun auch.

»Er bellte erst im Angesicht des Todes.« Sie rezitierte wieder volksbühnenreif. »Aber wenn Sie immer noch Zweifel haben an meiner Unbescholtenheit: Ich werde den Landkreis nicht verlassen, mein Auto schafft es maximal bis an die Grenzen desselben. Eine Zugkarte ist mir zu teuer. Die Herren«, sie war aufgestanden, »ich stehe jederzeit zur Verfügung, ich müsste nur jetzt von dannen ziehen. Ich habe Kunden.«

»So weissagen Sie nur«, deklamierte Baier und schien kurz vor einem Lachkrampf zu stehen.

Kassandra schüttelte ihm die Hand und reichte sie auch Gerhard. »Seien Sie auf der Hut in diesen Tagen. Lüften Sie Ihr Bett nicht im Freien, Sie kriegen sonst Krebs. Schneiden Sie weder Haare noch Nägel, sonst werden Sie im nächsten Jahr an Kopfschmerz leiden. Und heben Sie keine Nuss vom Boden auf, Sie kriegen sonst Ausschlag.« Gerhard nahm ihre Hand und grinste, weil nun auch er begriffen hatte, dass sie die Eso-Szene wohl eher karikierte als ernst nahm.

»Danke für den Hinweis, ich werde das berücksichtigen, vor allem das mit der Nuss. Ich hasse Ausschlag.«

Als sie draußen war, begann Baier schallend zu lachen. »Was für ein Weib! Köstlich! Bloß zu dünn! Wie meine daheim auch.«

Gerhard enthielt sich des Kommentars und wechselte das Thema. »Haben wir denn den Obduktionsbericht?«

»Von wegen. Haben den Toten in den Kühlschrank geschoben. Mein Freund Stahlmischer ist in Urlaub gegangen, und seine Assis haben unseren Draxl auf nach Weihnachten vertagt. Feiertage, ich verabscheue Feiertage.«

Gerhard verbrachte den Tag im Büro, lernte Leute aus der Ermittlergruppe kennen, den jungen Felix Steigenberger und Melanie Kienberger, die ein hübsches Gesicht hatte, aber einen derartigen Hintern, dass Gerhard mehrmals verstohlen hinsehen musste. Er bekam eine Einweisung in den Computer, in interne Abläufe, und er erhielt ein Geschenk. Eine Tasse mit einem grinsenden Elch, die »Jingle Bells« intonierte. Immer wenn man sie hochhob.

»Hab ich auch mal bekommen«, sagte Baier. »Heißer Tipp. In die Mikrowelle stellen, das tötet auch ›Jingle Bells‹. Meine hatte ›Es ist ein Ros entsprungen‹. Auch tot!«

Es war Weihnachten. Dessen wurde Gerhard schlagartig gewahr. Seit Tagen gab's im Radio Wham mit »Last Christmas« und Frankie goes to Hollywood mit »The Power of Love«. Natürlich »Rudi the red noose Reindeer« und den, der an Weihnachten heimfährt. Er hatte sich heute Morgen selbst ertappt, wie er mitgesungen hatte: Driving home for Christmas, lalala …

Und er? Was würde er machen? Als er seine Eltern von seinen Plänen des Ortswechsels in Kenntnis gesetzt hatte – etwas früher als Jo –, waren die ganz froh gewesen. Sie hatten sich für ihn gefreut, dass er die Chance auf eine berufliche Verbesserung am Schopf gepackt hatte. Sie hatten für Weihnachten sowieso geplant, eine alte Freundin zu besuchen, die am Tiroler Achensee wohnte. Das Hotel Wiesenhof war gebucht, seine Mutter schwärmte vom Essen, dem Weinkeller, Chef Hansi und seiner Frau Alex. Und den süßen Kindern, die mit den Gästen unterm Weihnachtsbaum Tiroler Weisen trällerten. Ja, der Weinzirl'sche Christbaumschmuck würde diesmal wohl auf dem Speicher bleiben. »Mir machtet allat zviel Gschieß um Wihnachta«, hatte seine Mutter noch gesagt. »Mir hond ja kuine Enkel.«

Den Vorwurf hörte Gerhard wohl, allein er ignorierte ihn. Er wusste, dass seine Mutter immer noch der Zeit nachhing, als Karin seine Freundin gewesen war. Er war vierundzwanzig gewesen, Karin dreiundzwanzig, Sportstudentin. Sie waren fast drei Jahre zusammen gewesen, so lange hatte keine Beziehung mehr gehalten. Drei Jahre, das waren zwei goldene Weihnachten für Gerhards Mutter gewesen. Zwei Weihnachten mit Karin, die stets die Krippe aufgebaut hatte. Gerhard musste den Baum schmücken, während Karin die Krippenfiguren samt Accessoires arrangiert hatte. Und unentwegt lief eine Weihnachtskassette der Fischer-Chöre. Er hatte es gehasst – damals, eigentlich.

Eigentlich? In der Rückschau – jetzt, hier, heute – war es wunderbar gewesen, überschaubar, klar. Es hatte wie die letzten hundert, tausend, Millionen Weihnachten zuvor Fondue gegeben, die Soßen stets hausgemacht von Mutter Weinzirl – und natürlich von Karin. Papa Weinzirl hatte gebimmelt zur Bescherung, sie hatten Champagner getrunken, was Gerhard hasste, seiner Mutter schon nach dem zweiten Schluck einen Schwips beschert hatte und Karin rote Wangen. Sein Vater hatte von ihm wie stets und immer Skisocken und Unterziehrollis bekommen, er, der alte Skitourenhaudegen. Seine Mutter hatte ein Parfüm erhalten, wie immer das falsche, das entweder schwul roch oder so orientalisch, dass einem ganz schwül zumute wurde. Karin hatte hingegen den untrüglichen Geschenksinn gehabt, sie hatte genau gewusst, dass seine Mutter sich unbedingt ein Abonnement von »Kraut & Rüben« wünschte. Sie hatte sich informiert, dass sein Vater sich ein spezielles norwegisches Skiwachs erträumt hatte, eins, das es eigentlich gar nicht gab und das Karin eben doch ergattert hatte. Gerhard hatte selbstgebastelte Fotoalben erhalten oder einen Gutschein für ein Hüttenwochenende in der Silvretta. Karin war immer unfehlbar gewesen. Die »Mädels« hatten mehr Champagner getrunken, Karins Wangen waren wie rote Äpfel, und seine Mutter hatte gesagt: »Mei, i muas kittra!« Und gelacht und gelacht und immer weiter gelacht hatten sie. Sie waren dann in die Christmette nach Eckarts oder Niedersonthofen gegangen, und am nächsten Tag waren sie bei Karins Eltern gewesen, wo tausend Cousinen und Cousins Schlafanzüge, Parfüms und Schals verteilt hatten und die Kuchenberge zum Mond gewachsen waren.

Und nun fuhr er heim und wusste, dass er einen großen Fehler gemacht hatte, Karin damals zu vertreiben mit seinen törichten Wir-sind-zu-jung-Parolen. Er hatte mit seinen Kumpels Millionen Meilen auf Reisen zurückgelegt, in Byron Bay Magic Mushrooms probiert, wo er doch längst schon den Mond berührt hatte. Er hatte Sex unter Koks, wo er doch die Magie reiner Liebe längst erlebt hatte. Er hatte in der Berufsausbildung endlose Theorien über Anthropologie und Psychologie gelernt, wo doch die Praxis so einfach war. Karin war menschlich gewesen, höflich und klug. Karin wegzuschicken war das Einzige, was er in seinem Leben wirklich bereut hatte. In schwachen Momenten noch immer bereute! Schlimmer wurde der Verlust, weil er sich nicht mal damit trösten konnte, dass sie im Ein-Kind-Reihenhaus-Balkonblumen-Wettbewerb-Spießertum abgetaucht war. Nein, sie, die exzellente Surferin, war in der Clique der Naish-Brüder gelandet und lebte heute als Surflehrerin und Segelmacherin auf Hawaii. In einem riesigen ebenerdigen Strandhaus inmitten exotischer Blumenpracht, ein Leben voller dramatischer Sonnenuntergänge, kitschig schön, zum Weinen schön. Gerhard hatte Bilder gesehen, auch von ihr. Sie sah großartig aus. Wenn sie ab und zu im Allgäu war, besuchte sie Gerhards Mutter, Gerhard nie. Seine Mutter, die Gute. Immer gradraus. Er vermisste sie, und er bedauerte es, seinen Eltern nicht angeboten zu haben, nachzukommen zum Achensee. Er wusste, dass seine Mutter nur darauf gewartet hatte.

Als er die Haustür seiner Eltern aufgesperrt hatte, trat er in Dunkelheit und Stille. Er ging im Dunkeln in die Küche und knipste Licht an. Im Kühlschrank waren einige AKW, immerhin. Im Wohnzimmer gab es keinen Baum, nicht mal eine Lichtgirlande. Er setzte sich und trank ein, zwei, drei AKW.

Dann wählte er Jos Handynummer. Es dauerte eine Weile, bis eine kichernde Stimme »Pronto« sagte. Die Stimme gehört nicht Jo. »Hallo, hier Gerhard, kann ich Jo sprechen?«

»Heh, Gérard«, die Stimme sprach seine Namen französisch aus. »Hier Andrea, Joyeux Noël!«

»Ja, dir auch frohe Weihnachten. Ist Jo bei dir?«

»Ja, wir wollen in Berlin Weihnachten feiern. Saufen, Kneipen, Kultur. Willst du Jo haben? Sie schläft allerdings.«

So, Jo war in Berlin, bei ihrer besten Freundin. Der Stich durchbohrte Herz und Magen gleichermaßen.

»Lass sie schlafen! Sag Grüße.«

»Du bist ein Trottel, Weinzirl. War's das wert?«, fragte Andrea unvermittelt.

Natürlich, Andrea war informiert. Schulterschluss gegen die Männer, aber nein, das war unfair. Andrea war durchaus in der Lage, zu differenzieren. Gerhard sagte nichts.

»Gerhard, im Ernst«, sie kicherte jetzt nicht mehr. »Hättest du ihr nicht früher etwas von deinen Plänen sagen können?«

»Nein, auch wenn du das nicht verstehst.«

»Ich verstehe das sogar vielleicht, aber Jo nie. Soll ich sie echt nicht wecken?«

»Nein, frohe Weihnachten euch beiden.« Gerhard legte auf.

Er drehte den Radio auf, wo ein Ros entsprang und ein Kinderchor dazu aufrief, froh und munter zu sein. Er war aber nicht froh und munter. Er holte sich aus der Tiefkühltruhe eine Pizza, die er mit einem vierten AKW verzehrte. Das Haus war so still, dass der Kuckuck in der unsäglichen Uhr, die Gerhard hasste, brüllte wie ein wütender Drache. Gerhard stand auf und ging zum Speicher. Ganz links in der

Schräge fand er die Kiste. Es war ein Karton, der seit hundert, tausend, Millionen Jahren schon der gleiche war. Die Figuren waren einzeln in Küchenrollenpapier eingewickelt. Drunter kam die Krippe zum Vorschein. Gerhard nahm alles mit ins Wohnzimmer. Alles war falsch. Kein Baum, unter den man die Krippe hätte stellen können. Kein Mensch, der vom Champagner leicht angesäuselt den Aufbau gelobt hätte. Schließlich stellte er die Figuren in die von Holzschindeln bedeckte Krippe. Da standen sie dann, diese hölzernen Figuren. Ein Schafhirt, der den rechten Arm verloren hatte, die Maria ohne den linken. Der Engel mit nur einem Flügel. Eine Armada verwundeter himmlischer Heerscharen. Unter Karins Händen und unter ihrem Lachen waren sie lebendig gewesen. Nun waren sie nur hölzern – und behindert.

Am nächsten Morgen fuhr Gerhard früh ins Kühtai, übernachtete in einer Pension, ging zwei ausgedehnte Skitouren, bevor er am Abend des 25. nach Tankenrain zurückkehrte und bis in den späten Vormittag hinein schlief.

Als sein Handy klingelte, hoffte Gerhard für einen Moment, es möge Jo sein. Es war Baier.

»Frohe Weihnachten, Weinzirl. Noch ein Toter. Angeblich Würgemale am Hals.«

»Wo?«

»In Oberammergau, am Döttenbichl. Treffen wir uns in zehn Minuten? Äh, Entschuldigung, sind Sie überhaupt in Weilheim?«

»Sicher!«

Als Gerhard zu Baiers ins Auto stieg, war er irgendwie froh. Was für ein Leben führte er, wenn eine Leiche zu einer willkommenen Abwechslung wurde!

»Gibt's da nicht eine Außenstelle in Garmisch?«, fragte Gerhard. »Sind sie nicht zuständig?«

»Sonntag, Feiertag, Wochenende, Weinzirl, wir sind dran. Ich hasse Feiertage.«

»Wo liegt also die Leiche«, lenkte Gerhard nun die Aufmerksamkeit auf den Fall. »Allmählich wird das zur Geographiestunde. Wieso kommen bei euch die Leute nicht einfach bei einer Wirtshausschlägerei in Weilheims Altstadt zu Tode?«

»Hatten wir auch schon, Weinzirl. Hatten wir. Aber anscheinend zieht es die Mörder nun hinaus. Sie erinnern sich an die Elektro-Familien-Tragödie. Ging durch die Presse. Und das tote Baby in Eglfing. Furchtbar. Träume heute noch schlecht, wo ich sonst nicht so bin. Aber so ein Baby? Gerade erst an der Schwelle zu einem Leben. Egal wie es später dann wird, es ist doch ein Leben.«

Zum ersten Mal spürte Gerhard, dass dieser Baier wohl doch zu mehr Worten fähig war, wenn ihn etwas berührte. Beide sahen konzentriert aus dem Fenster

Irgendwann hob Gerhard wieder an: »Ja, aber ich würde die Schönheiten der Gegend wirklich gerne anders kennen lernen, vielleicht lieber im Sommer – und nicht so schnell. Eibenwald, Döttenbichl, ja und wo ist jetzt dieser Bichl?«

»In Oberammergau, oder besser am Rande. Es gibt da so eine Promillestraße nach Graswang, an der Ammer entlang. Die macht einen scharfen Knick um den Döttenbichl herum. So ein waldiger Gupf, irgendwelche Ausgrabungen, wenn ich mich recht erinnere. Und irgendwas mit Varus.«

»Der, der irgendwelche Legionen wieder rausrücken sollte?« Gerhard war sich durchaus bewusst, dass diese im witzigen Plauderton geführte Unterhaltung ziemlich albern war.

Aber beide Kommissare spürten den Bruch und wollten sich innerlich wappnen. Es war Weihnachten, keine Zeit für Leichen.

Baier fuhr über eine Brücke, bog nach links ab, passierte den Friedhof. Rechts stand ein Polizeiauto, Baier hielt an.

»Fischer-Paule, Grüß dich. Der Kollege Weinzirl vom Allgäu draußen. Und?«

Paul Fischer wies nach rechts. Die Köpfe ruckten nach oben. Es war von hier unten deutlich zu sehen. Eine Bank blickte aus einer Waldlücke hinunter auf die Ammer und hinüber zum Laber. Ein hübsches Plätzchen, eigentlich. Auf der Bank lag ein Mensch, auch das war zu sehen. Die Arme im Nacken verschränkt. Von Ferne betrachtet wie aus der Tourismuswerbung: Ruhepause nach der Wanderslust. Aber eben nur von Ferne betrachtet.

»Der liegt da wie aufgebahrt. Makaber, den Friedhof zu Füßen«, sagte Fischer. Er schüttelte den Kopf und fuhr fort: »Wenn wir in Ogau im Gemeinderat über eine Million Euro zur Sanierung des Wellenberg befragt werden, dann nicken wir alle artig. Darüber, ob das Klo im Passionstheater was kosten soll, streiten wir Stunden. Und wir schaffen es nicht, im Winter die Bänke abzubauen. Aber die sind ja auch gesponsort, macht ja nichts, wenn die verrotten.« Zornig blickte er hinauf zu der Bank, als ob ihr Abbau den Mord hätte verhindern können.

Die drei Männer stiegen eilig bergan, Baier schnaufte heftig, Gerhard spürte fast so was wie Freude. Er brauchte mehr Bewegung, und er nahm sich vor, ab morgen im Wald seiner Vermieter zu joggen. Sie hatten die Bank erreicht.
Der Mann war von kräftiger Statur. Er trug eine festliche Trachtenkombination. Darüber einen Lodenmantel, der of-

fen stand und zu Boden hing. Die Leinenweste spannte über dem Bauch. Er lag tatsächlich auf dem Rücken, die Hände waren unterm Nacken verschränkt. Bei Sonnenschein, im Sommer hätte er ein Bild der Ruhe abgegeben. Der hier war nicht entspannt. Am Hals waren deutliche Rötungen zu sehen. Was Gerhard erschreckte, waren die weit aufgerissenen Augen. Er sah aus, als wäre ihm der Leibhaftige begegnet. Gerhards Blick ging hinunter zum Friedhof. Hatte der Leibhaftige so nahe am Gottesacker zugeschlagen?

»Würgemale, kein Zweifel. Aber die verschränkten Arme?« Baiers Stimme war knorzig und leise. Der Wind verzerrte sie zusätzlich.

»Der Mörder muss ihn erst erwürgt und dann so hingelegt haben.« Auch Gerhards Worte wurden vom Wind verblasen.

»Das ist, das ist mir unverständlich. Weinzirl?«

»Der Mörder erwürgt einen, der wird sich gewehrt haben. Seinem Blick nach zu urteilen, waren die letzten Minuten die Hölle. Er hat sich sicher gewehrt, wir müssen seine Fingernägel auf Hautpartikel untersuchen lassen. Scheußlich, so weit. Und dann, ja ich sag das mal so, bettet ihn der Mörder so?«

Paul Fischer trat einen Schritt vor. »Das war auch mein Eindruck. Im ersten Moment kam mir das fast fürsorglich vor. Armer Schorsch!«

»Schorsch?«

»Ja, das ist Schorsch, Georg Kölbl, Schnitzermeister hier am Ort. Er kommt von auswärts, hat eingeheiratet. Seine Frau stammt aus einem alten Schnitzergeschlecht, wenn man so sagen will. Reizende Frau, Herr im Himmel, wie soll man ihr das beibringen? An Weihnachten. Machen Sie das?«

Gerhard nickte. Als die drei Männer den schlüpfrigen Pfad wieder hinunterschlitterten, war das fast wie ein Déjà-vu.

Wieder so ein abschüssiger Weg, wieder flüsternde Bäume, die ihr dunkles Geheimnis bewahrten.

»Denken Sie, was ich denke?«, fragte Baier.

»Ich befürchte es. Zwei tote Männer im gleichen Alter, ein ähnlicher Ort. Merkwürdige Orte!«

»Herrschaftzeiten! Wieder ein Toter. Der hier wurde wohl erwürgt. Wir finden den Mann am Döttenbichl. Der Ort trieft vor Geschichte und Blut, und dann haben wir den 26. Dezember, ausgerechnet den 26. Dezember. Diese Frau Kassandra geht mir nicht aus dem Kopf. Mal nachgelesen unter den Raunächten. Die Raunächte liegen zwischen dem Thomastag, dem 21. Dezember, und dem 6. Januar. Die Raunächte, eine Zeit der Wiederkehr der Seelen, Frau Holle geht um, Hexen und Kobolde treiben ihr Unwesen, Tiere sprechen – Herrschaftzeiten, Weinzirl, ich hasse diesen Eso-Quatsch. In den Raunächten entscheidet sich das Geschick des Lebens. Stellen Sie sich vor: Wer in dieser Zeit die Tür laut zuschlägt, hat im Sommer den Blitz zu befürchten. Wenn in den zwölf Raunächten viel Wind geht, sterben bald viele alte Frauen. Und so weiter. Ich hasse das! Fühle mich unwohl, sehr unwohl.«

»Berufskrankheit, Kollege Baier. Ich bin auch infiziert. Mein erster Gedanke war auch, es müsse einen Zusammenhang geben. Wie Sie sagen: Der hier wurde mit hoher Wahrscheinlichkeit erwürgt, aber der andere? Wir haben keinerlei Hinweis auf Mord, oder? Wann kriegen wir denn Ergebnisse von Johann Draxl, sagten Sie?«

»Feiertage, Weinzirl! Feiertage. Aber ich mach denen jetzt Dampf in München. Den hier können sie gleich daneben legen. Morgen ist Montag, da will ich endlich Ergebnisse. Weinzirl, ich glaube, das Alter spielt mir Streiche. Ich werde senil und wunderlich. Ein banaler Herzinfarkt der eine, hier ein Mord. Zufall! Aber wieso ist mein Gefühl so, so scheußlich?«

Gerhard blickte in Richtung Friedhof. Es hatte zu schneien begonnen. Er fröstelte von innen heraus, er spürte eine negative Spannung fast körperlich. Es gab keine Zufälle. Jedenfalls nicht hier. »Ich teile Ihre Bedenken. Irgendwas stimmt hier nicht. Finden wir einen Zusammenhang und stellen wir fest, wer Kölbl war. Welche Feinde er hatte. Hatte er welche, Herr Fischer?«

Fischer zuckte mit den Achseln.

4.

Paul Fischer chauffierte sie ins Dorf. Kölbls Werkstatt lag in der Kleppergasse. Sie hatten am Anfang der Dorfstraße geparkt, in stiller Übereinkunft, ein paar Schritte zu Fuß zu gehen. Zum Nachdenken. Es war gerade siebzehn Uhr geworden, und wie durch Zauberhände flammten Lichter in den Schaufenstern auf und illuminierten Krippen. Es waren eine Menge Leute unterwegs, Einheimische und Gäste, die Broschüre »Krippenweg« in der Hand.

»Das kommt gut an«, sagte Paul Fischer. »Fünfundvierzig Krippen kann man besichtigen, eine Zeitreise durch die Schnitzkunst. Unsere Helga Stuckenberger hat das initiiert, anfangs die Leute geradezu bekniet, ihre Raritäten zur Verfügung zu stellen.« Er deutete auf das Fenster vom Foto Kronburger, wo eine kleine Kastenkrippe stand, gerade mal dreißig mal dreißig Zentimeter groß, die Figuren wie Däumlinge vielleicht fünf Zentimeter hoch. »Die meisten der Krippen entlang des Krippenwegs sind wunderschöne Raritäten und meist Zweitkrippen, denn die eigentliche Familienhauskrippe, die will man schließlich an Weihnachten unter oder neben dem Weihnachtsbaum stehen haben! Meine Familie hat auch eine ausgestellt.« Er brach ab und schaute Gerhard und Baier fast verzweifelt an. »Und nun ist der Kölbl tot. An Weihnachten. Er hat doch auch eine Krippe ausgestellt.«

Auch wenn der Kollege sein Gefühl etwas krude formuliert hatte, verstand Gerhard, was er hatte sagen wollen. Das anheimelnd beleuchtete Oberammergau, die Weihnachtsstimmung wollte so gar nicht zur Kälte am Döttenbichl passen. Und der Tote war einer von ihnen. Auch in Kölbls Fenster stand eine prächtige Krippe, und Gerhard, wiewohl Laie, registrierte, wie lebendig vor allem die Tiere wirkten.

Sie kamen nicht mal dazu, die Klingel zu betätigen. Eine Frau hatte die Tür geöffnet. Sie war schlank und trug ein Festtagsdirndl. Ihr weißes Haar war zu einem Knoten gebunden.

»Paul? Es ist etwas passiert, mit Schorsch?«

Fischer schluckte.

Sie wandte sich Baier und Gerhard zu und reichte ihnen die Hand. »Josefa Heringer, ich bin die Schwester von Helga Kölbl, die Schwägerin von Schorsch. Ist er …?«

Gerhard nickte. Er hielt immer noch ihre Hand, er registrierte die Kühle und die Tatsache, dass sie schöne weiche, fast faltenlose Hände hatte, obwohl sie sicher schon weit in den Sechzigern war.

Sie traten ein. Josefa führte sie in das Wohnzimmer. Ein Gänsebraten stand auf dem Tisch. Die Haut wirkte gläsern. Die Gans stand wohl schon geraume Zeit da, seit Mittag wahrscheinlich. Die Familie hatte auf Schorsch gewartet, der Tod hatte sie unterbrochen, der Sensenmann hatte kein Verständnis für Weihnachtsbräuche.

Eine andere Frau war leise eingetreten. Die Familienähnlichkeit war unverkennbar. Sie war schlank wie ihre Schwester, etwas größer und feingliedrig, einige Jahre jünger. Die Frau war früher sicher eine Schönheit gewesen und besaß noch jetzt ein Madonnengesicht. Sie sah in die Gesichter der Anwesenden. Ihre Schwester trat auf sie zu. »Helga, ich … es tut mir so leid.«

Die Frau stieß einen Laut aus und sank in einen Ohrensessel. Ein Laut, der Gerhard durch Mark und Bein ging. Dann begann sie zu weinen, wehzuklagen, dass die drei Männer versucht waren wegzusehen. So viel Verzweiflung, solche Intimität. Es war unrecht, daneben zu stehen.

»Vinzenz! Vinzenz!«, rief Josefa Heringer in Richtung Tür. Und an Gerhard gewandt. »Vinzenz Zwinck, ein Freund der Familie, Emeritus an der medizinischen Fakultät der TU in München. Wir wollen alle zusammen die Gans ...« Sie brach ab.

Ein Mann eilte herein, ging vor Helga Kölbl auf die Knie, flüsterte leise. Schließlich stand sie auf. Er stützte sie, und sie gingen hinaus.

Während Vinzenz Zwinck sich um Helga Kölbl kümmerte, brachte Josefa einige Tassen Kaffee herein. Von der eilig zur Seite geschobenen Gans stieg noch immer ein leichter Geruch nach Zimt, Apfel und Bratensoße auf. Im Herrgottswinkel hing ein geschnitzter Christus, darunter stand eine Miniaturkrippe, die Tiere so winzig und doch so filigran, dass Gerhard genauer hinsehen musste.

»Beeindruckend!«

»Ja, mein Schwager war auf Tierschnitzerei spezialisiert.«

Gerhard sah sie fragend an.

»Ja, das ist so. Einer, der dem heiligen Josef Leben einhaucht, muss den Esel noch lange nicht beherrschen. Manche Schnitzer machen nur Madonnen, mein Schwager hat Tiere geschnitzt. Darin war er brillant.«

»Georg Kölbl war also Ihr Schwager?«

»Ja, er hat meine Schwester im zweiundsechziger Jahr geheiratet.«

Gerhard spürte, dass sie noch mehr sagen wollte.

»Und das war damals eher ungewöhnlich?«

»Sie sagen es. Der Georg war ein bettelarmer Junge. Er war zweiundzwanzig Jahre jung. Er war bei seinem entfernten Onkel eingezogen, hatte an der Schnitzschule so eine Art Stipendium, und er hat bei uns gearbeitet. Der Vater hat ihn ziemlich gepiesackt, aber letztlich war er von Georgs Willenskraft beeindruckt und von seinem Talent überzeugt. Deshalb hat er die Helga dann am End doch heiraten dürfen. Sie war ja auch gerade erst achtzehn. Aber es gab natürlich Gerede, dass er sich gesundgestoßen habe.«

»Weil er so arm war?«

»Ja, natürlich. Wir sind wohlhabend, nicht unbedingt wegen der Schnitzerei, aber wir haben einige Häuser in Garmisch geerbt, die Mieteinnahmen und Verkäufe ermöglichen uns ein angenehmes Leben. Das war zu unseres Vaters Zeiten so und ist heut noch so.«

»Und da kommt der arme Schlucker und heiratet die reiche Erbin. Ich kann mir vorstellen, dass das Anlass zu Spekulationen gegeben hat«, sagte Gerhard und lächelte die Frau aufmunternd an.

»Ja, aber Schorsch hat sich mehr und mehr Respekt erworben, als die Hälfte der Gemeinde 1981 das Pilatushaus hatte abreißen wollen. Stellen Sie sich vor: um Raum für einen Parkplatz zu schaffen! Der Georg und einige andere haben es geschafft, mit Hilfe von Radio, Fernsehen und Denkmalschutz das Haus zu retten – heute ist jeder froh. Ja, die Familie hat ihn immer geschützt. Helga vor allem. In guten wie in schlechten Tagen, bei ihr war das keine Floskel. Wir haben zusammengehalten. Das tun wir ...«, sie machte eine kleine Pause, »tun wir heute erst recht.«

Gerhard blickte wieder fragend und sagte, als ob er leicht abwesend wäre: »Ähm, ich bin nicht von hier. Wieso heute erst recht? Wenn ich Sie richtig verstanden habe, war Georg doch nun auch ein angesehener Bürger der Stadt, oder?«

»Nun, wenn Sie nicht von hier sind, lesen Sie vielleicht noch nicht lange unsere Zeitung und hören Radio Oberland. Wir waren mal eine angesehene Familie. Heute sind wir Hassobjekte.«

»Wegen Ihres armen Schwagers?«

»Nein, wegen des Masts. Wenn mein Mann gewusst hätte, was das auslöst, hätte er es gelassen.«

»Der Mast?«

»Der Mobilfunkmast! Wir haben landwirtschaftlichen Grund in Unterammergau. Mein Mann hat einen Mobilfunkmast errichten lassen, er wollte mich damit absichern. Auch ich habe einen Mann geheiratet, der für die allgemeine Lesart unter meinem Stand war. Aber im Gegensatz zu Georg, dem Künstler, dem Hochbegabten, war mein Mann einfach nur Landwirt. Er wollte beweisen, dass er sehr wohl eine Lang-Tochter verhalten kann. Verstehen Sie, er wollte, dass ich von seinem Geld lebe, nicht von meinem Familienerbe. Er hatte Krebs, und vor seinem Tod hat er noch den Vertrag mit der Mobilfunkgesellschaft abgeschlossen. Für mich! Was glauben Sie, was seither los ist. Ich bekomme Drohungen, man redet, ich wäre steinreich geworden. Noch reicher, als ich eh schon wäre. Dabei ist die Miete für den Mast gerade genug für Krankenkasse und Versicherungen. Die Menschen sind missgünstig, neidisch und boshaft. Ohne Helga und den Georg würde ich das nicht durchstehen.« Und plötzlich schluchzte sie auf: »Die haben den Georg umgebracht, diese irre Anti-Strahlen-Initiative. Der Georg hat mich immer verteidigt. Die haben ihn umgebracht. Die! Wie sollen wir ohne ihn hier bloß weiterleben?«

»Frau Heringer, können Sie uns Namen nennen. Menschen, die Sie bedroht haben?«, fragte Baier.

»Ja, kann ich, o ja, das kann ich! Ich kann sie Ihnen sogar aufschreiben.« Sie ging zu einem Sekretär und kritzelte in rasender Geschwindigkeit eine Liste zusammen, reichte sie Baier.

Gerhard sah Baier an, der sich erneut an die Frau wandte: »Frau Heringer, wir kommen morgen früh wieder. Ich möchte Ihre Schwester jetzt nicht mehr stören. Geht das in Ordnung?«

Baier und Gerhard verabschiedeten sich, und noch im Treppenhaus sagte Baier: »Ich muss zu einem Weihnachtsessen. Irgendwas mit Waisenkindern. Herrschaftzeiten, meiner Frau ihr permanentes Gutmenschentum. Dabei ist die Welt nicht gut, war sie nie, wird sie nie werden. Und Sie, Weinzirl. Was steht an am zweiten Weihnachtsfeiertag?«

Gerhard zuckte die Schultern.

»Kommen Sie doch mit«, schlug Baier vor.

»Ich kann doch nicht am 26., ich meine, es ist der zweite Weihnachtsfeiertag. Das Fest der Liebe, der Familie.«

»Denken Sie! Mein Sohn ist in Venezuela auf einer Ausgrabung, studiert Archäologie, meine Tochter lebt in den Staaten. Unsere Familie besteht immer am zweiten Weihnachtsfeiertag aus Kulturleuten, Lebenshelfern, ewigen Gönnern und Ehrenämtern. Meine Frau ist da ein bisschen wahllos, Frau Kassandra würde da auch gut dazupassen. Muss meine Frau mal fragen, ob sie sie kennt. Kommen Sie mit Weinzirl, das wird eine Wohltat für mich. Ein Realist unter lauter Deppen.«

»Aber Ihre Frau, ich bin nicht eingeladen«, versuchte Gerhard abzuwiegeln.

»Meine Frau hat ein großes Herz. Für alle, bloß nicht für unseren Beruf. Ich sei zu pessimistisch, sagt sie. Würde nicht ans Gute im Menschen glauben, sagt sie. Für sie ist das Todsünde. Sind Sie eigentlich verheiratet?«

»Äh, nein …«

»Gut so. Lassen Sie es. Jede Ehe ist wie Käse. Früher oder später beginnt sie zu stinken. Na ja, im Allgäu draußen dauert das vielleicht länger, euer Bergkas ist besser, der hält länger. Aber auch nicht ewig. Also Abmarsch, Weinzirl, zu den Gutmenschen, oder kauf mer uns vorher a Hoibe?«

»Gerne!«

Das Gasthaus, das sie ansteuerten, war lüftlbemalt. Wie im Bilderbuch für Oberbayern eben. Drinnen gab's einen Teil, der so was wie der gehobenere sein sollte, auf der anderen Seite des Gangs war eine Stube. Die Mittagsgäste waren wohl schon abgezogen, der Abendnachschub fehlte noch. Ein einzelner schwarz gekleideter Mann stierte in ein Weißbier, sein Gegenüber mit Dschingis-Khan-Bart und einem pinkfarbenen Kamm, der aus der Potasche der Lederhose ragte, stierte auch. An einem weiteren Tisch saßen ältere Männer in Tracht und donnerten die Schafkopf-Karten auf den Tisch. Der Lärmpegel war gewaltig. Aber als die Tür klappte, war es schlagartig still. Sämtliche Köpfe ruckten hoch, und mehrere Augenpaare starrten. Einer gab ein Grunzen des Erkennens von sich. Baier machte eine unbestimmte Handbewegung und knurrte »oider Wuiderer«. Welcher der alte Wilderer sein sollte, war Gerhard unklar, aber als sei das ein Geheimcode, senkten sich alle Köpfe wieder über die Karten. Sie setzten sich. Lange passierte nichts.

»Sollten wir nicht mal die Bedienung rufen?«, fragte Gerhard.

»Eine bayerische Bedienung ruft man nicht!«

Sie kam dann tatsächlich nach etwa zehn Minuten freiwillig, knallte eine Karte auf den Tisch und brummte: »Was wollts?«

»Zwei Weißbier«, knurrte Baier.

»Essen?«

Baier schüttelte den Kopf.

»Hätt auch nichts gegeben. Erst abends.« Sie raffte die Karten wieder zusammen.

Ungefähr zehn Minuten später kam das Weißbier. Gerhard und Baier schwiegen. Ausgestopfte Tiere blickten auf sie herunter. Irgendwann ließ sich die beleibte Dame wieder sehen und kassierte. Sie fixierte Gerhard mit zusammengekniffenen Augen. Als sie aufstanden, huschte so was wie ein Lächeln über ihr Gesicht: »Frohe Weihnachten, Baier. Eana a«, sagte sie in Gerhards Richtung.

»Danke!« Er grinste.

»Habe die Ehre!«, kam es von Baier, und das schloss den Oiden-Wuiderer-Tisch ebenso ein wie die Bedienung.

Auf den Straßen war Totentanz. Nassschnee senkte sich und blieb auf den Wiesen allmählich liegen. Sie erreichten Baiers Haus in der Lienhartstraße in Weilheim. Einige Autos standen davor.

»Aha, die Irren sind schon da.«

Baier schloss die Tür auf. Es war grabesstill. Sie traten in ein Wohnzimmer, in dem die Couchgarnitur zur Seite gerückt war. Tibetische Gebetsfahnen waren zwischen Gelsenkirchner Barock und Esstisch gespannt. In der Mitte des Raumes stand ein dürrer anämischer Mann, die Augen geschlossen, die Hände über den Kopf gereckt, die Fingerspitzen zusammengepresst. Auch die anderen Leute, die ihn umringt hatten, taten es ihm gleich. Eine kleine ältere, sehr schlanke Dame schlug die Augen auf, machte eine wedelnde Handbewegung und legte den Finger auf die Lippen. Psst! Baier packte Gerhard an der Schulter und schob ihn in die Küche. Er holte ein Dachs aus dem Kühlschrank, schenkte sich und Gerhard ein.

Er seufzte. »Nicht wundern, sie machen die Tanne.«

»Die was?«

»Das ist der Zlaus.« Er sprach das C wie ein zischendes Z aus. »Der Zlaus ist gerade der Lieblingsguru meiner Frau. Sie machen die Tanne, das regt den Energiefluss an. Sagt Zlaus. Dafür nimmt er ein Schweinegeld.« Baier prostete Gerhard zu. »Der liebe Herrgott hat einen großen Tiergarten.«

Frau Baier war in die Küche gekommen. Sie trug ein enges Oberteil mit Glitzersteinchen und eine weite haremsartige Hose, die Gerhard an einige Mädels gemahnte, die in den Achtzigern eine intensive Öko-und-Teestuben-Phase durchgemacht hatten. Sie begrüßte Gerhard überaus herzlich und wandte sich dann an Baier: »Peterle, das ist ja nett, dass du Besuch mitgebracht hast.«

Peterle, Gerhard unterdrückte ein Grinsen.

»Interessieren Sie sich dafür, Ihre Meridiane wieder frei zu bekommen?«, fragte sie Gerhard. »Sie sind herzlich eingeladen, unsere kleine Übung mitzumachen.«

»Weinzirl ist mein Kollege!«, mischte sich Baier ein.

»Peterle, du alter Knurrhahn. Das muss ja nicht heißen, dass er ebenso unsensibel ist wie du. Womöglich mag er sich unseren *good vibrations* öffnen? Nicht wahr, Herr Weinzirl? Aber behalten Sie nur Platz und leisten meinem Peterle Gesellschaft. Es gibt sowieso gleich Essen.« Sie lächelte und schwebte leichtfüßig hinaus. Mussten die Meridiane sein.

»Herrschaftzeiten, wenn sie mal zwider wäre, aber dieses ständige Verständnis für alles und jeden. Na ja, für mich weniger, aber sie bleibt trotzdem ruhig. Macht mich rasend.« Er hieb auf die Tischplatte. »Der Herr gebe mir ein zwidernes Weib, a rass Nagerl!«

Gerhard lachte. Rass Nagerl klang gut. Aber ob das eine Lösung war? Ihm wäre Jo manches Mal ein bisschen sanfter und weniger aufbrausend ganz lieb. Sie hatte nie Verständnis für die Schwächen der Menschheit, Mittelmäßigkeit kam in ihrem Leben nicht vor. Verständnis hatte sie nur für Tiere. Heute früh hatte sein Vermieterkater ihm schon den dritten frisch gefangenen und angefressenen Vogel ins Bett gelegt. Gerhard war sich sicher, dass die Weisheit, Katzen erwischten nur kranke und alte Tiere, eine Mär der Katzen-Lobbyisten war. So betrachtet musste er umgeben sein von einer maroden, überalterten Vogelpopulation. Er hasste Vogelleichen im Bett, und dann erst die Federn. Wie viele Federn hatte so eine windige Amsel? Jo hätte ihm gesagt, das sei ein Vertrauensbeweis gewesen. Und ausgeführt, dass »über den Wolken« eine Illusion ist. Von wegen große Freiheit, fliegen zu können. Vögel können zwar fliegen, aber sie landen früher oder später im Magen einer Katze. Scheißkiller, dachte Gerhard.

Ein Glöckchen riss ihn aus seinen Gedanken. »Zu Tisch, zu Tisch!«, rief Frau Baier. »Das Essen ist fertig!«

Nun ja, Gerhard hätte vielleicht nicht unbedingt den Ausdruck Essen verwendet. Essen machte satt, und es bestand aus Fleisch, das war immer schon Gerhards Meinung gewesen. Doch nun folgten auf eine indische Linsensuppe, die so scharf war, dass Gerhard bitterste Tränen vergoss, diverse geschmacksneutrale Gemüsebrätlinge. Sie gingen einher mit einem Joghurtdip, in dem sich einige extrem merkwürdige Gewürze ertränkt zu haben schienen. Nuancen, die noch nie an Gerhards Gaumen herangetreten waren. Die Nachspeise hingegen war passabel: Eine Torte – wenn auch der Boden aus biologischem Dinkelmehl stammte, wie er erfuhr. Aber die Füllung aus Sahne, Schokolade und Johannisbeeren war süß und üppig und verdiente ansatzweise den Namen Essen. Die Torte hatte übrigens Gerhards Vermieterin mitgebracht, die er so nun endlich kennen lernte. War Baiers Gattin eher dünn zu nennen, war diese Dame eher auf der festeren Seite, beide aber beseelt vom Auftrag, das Gute im Menschen zu entdecken und wecken.

Sie lauschten nämlich gebannt den Ausführungen eines feisten Typen im Jägerornat, der selbstgefälligen Nonsens schwafelte und keine Tischmanieren hatte. Die beiden Damen versuchten allen Ernstes auf seine Rede einzugehen, wo ein klares »einfach mal die Fresse halten« sicher heilsamer gewesen wäre. Gerhard schickte einen Hilfe suchenden Blick zu Baier hinüber, der gerade aufstand. »Muss euch den Kollegen jetzt entführen, wir haben unsere Leichen noch nicht im Griff.«

»Peterle, es ist Weihnachten!«

»Ja, ist Mördern aber egal. Es gibt sie, meine lieben ehrenamtlichen Gutmenschen, die ihr hier versammelt seid. Es gibt sie, auch an Weihnachten.«

Seine Frau sah ihn strafend an. Kopfschüttelnd stieg Baier in seinen Keller hinunter und grummelte: »Jetzt frag ich Sie Weinzirl: Was tut sich meine Frau da auf? Ist dürr wie ein Stecken, isst nie was Gscheits. Die haben alle um die fünfzig Magersucht bekommen, muss Magersucht sein. Wirkt sich in dem Alter viel schlimmer aus als bei Teenagern. Falten am

Hals wie diese Hunde, denen ihre Haut nicht passt. Herrschaftzeiten Weinzirl, das heißt doch Fleischeslust und nicht Knochenlust.«

Gerhard war ihm schmunzelnd gefolgt. Im Keller gab's ein kleines Stüberl. Baier zauberte Dachs und einen ordentlichen Ranken Geräuchertes aus dem Kühlschrank. Mit einem französischen Opinel säbelte er es in hauchfeine Streifen. »Langen Sie zu, Weinzirl.«

»Wunderbar«, sagte Gerhard und lehnte sich zurück. »Und nun sagen Sie mir bloß, wer dieser Waidmann war?«

»Jäger, Erbe, Immobilienhai, Stenz, Heimsuchung der Lokalpolitik, der kommt Ihnen sowieso bald mal unter. Herrschaftzeiten, da habens doch eher die Nachgeburt großgezogen! Verschonen Sie mich, Ihnen den genauer vorzustellen. So, und nun gönnen wir uns was.« Baier zauberte einen kleinen stilechten Humidor hervor und bot Gerhard eine Havanna an. Dazu kredenzte er einen kubanischen Rum, der dunkelgolden und ölig ins Glas glitt. »Kuba ist meine Leidenschaft.«

Gerhard kostete den Rum, das war schon was anderes als der Stoff, aus dem die Cuba Libre bei seinem ersten und einzigen Ausflug nach Mallorca gewesen war. Sie saßen, tranken und rauchten. Gerhard ließ den Blick schweifen. Oben, fast unter der Decke, war ein umlaufendes Regal montiert, auf dem an die hundert Bierkrüge standen. Kuba und Bierkrüge, Respekt vor dieser Mischung, dachte Gerhard.

»Alles Brauereien, die ich getestet hab«, sagte Baier, der Gerhards Blick gefolgt war. Er zog eine Schublade auf und legte einen opulenten Bildband über Krüge vor Gerhard ab. Gerhard blätterte, wohl nicht hingebungsvoll genug. Plötzlich entriss ihm Baier das Buch. »Das versteht ihr im Allgäu draußen eh nicht.« Er starrte in sein Rumglas, Gerhard starrte auch. Sie schenkten sich nach und schwiegen.

Als Gerhard sich verabschiedete, warf er noch einen kurzen Blick ins Wohnzimmer. Da war die Nadelbaum-Fraktion wieder in voller Entfaltung. Gerhard winkte Frau Baier zu, die eine schlanke, anmutige Tanne gab, die sich himmelwärts reckte. Gerhard fühlte sich wie eine knorzige alte Eiche, deren Äste es erdwärts zog.

5.

Als Gerhard nach einem frühen Abstecher nach Ogau – er hatte Josefa Heringer und Helga Kölbl nochmals zu der Anti-Strahlen-Initiative befragt – mit noch immer schwerem Rum-Schädel gegen zehn Uhr an diesem 27. Dezember die Inspektion betrat, war Baier schon hochenergetisch. Schlaf schien der Mann nicht zu brauchen. Er hatte zwei leichte Weiße auf seinem Tisch aufgebaut, reichte Gerhard eine und prostete ihm zu.

»War bei diesem Rechtsanwalt von Brösig. Rechtsbeistand der Initiative. Betonung auf von. Wohnt in Murnau mit unverbaubarem Blick übers Moos. Weiße Architektenvilla, kennen Sie so was? Ist einer von der Sorte: Fahren Sie mich hin, wohin Sie wollen. Ich werde überall gebraucht.«

Gerhard lachte. »Und, wo haben Sie ihn hingefahren?«

»Am liebsten zur Hölle, so ein aufgeblasener Stenz. Aber er hatte natürlich ein Alibi, ein bombensicheres. Er war beim Bürgermeister und anderen Honoratioren zum Mittagessen geladen. Zitiere: ganz informell. Herrschaftzeiten!«

»Nun, meine Ausbeute ist besser.« Gerhard schlug seinen Uli-Stein-Notizblock auf. »Ich bin mit den Damen Kölbl und Heringer mal die Anti-Mobilfunk-Initiative durchgegangen. Da gibt es einen gewissen Stuckenzeller. Sie nennen ihn in Ogau den Prozessor. Weil er gegen Gott und die Welt prozessiert. Muss ein streitbarer Zeitgenosse sein. Seines Zeichens ist auch er Schnitzer. Die Damen erinnern sich, dass er erst kürzlich Georg Kölbl in der Werkstatt aufgesucht hat und aufs Wüsteste beschimpft hat. Er habe ihn am Kragen gepackt und gesagt: Dich mach ich so fertig, dass du in einen Schuhkarton passt. Josefa Heringer war mit seiner Frau näher bekannt. Sie ist vor drei Jahren an Knochenkrebs gestorben, und seither sei dieser Stuckenzeller völlig verbittert. Er ist wohl davon überzeugt, dass seine Frau wegen zu hoher Strahlung Krebs bekommen hat. Unsinn, sagt Frau Heringer dazu, aber der Mann klammere sich daran.« Irgendwie verständlich, dachte Gerhard, dass man im Schmerz einen Schuldigen sucht. Und der Schuldige war eben Frau Heringers Mann gewesen und nach dessen Tod der Schwager Georg Kölbl, der tot am Döttenbichl gelegen hatte.

»Gut, dann besuchen wir den mal.« Baier nickte. In dem Moment forderte sein Mammut-Handy die Aufmerksamkeit.

»Ja, das wird aber auch Zeit«, hörte Gerhard ihn knurren. »Hätte das Ergebnis auch schon vor Weihnachten gebraucht.« Baier schwieg einen Moment lang.

»Wie? Hätte mir vor Weihnachten auch nichts gebracht?«

Es war wieder still. In der Zeit überzog sich Baiers Gesicht mit einer leichten Röte. »Bitte?« Das war mehr ein Schrei als eine Frage.

Wieder Stille, noch mehr Rot in Baiers Gesicht. Und dann ein: »Das glaub ich jetzt nicht. Sind Sie sicher?«

Baier kritzelte hektisch auf einem Zettel herum. »Ja, und der andere?«

»Was? Wie bitte!?« Baiers Gesichtsfarbe changierte inzwischen ins Lila.

»Und?« Gerhard sah Baier besorgt an, dessen Visage wirklich extrem ungesund aussah, und der schnaufte wie eine alte Kreiselpumpe. Zudem stand Schweiß auf seiner Stirn.

»War das die Patho?«

»Ja!« Baier brüllte. »Kölbl wurde erwürgt. Wie angenommen. Mit einem Gürtel. Es gibt Lederpartikelchen am Hals. Aber nichts unter den Fingernägeln.«

»Ja, nun gut, das wäre ja auch zu schön gewesen«, sagte Gerhard, »und Draxl?«

»Es war ein Herzinfarkt bei Draxl. Ein hundsgewöhnlicher Infarkt! Sie sagen, dass er eine Herzkrankheit hatte, dass die Gefäße schon stark verengt waren. Ist wohl nie zum Doktor gegangen, der sture Tropf.«

»Öha! Des isch kähl.« Manchmal kam das Allgäuerische einfach so über ihn. Hier komischerweise mehr als in der Heimat. Gerhard verzog den Mund und legte die Stirn in Dackelfalten.

»Und es kommt noch besser: Die Fundstelle der Leiche ist nicht die Stelle, an der er das Zeitliche gesegnet hat.«

»Was?«

»Ja, des isch in Ihrer Sprache wahrscheinlich erst recht kähl! Die haben Druckstellen unter den Achseln gefunden und Abschürfungen und Kratzer an seinen Beinen, die zweifelsfrei darauf hindeuten, dass er transportiert wurde.« Baiers Lautstärke war bedenklich.

»Wir brauchen zwei ghörige Woiza. Für Erwachsene.« Gerhard leerte sein Leichtes in einem Zug. Baier seins auch, und Gerhard holte aus der Küche zwei neue Flaschen. Stilecht brachte er die Gläser in Schräglage, schenkte ein und schwenkte am Ende noch die Hefe und ließ sie ins Glas gleiten. Er nahm einen tiefen Zug.

»Baier, Sie wollen sagen, da hat einer den Draxl im Eibenwald gefunden, ihn zu diesem heimeligen hohlen Baum geschleift und ihn dort dann hingesetzt?«

»Ich will das nicht sagen, die Patho sagt das. Und die unglaubliche Geschichte geht noch weiter. Sie haben Fingerabdrücke gefunden. Ich hatte doch gebeten, die Augenlider zu untersuchen?«

»Ja und?«

»Es gibt Abdrücke auf den Augenlidern.«

»Und derjenige, der Draxl die Augenlider zugedrückt hat, hat auch Abdrücke auf Kölbl hinterlassen?«, fragte Gerhard.

»Würde gut passen. Ist aber nicht so. Hallo, willkommen in der beschissenen Realität! Das ist nicht Tatort oder Rosa Rot oder Bella Block. Wieso heißen diese Frauen alle so blöd? Nein, auf Kölbl nichts, niet! Nur die Lederpartikel. Wir müssen nur den dazugehörigen Gürtel finden!«

»Sakra!« Mit einem »Pfft« ließ Gerhard Luft entweichen.

Baier stöhnte. »Weinzirl, wissen Sie, was das bedeutet? Einer bettet einen Toten, der am Herzinfarkt verreckt ist, so um, dass er gemütlich in einem Baum zu sitzen kommt. Die Spurensicherung muss da nochmals in den Eibenwald rein. Die müssen rausfinden, wo er ursprünglich abgenippelt ist. Herrschaftzeiten, da ist doch längst nichts mehr zu finden. Weinzirl, das ist kein Ruhmesblatt!«

Er sagte nicht »kein Ruhmesblatt für Sie, für mich, für uns«. Nur eben »kein Ruhmesblatt«. Darin war kein Vorwurf enthalten, aber Gerhard fühlte sich verantwortlich.

»Das konnte man nicht ahnen.« Auch Gerhard wählte das neutrale »man«.

»Verdammich!« Baier zog an wie ein schwer arbeitendes Ross am Wassereimer. Sein Weißbier war über die Hälfte geleert. »Herrschaftzeiten! Ein Herzinfarkt, der wie durch Zauberhände in einen hohlen Baum geraten ist, und ein Derwürgter. An Weihnachten, in den Raunächten.«

Gerhard fasste das Unglaubliche nun auch für sich zusammen: »Ein Mann erleidet einen Herzinfarkt. Im Eibenwald, im Nieselregen. Und dann kommt einer und ist so fürsorglich, dass er ihn in den Baum setzt. Da wo es trocken ist und kuschelig? War das Frau Kassandra?«

»Nie, diese boinige Henna hat doch nie so viel Kraft.«

»Wer weiß, so schwer war Draxl nicht«, gab Gerhard zu bedenken.

»Aber warum hätte sie das tun sollen? Und uns dann alarmieren?«

»Weil sie auf Publicity hoffte? Weil das ganze Gequatsche über Raunächte eben nur Gequatsche ist. Wenn sie aber einen Beweis für die Magie und Macht der Raunächte hat, dann kriegt ihre Kundschaft vielleicht Angst. Und lässt sich von Frau Kassandra beraten, kauft ein Raunacht-Überlebens-Kit. Was weiß ich, wie das in dieser Szene abläuft«, sagte Gerhard, der es immer noch nicht ganz verwunden hatte, dass diese Kassandra ihn augenscheinlich veräppelt hatte.

»Sie soll das inszeniert haben? Ich weiß nicht, Weinzirl! Und wie passt das mit Kölbl zusammen? Den hat sie umgebracht, weil sie ja schließlich auch ein Mitglied bei den Mobilfunkgegnern ist? Alles Zufall? Den Ersten hat sie zufällig gefunden und beschlossen, Profit draus zu schlagen? Und irgendwie ist sie in ihrer Funktion als Anti-Mobilfunk-Nervensäge an Kölbl geraten und hat den dann auch gleich noch umgebracht? Nichts als ein Zufall, der uns vorgaukelt, einen tieferen Sinn zu haben?«

Baier sprach in ganzen Sätzen, ein untrügliches Zeichen dafür, dass er voll bei der Sache war, dass er alarmiert war. Sie tranken beide schweigend, bis Gerhard schließlich anhob: »Ob Kassandra dem Draxl die Augen zugedrückt hat, finden wir relativ leicht heraus, indem wir ihre Fingerabdrücke nehmen, oder? Und wegen Kölbl? Vielleicht hat sie ja 'nen Ledergürtel.«

»Ja sicher. Jetzt lassen wir die Kollegen Steigenberger und Kienberger erst mal den Computer mit den Fingerabdrücken füttern. Vielleicht ist er ein alter Bekannter, vielleicht hat das BKA ihn?«, sagte Baier.

»Ja, oder die CIA oder Europol.« Gerhard flüchtete sich in Ironie.

Sie ließen die jungen Kollegen arbeiten und hackten beide selber halbscharig in die Tasten. Aber weder Gerhard noch Baier hatten eine Affinität zu Computern. Wenn Gerhard sich solch einer Maschine nur näherte, stürzte sie ab, fing sich Viren und Würmer ein oder erhielt auch noch alles vernichtende Stromstöße auf die Festplatte. Aber auch der junge Steigenberger fand nichts. »Kein Kunde, nirgendwo!«

»Verdammich!«, rief Baier. »Rufen Sie diese Frau Kassandra an, kündigen Sie uns an.«

Er warf Gerhard die Karte über den Tisch.

Gerhard wählte die Nummer und wurde mit einem hellen »Marakala« begrüßt. Gott, die Alte hatte echt einen Schuss.

»Ja, Ihnen auch einen schönen Tag. Wir hätten da noch einige Fragen, können wir vorbeikommen?«

»Schlecht, ich bin gerade in Weilheim, aber ich kann bei Ihnen vorbeikommen.« Sie klang plötzlich ganz vernünftig.

»Ja, bitte, wenn es Ihnen nichts ausmacht.«

Sie kam wenig später mit Plinius im Schlepptau und war ausgesucht höflich. Sie meuterte nicht, als man ihre Fingerabdrücke nahm, sie gab auch unumwunden zu, Kölbl zu kennen. Ja, er stand unter Beschuss von Seiten der Mobilfunkgegner, auch das gab sie gerne zu.

»Sie wohnen in Raisting. Ich hab mich mal schlau gemacht. Die Erdfunkstelle, die heute der Telekom gehört, gibt's seit 1964, und es existiert noch dazu eine DLR-Bodenstation, die sich vier Kilometer etwas weiter südwestlich im Wald verbirgt. Und wissen Sie, was ich noch gelesen habe: Als die Zwillingssatelliten der Mission GRACE im März 2002 am russischen Weltraumbahnhof gestartet waren, war es diese Bodenstation, die nach neunzig Minuten den Kontakt zu den Satelliten hergestellt hatte. Ist das karmisch denn gut, so nahe an diesem ganzen Gefunke zu wohnen – vor allem in Hinblick darauf, dass Sie sich doch gegen Mobilfunk engagieren?« Baier sprach schon wieder in ganzen Sätzen und verblüffte Gerhard einmal mehr. Wann hatte er das recherchiert?

Frau Kassandra saß ganz entspannt auf dem Stuhl. »Also, um Ihre eingefahrenen Hirne nicht noch weiter zu strapazieren. Ich habe keine Ahnung, ob die Dinger strahlen. Ist mir auch wurscht. Bei den Mobilfunkgegnern bin ich, weil das meine Kunden sind. Der von Brösig …«, auch sie betonte das »von« sehr überspitzt, »… bringt mir eine ganze Reihe zahlungskräftiger Kunden. Münchner Damen im ausgehenden Mittelalter zumeist, im Geld schwimmend, von Golflehrer, Reitpferd und Masseur gelangweilt. Also bin ich in der Initiative. Der Kölbl ist mir egal.«

Inzwischen hatte der Kollege Steigenberger die Fingerabdrücke überprüft, die nicht zusammenpassten, und Melanie-die-mit-dem-Brauereiross-Hintern hatte fünf Leute angerufen, die über Weihnachten bei Frau Kassandra gewesen waren: deren Schwester mit Mann und drei alte Freunde und Freundinnen, wohl bekannt aus der Weilheimer Theaterszene. Sie alle bestätigten, dass sie ab zehn Uhr am 26. beim

Weihnachtsbrunch gewesen waren und erst gegen neunzehn Uhr gegangen waren. Kassandra hatte das Haus nicht verlassen, sie wäre dazu auch viel zu besoffen gewesen, wie ihre Schwester das wenig charmant formuliert hatte. Mit Kölbls Tod konnte sie nichts zu tun haben.

Als Kassandra draußen war und sowohl Gerhard als auch Baier zugeben mussten, dass die Zeugen glaubhaft waren, sagte Baier plötzlich: »Los!« Und fast ohne Übergang, immer noch viel zu laut, fügte er hinzu: »Weinzirl, ich brauch jetzt eine Medizin!«

»Was?«

»Ich brauch jetzt 'ne Auszeit. Keine Fragen, auf die es keine Antworten gibt. Kommen Sie.«

Sie fuhren aus Weilheim hinaus, durch flaches Land, und am Horizont standen die Berge Spalier. Gerhard fühlte sich trotz seines Weihnachtsfrusts und der zähen Ermittlung plötzlich leicht. Die Berge rückten einem hier noch nicht allzu dicht auf den Pelz, sie hielten anmutig Abstand. Es war ein bisschen wie im Allgäu, wenn auch hier jene Landschaft fehlte, die sich Schritt für Schritt, Stufe für Stufe aufbaute, bis sie über Moore und Wiesenhügel am Ende echte felsige Größe erreicht hatte. Hier kamen die Berge unvermittelter, aber davor dehnte sich das Murnauer Moos und hielt alles, was bedrückte und einengte, auf Distanz. Ein Rest von Föhn gaukelte vor, dass die Berge direkt hinter dem Klosterkomplex von Polling aufragten. Baier blieb auf der Hauptstraße, überquerte die Ammer und erreichte Peißenberg. Bei der Esso-Tankstelle bog Baier rechts ab und an einer Brandruine wieder links.

In dieser Parallelstraße zur endlos langen Hauptstraße hielt Baier vor einer griechischen Kneipe. Sie stiegen aus, gingen rein und wandten sich der Theke zu. Ein kleiner Grieche, der Gerhard auf den ersten Blick sympathisch war, begrüßte Baier und gab Gerhard die Hand. Strahlte ihn an.

»Grüß dich.« Er sah Baier an. »Dein neuer Kollege?«

Baier nickte. Gerhard nickte auch. Eine junge Frau stellte Gerhard ungefragt ein Weißbier hin. Das gefiel Gerhard hier.

An der Theke hingen einige Gestalten. Köpfe ruckten kurz in Gerhards Richtung. »Servus.« Gerhard prostete Baier zu, einige andere der Thekenbesatzung hoben ihre Gläser. Gerhard ließ sich auf einem Barhocker nieder.

»Magst a Medizin?«, fragte Wirt Toni in einem reizenden Mischdialekt aus Bayerisch mit griechischem Akzent.

»Medizin, Ouzo halt«, erklärte ihm sein Nachbar. »Habt ihr das auch im Allgäu draußen? Sicher! So hinterm Mond seids ja auch nicht, oder?«

Eine Runde Ouzo ging über den Tresen. Baier hob das Glas. »Willkommen, nochmals. Dachte, ich zeig Ihnen gleich, wo man am besten strandet. Kenn Ihren Geschmack ja nicht, aber bei Toni hats noch jedem gefallen.« Baier sprach den Wirt direkt an: »Toni sag! Wie war das mit deinen Leberwerten?«

»Na bestens, toll, der Doktor war voll zufrieden.«

»Ist die viele Medizin«, ließ Gerhards Nachbar vernehmen. »Ich war auch beim Arzt, ich bin fit wie ein Turnschuh.«

Ein Dritter schaltete sich ein: »Ja, da bin ich halt auch gegangen. Ich hab die Leber eines Säuglings. Aber ich trink ja eh nur leichtes Weißbier.« Er nahm einen kräftigen Schluck von seiner Medizin.

Leberwertvergleich, das also beschäftigte hier. Gerhard musste grinsen. Doch, das gefiel ihm. Keine unnötigen Fragen, keiner nervte mit Privatem oder Geschichten vom Arbeitsplatz. Man war einfach da. Der Abend spülte immer neues Strandgut an die Theke. Eine sonderbare Mischung

Menschen, die sich alle irgendwie kannten, doch wohl gar nichts gemeinsam hatten als diese Liebe zur Theke und dem Medizinmann. Gerhard beobachtete sorgfältig: ein türkischer Stenz, ein alter schweigender Grieche, ein großer Schlanker mit ziemlich blauen Augen unter einem Jack Wolfskin Hut. Ein Musiker von einer Band, die hier wohl lokalen Kultstatus hatte, in seinem Schlepptau eine Art Catweazle, den Gerhard bei sich als »die Matte« bezeichnete.

Später tauchte noch einer auf, der Gerhard davon berichtete, gerade sieben Spiegeleier gegessen zu haben. Sein Begleiter, ein kleiner Dünner, der was von Robbie Williams mit mehr Falten hatte, wollte Gerhard in ein Gespräch über Formel Eins verwickeln, faselte dauernd vom Qualifying und schwafelte lange über den spannenden Erwerb einer Breitling auf eBay. Gottlob rief Baier zum Aufbruch, denn wenn es Gerhard an zwei Interessen akut mangelte, dann war das Formel Eins und Labels aller Art, egal ob Mode oder Uhren. Als sie gingen, noch mal dezentes Nicken, eine letzte Medizin – nicht für Baier, der nur Wasser trank. Gerhard fühlte sich leicht, zufrieden und fast ein wenig sentimental. Er hatte hier in kürzester Zeit das Gefühl, angekommen zu sein. Auf Wohlwollen vertrauen zu können.

»So«, meinte Baier. »Jetzt kennen Sie unser Wohnzimmer. Passt das?«

Gerhard lächelte. »Ein feines Wohnzimmer und eine recht eigentümliche Familie dazu. Sie müssen mir mal eine Einweisung in die Mitglieder geben. Der Musiker?«

»Ist in Ordnung. Gehört zur Red Sina Band, eher meine Generation, aber nicht zu unterschätzen. Die rocken ganz schön ab. Sechziger Jahre und so. Ich gesteh Ihnen was: Ich bin Gary-Glitter-Fan.«

»Die Matte?«

»Sozusagen deren Roadie. Landschaftsgärtner sonst. Eine Seele von einem Menschen. Lebt für seine Katzen und seine Sammelwut. Ein bisschen zu gut für diese Welt, und dann sein Pech bei Frauen. Na ja, und der Alkohol. Die Matte! Gute Beschreibung.«

»Das Blauauge?«

»Guter Freund von mir. Wir machen ab und zu 'ne Ausfahrt mit unseren Hockern. Er hat auch 'ne Elfhunderter. Ganz geruhsam. Altherren-Ausflug. Wir habens beide im Kreuz.« Er lachte.

»Das Mädchen?«

»Tonis Freundin. Nettes Mädchen. Irgendwie aus 'nem Ostland. Kann inzwischen gut Deutsch. Volkshochschule. Lassen Sie da mal lieber die Finger davon.«

»Keine Sorge! Nicht ganz meine Altersklasse!«

»Der Eiermann?«

»Sozusagen lebendes Inventar. Netter Kerl.«

»Die Breitling?«

»Autodantler. Mag den Wein und die Frauen ein bisschen zu gern. Na ja, die Frau ist ihm abghauen, ist ein bisschen aus dem Tritt. Der ist hart an der Grenze zum Kriminellen. Ist nicht von hier, Köln, glaub ich.«

Aha, die Toleranz hatte eben doch Landesgrenzen! Baier war die ganze Zeit schon über eine schmale Straße gefahren und schien nun mitten in ein Moor hinein abzubiegen. Eine gesperrte Straße zudem. In einer Senke stand das Wasser, Baier nahm Anlauf, und das Wasser schlug über der Motorhaube zusammen. Baier grinste wie ein Lausbub.

»War früher schon die Herausforderung, ob du durchkommst oder stecken bleibst. Ist eine Abkürzung und wird von Besoffenen gern genommen. Als ob wir das nicht wüssten.« Ein Auto kam ihm entgegen. Viel zu schnell. »Das ist so einer. Sie glauben gar nicht, wie viele Autofahrer Verwandte und Bekannte am Hahnenbühl haben und diese nachts zwischen eins und vier besuchen.«

Schließlich gelangte er auf die Hauptstraße, und fast gegenüber war auch schon die Einfahrt zu Gerhards neuer Bleibe.

»Ach, hier sind wir! Raffinierte Route. Lassen Sie mich doch hier raus, ich geh die paar Schritte.«

Baier nickte. »Gute Nacht, bis morgen. Er schaute auf die Uhr. »Äh, heute.«

Gerhard ging auf das Haus zu, das von Nebelschwaden umtanzt wurde. Der Föhn hatte aufgegeben, der Winternebel wieder die Regentschaft übernommen. Und plötzlich hörte er ein Geräusch. Sein Kopf ruckte nach rechts. Aus einem der vielen Stall-Nebengebäude, deren Bestimmung ihm noch nicht ganz klar war, trat ein Engel aus dem Nebel. Eine Lichtgestalt, das lange blonde Haar umfloss sie. Gerhard blinzelte. Doch zu viel Medizin! Schlagartig wurde es dunkler.

»Entschuldigung. Jetzt hab ich Ihnen genau in die Augen geleuchtet.«

Gerhard blinzelte nochmals. Das Wesen vor ihm war vielleicht kein Engel, aber es musste eine Fee sein. Waren das diese Raunächte? Es trug ein langes, türkisfarbenes Gewand mit einem Mieder, endlose blonde Strähnen sanken auf seine Hüften herab, und es trug einen Haarreif. Allerdings eben auch eine wenig feenhafte Taschenlampe.

»Oh, hallo! Ich war noch bei den Kindern.«

Gerhard kam sich immer noch vor wie im falschen Film. »Kinder, im Stall?«

Die Fee lachte. »Ich meinte meine beiden Pferdchen. Ich bin gerade heimgekommen und wollte noch schnell nachsehen, ob alles in Ordnung ist. Sind ja noch klein, die beiden Süßen. Sie sind unser neuer Mieter. Ich bin die Tochter. Ja, und gute Nacht!« Sie schürzte ihre langen Röcke, was dicke Winterboots zum Vorschein brachte, und verschwand im Nebel. Eine Mittelalter-Fee mit Pferdekindern, Akkulampe und Boots.

Allmählich bekam Gerhard eine Ahnung davon, weswegen diese Familie als etwas *strange* galt. Als er im Bett lag, wurde die Fee leider von den Gesichtern der zwei Männer vertrieben. Draxl, der Herzinfarkt, der durch Zauberhände von einem noch unbekannten Platz in diesen hohlen Baum getragen worden war. Und Georg, Schorsch Kölbl. Erwürgt, und doch liebevoll gebettet. Was passierte hier? War hier ein Irrer am Werk in diesen Raunächten. Sie hätten den Charakter einer Erlösung, hatte diese Kassandra gesagt. Erlöst hatte Schnitzermeister Kölbl aber nicht ausgesehen. Gerhard fröstelte, irgendwas schien mit der Heizung nicht in Ordnung zu sein. Winter! Die viele Dunkelheit machte empfindsam, dünnhäutig und ließ einen schneller frieren, innerlich und äußerlich.

*

Fuizbuam Winter 1949

Als Hansl die Augen aufschlug, war Raureif auf seiner Decke. Jetzt nicht aufstehen müssen, einfach nicht aufstehen müssen! Sein Magen knurrte, er fröstelte. Sein kleiner Bruder, der Hermann, hatte einen Daumen im Mund und gab ein grummelndes Geräusch von sich, als Hansl vorsichtig aus dem Bett schlüpfte. Hansl tapste barfuß in die Küche, wo der Herd wohlige Wärme verbreitete. Echte Wärme, eine dicke Wärme, die einen umfing wie eine Wolldecke. Anders als sonst, wenn nur dünne Zweiglein im Ofen verglühten. Gestern, als er und die Mutter ihren Schlitten mit Reisig aus dem Achberger Forst beladen hatten, war die Frau Bernhardine Stöckl aufgetaucht. Nicht mit dem viel bewunderten Auto, denn es gab in Maxlried ja nur zwei, sondern mit einem Pferdegespann. »Steigts auf«, hatte sie gesagt, den Verwalter angewiesen, den kleinen Schlitten aufzuladen und sie nach Hause zu fahren. Sie hatte Hansls Mutter die Hand gereicht, um ihr auf den Schlitten zu helfen. »Plagt dich die Kälte, Agi?«, hatte sie gesagt und gelächelt. Die Frau Bernhardine. Die Gutsherrin! Hansl war der Mund offen stehen geblieben, erst recht als der Verwalter nicht bloß das Reisig ablud, sondern begann, etwa zwei Ster Holz vor dem Haus aufzuschichten. Buchenholz, bestes, trockenes Buchenholz. Die Mutter hatte zu weinen begonnen, war auf die Knie gesunken und hatte immer nur gestammelt: »Vergelt's Gott, Vergelt's Gott.« Die Frau Stöckl hatte Hansl ein paar bunte Bonbons in die Hand gedrückt: »Pass gut auf die Mutter und den Hermann auf. Frohe Weihnachten.« Dann hatte das Gespann gewendet und wurde verschluckt vom Schnee, der unaufhörlich niedersank auf den Moosboden.

So war das gestern gewesen, und heute war es warm.

Die Mutter hatte ein Mus gekocht, Hansl schlüpfte auf die Bank. Er sandte einen bangen Blick zum Fenster hinaus: Es schneite, dicke Flocken, wie Pflaumen so groß. Das Millifuhrwerk würde heute nicht durchkommen, es gab keine Chance mitzufahren bis ins Dorf. Obwohl es noch nicht Weihnachten war, sehnte er sich nach dem Sommer. Da bogen sie an Schallers Kreuz ins Kirchenwegerl ein, rannten die Wiese hinunter, die Arme weit ausgebreitet. Und auf dem Heimweg konnte man im Gras liegen und zum Himmel hochsehen, wo Schwäne zogen und Drachen das Maul aufrissen, wo alte Männer Schafe hüteten und Elefanten ihren Rüssel schwangen. Hansls Fantasie beim Wolkenraten war grenzenlos, seine Welt aber voller Grenzen. Heute würde er zu Fuß gehen müssen, bis zum Bauch im Schnee.

»Heut schaff ich es nie in die Kirch. Ich muss froh sein, wenn ich's in die Schul schaff«, sagte der Hansl.

Agi legte ihm ihre dünne, kalte und raue Hand auf den Unterarm. »Das macht nichts, Hansl. Der Himmelpapa, der versteht das schon. Der sieht ja, dass es schneit. Und wenn's dem Pfarrer nicht passt …« Ihre Worte verklangen. »So, und jetzt zieh dich an und hol den Schorschi ab. Zieh die gute Hose an und nimm den Schal und die Mütze. Und Handschuhe!« Sie drohte ihm scherzhaft mit dem Finger.

So fröhlich hatte er die Mutter schon lange nicht mehr erlebt. Aber es war warm, und übermorgen war Weihnachten, und die Franzi, seine große Schwester, die als Magd in Grasleiten war, würde für zwei Tage heimkommen.

Der Schorschi stand schon vor dem kleinen Häusl, als Hansl sich vom Torfhaus bis zu ihm durchgepflügt hatte. Ein Bauer hatte gottlob Milch zur Straße gebracht, so gab es eine Spur. Trotzdem war es mühsam zu gehen: Der Wind peitschte den Schnee gegen West, es war wärmer geworden, es war nicht länger der watteweiche Puderzuckerschnee, es waren nasse Flocken, die die Kleidung attackierten.

»Das reicht nicht in die Kirch«, sagte der Schorschi.

»Ja und? Lieber sind wir ein paar Minuten früher in der Schul und können uns trocknen.«

Als die beiden ihren Klassenraum betraten, war der Lehrer schon da. Gut zweihundertvierzig Schüler gab es und vier Lehrer. Der Herr Navratil war entsetzt.

»Himmel, Buben! Ihr seid ja nass wie ertränkte Katzen.«

Er schnipste mit dem Finger. Hansl und Schorschi wussten, was das bedeutete. Ausziehen bis aufs Unterkleid und die Sachen trocknen.

Langsam füllte sich der Raum. »Die Fuizbuam, die Fuizbuam, fressen bloß Mus und rote Ruam«, verhöhnte sie einer.

»Halt das Maul, sonst kriegst a Schelln«, drohte der Karli, und seine Augen funkelten wie immer.

Die Tür ging auf, und der Pfarrer trat ein. Die Kinder sprangen auf. »Grüüüüß Gott, Herr Pfarrer.« Sein eisgrauer Blick schweifte über die Köpfe, blieb an Hansl und Schorschi hängen.

»Wo wart ihr, Burschen?!«, donnerte er.

»Es war so viel Schnee, Herr Pfarrer, wir wollten wirklich, aber der Schnee …« Schorschi war leichenblass und stotterte.

Hansl hatte sich erhoben, er war im Unterkleid, aber das war ihm nicht peinlich.

»Herr Pfarrer, versuchen Sie mal in der Früh um sechs durch den Tiefschnee zu kommen. Der liebe Himmelpapa weiß das, der versteht sicher, wieso wir im Winter manchmal nicht in die Kirche können.« Er klang entschlossen.

Schorschi sog hörbar die Luft ein. Karli hatte bewundernd die Augenbrauen hochgezogen. Der traute sich was! Puh, das war frech!

Man hätte eine Stecknadel fallen hören. Die Züge des Pfarrers waren starr, er machte einen Schritt auf Hansl zu, hatte den Arm gehoben. Dann ließ er ihn wieder sinken.

»Nun Kinder, wir wollen beten. Und du, setz dich!«, sagte er in Hansls Richtung. Nach dem Gebet folgte eine Ansprache über Weihnachten, darüber, die Eltern zu ehren, und die heilige Kirche. Der Pfarrer begann Heiligenbildchen zu verteilen, Fleißbildchen für die eifrigen Kirchengänger. Hansl und Schorschi bekamen keins, Karli auch nicht.

»Du weißt, warum!« Ein selbstgefälliges Grinsen verunstaltete die eher weichen, schwammigen Züge des Pfarrers. Er brachte sein Gesicht dicht vor das des Jungen. »Du weißt, warum!«

Karli konnte den Alkohol riechen. Es war neun Uhr am Morgen!

Nach dem Unterricht bestürmten die drei anderen Freunde Karli. »Was war los?«

Hansl präzisierte ihrer aller Gedanken: »Heh, du bist doch ein Günstling von Hochwürden. Bei euch hockt der doch Jahr und Tag.«

Schorschi fiel ein. »Deine Mutter und Schwester sitzen auf der Frauenseite ganz vorne in Reihe eins. Dein Vater sitzt in der Männerreihe ganz vorne. Er hat sogar einen Platz für euren Knecht gekauft. Im Dorf sagen sie, das sei pure Angeberei.«

Karli stampfte mit dem Fuß auf: »Ja und! Wenn mein Vater das so will.«

»Der kann was wollen! Wir nicht! Der hat ja wohl auch den größten Anteil für die fünf neuen Glocken bezahlt, als der Pfarrer letztes Jahr durchs Dorf ist auf seiner Betteltour. ›Wer braucht neue Glocken‹, hat meine Mutter damals gesagt. ›Besser wär's die Berger gäben uns das Geld, dass wir was zum Beißen haben‹. Da hat sie doch Recht. Und sieben Stimmen im Rat habt ihr!« Hansl sah Karli ins Gesicht.

Karli hatte Hansl am Kragen gepackt. Wie damals im Keller fühlte er diese Wut, die aus der Angst kam. Er wollte nicht anders sein. Nicht der Sohn des Gönners. Nicht der Sohn der Stimmgewaltigen. Der Sohn, der immer zu essen hatte. Er wollte einer von ihnen sein. »Halt's Maul!«, schrie er.

Hansl war unbeeindruckt. Er packte Karlis Hand, die seine Gurgel einschnürte, und schob sie weg. »Mensch Karli. Wir wundern uns doch nur. Du bist aus Berg. Ihr seid doch Geldgeber beim Pfarrer und habt was zu sagen.« Er gluckste. »Und da kriegst ausgerechnet du kein Fleißbildchen?«

Karli hatte ihn losgelassen und haute mit dem Handrücken gegen den Zaun. »Ja, was glaubt ihr! Gestern war er wieder da. Zuerst hat er mitgegessen, dann hat er noch extra Schinken verlangt zum Bier. Und dann Käse und dann Wein. Ich wurde in den Keller geschickt, den besten Roten heraufzuholen. Meine Mutter hat ihn selbst aufgemacht, das Glas gefüllt. Er hat probiert und gesagt, der schmecke nicht. Stellt euch das vor! Und meine Mutter und meine Schwester, die haben sich einen abgebrochen. Himmel, als würden sie erwarten, dass der Herr Pfarrer sie heiligspricht. Und als ich zum vierten Mal in den Keller geschickt wurde und der Pfarrer wieder was an der Flasche auszusetzen gehabt hat, wurd ich echt fuchsig.«

»Ja und?«, fragte Schorschi, gespannt wie ein Flitzebogen.

Nun war es an Pauli zu grinsen. Pauli, der bei den reichen Berger Bauern aufgenommen worden war, hatte die Szene hinter der Tür belauscht.

»Er hat mit dem Fuß aufgestampft und laut und deutlich gesagt: Dann gehn S' doch ins Wirtshaus, Herr Pfarrer, gehn

S’ zum Berger Wirt oder zum Krenn und lassen uns unseren Wein.«

»Autsch!«, machte Hansl. »Und jetzt!«

»Jetzt hab ich Hausarrest, krieg nichts von der Weihnachtsgans und muss zum Beichten.«

Die Vorkommnisse von gestern verursachten ihm Unwohlsein. Die Kerbe in seinem Herzen wurde tiefer. Es war ungerecht, denn er hatte doch Recht. Hatte er Recht?

6.

Als Gerhard am nächsten Morgen über den Hof ging, erschallte eine Stimme.

»Herr Weinzirl. Wollen Sie eine Tasse Kaffee und ein Croissant? Man soll nicht ohne Frühstück aus dem Haus gehen. Los, kommen Sie! Fünf Minuten werden Sie ja wohl haben.«

Er wurde von der Dame des Hauses, die er ja nun schon von Baiers Weihnachts-Tannen-Auftrieb kannte, in eine Küche geführt, deren Möbelfronten komplett mit Weinetiketten beklebt waren. Ein Hund, der wohl einen Bären und einen Wolf in seiner engeren Verwandtschaft haben musste, sprang ihn an. Aus einer Durchreiche schoss eine kleine Katze, die ebenso dürr wie spinnengleich war, und raste einen Vorhang hinauf.

»Ein Findelkind. An die ist kein Gramm hinzubringen, so wie die rumrast. Dabei frisst sie wie ein Scheunendrescher. Ich versuche es wirklich.«

Daran hatte Gerhard keinen Zweifel, die Dame des Hauses selbst war nicht direkt auf der schmalen Seite. Angesichts der Weinetiketten, des Weihnachtskuchens bei Baier und so wie er hier bemuttert wurde, war sich Gerhard sicher, dass in diesem barocken Haushalt keine Mangelernährung herrschte.

»Ich hab gestern Nacht Ihre Tochter getroffen«, sagte Gerhard und verfolgte mit den Augen die waghalsigen Manöver der Spinne. »Sie war, äh …«

»Sie war als Burgfräulein gewandet? Ja, unser Kind hat einen Mittelalter-Tick. Sie hat Kostüme anprobiert. Sie will sich für das Kaltenberger Ritterturnier bewerben, für den Umzug. Für die Bewerbung braucht sie Fotos. So, und Sie sind schon voll involviert in eine Mordserie, habe ich gehört.« Seine Vermieterin beugte sich neugierig vor.

»Ja, also ich muss jetzt, lieben Dank für das Frühstück.« Gerhard stand auf, gerade rechtzeitig, denn die Spinne landete direkt in seinem Teller.

Als Gerhard im Auto saß, musste er schon wieder grinsen. Ein Burgfräulein, eine Kamikaze-Katze und gestern diese ganzen Gestalten. Er hatte schon lange nicht mehr in so kurzer Zeit derart viel in sich hineingeschmunzelt. So eine Veränderung im Leben brachte doch völlig neuen Schwung.

Mit diesem Schwung polterte er in die Werkstatt von Alois Stuckenzeller in Ogau. Baier wollte in der Zwischenzeit nochmals den Rechtsbeistand der Initiative befragen, der neben Stuckenzeller das Sprachrohr war. Stuckenzeller selbst war Schnitzer, Gemeinderat, Trachtenvorstand, engagiert im Leonhardiverein und Darsteller in der Passion. Der Spitzname »der Prozessor« klang noch in Gerhards Ohr. Auch Paul Fischer hatte ihn gewarnt: Der Mann sei ein Grantlhuaber und trotzdem die Inkarnation von allem, was Ogau lieb und heilig sei.

Als nach mehrmaligem Klopfen an einem Werkstattschuppen im Garten nicht geöffnet wurde, trat Gerhard ein. Stuckenzeller stand in leicht gekrümmter Haltung vor einem riesigen, sicher gut zwei Meter hohen Holzklotz und hieb in schnellen, rhythmischen Schlägen darauf ein. Wie eine Maschine, so präzise und taktrein, spie sein Messer gleich große

Holzsplitter. Als er innehielt, stand Schweiß auf seiner Stirn. Es war auch affenheiß in dem kleinen Raum, der von einem schwarzen Werkstattofen beheizt wurde.

»Wenn S' was kaufen wollen, gehen S' vor ins Haus.«

Das klang zwar nicht direkt unfreundlich, aber in Anbetracht der Tatsache, dass Schnitzerei bestimmt keine Boombranche war, hätte der Mann doch etwas verbindlicher sein können.

Gerhard präsentierte seinen Ausweis. »Ich möchte nichts kaufen. Ich möchte wissen, wo Sie am 26. zwischen elf Uhr und vierzehn Uhr waren.«

»Müssen S' grad jetzt kommen?« Stuckenzeller bedachte Gerhard mit einem entnervten und verächtlichen Blick. Er stöhnte, wischte sich die Hände an einem karierten Schnupftuch ab und hockte sich auf einen Holzklotz. Gerhard bot er keinen Sitzplatz an.

»Also, wo waren Sie gestern. Ich meine: zur Mittagszeit. Einige Tage vorher haben Sie Georg Kölbl bedroht.«

»Bedroht, kommen S'!«

»Frau Heringer und Frau Kölbl haben das bestätigt. Sie hätten Herrn Kölbl wegen des Mobilfunkmasts bedroht.«

»Blede Kacheln! Weil das auch eine Sauerei ist. Diese Masten verstrahlen unsere Kinder.«

»Herr Stuckenzeller, es tut mir leid, dass ihre Frau an Knochenkrebs gestorben ist, aber vermengen Sie da nicht zweierlei Dinge?«

»Lassen S' meine Frau aus dem Spiel.« Er war aufgesprungen und fuchtelte mit einem Schnitzmesser vor Gerhards Gesicht herum.

»Stuckenzeller!« Gerhard brüllte plötzlich wie ein Berserker und griff sich zur Hüfte. Nicht dass er eine Waffe dabeigehabt hätte, er hatte fast nie eine dabei, aber Stuckenzeller war damit einzuschüchtern. Der sank tatsächlich wieder auf den Holzklotz.

Gerhard begann von neuem. »Es gibt, soweit ich weiß, keine gesicherten Erkenntnisse, ob Mobilfunkmasten gesundheitsschädlich sind.«

»Natürlich gibt's die, ich habe einen ganzen Ordner voll davon.«

»Ja, und die Befürworter haben auch einen Ordner voll, der die Unbedenklichkeit erklärt. Herr Stuckenzeller, das kennen Sie doch: Traue keiner Statistik, die du nicht selber gefälscht hast. Und traue keiner Untersuchung, die du nicht selber in Auftrag gegeben hast.«

»Außerdem verschandeln diese langen Lulatsche das Dorfbild«, begehrte Stuckenzeller auf. »So dicht am Ort, ich bitte Sie. Der Mast muss weg.«

»Herr Stuckenzeller, das Dorfbild von Unterammergau interessiert mich nicht. Mich interessiert, wo Sie waren.«

Er hatte einige Holzspäne aufgehoben und popelte damit herum.

»Also?«

»Am Friedhof, am Grab meiner Frau.«

»Am Friedhof! Keine fünfhundert Meter Luftlinie von jener Stelle entfernt, wo Ihr Intimfeind Kölbl gefunden wurde?«

Er zuckte mit den Schultern. »Na und?«

»Na und? Sind Sie noch ganz bei Trost? Hat Sie jemand gesehen?«

Er schüttelte den Kopf. »An Weihnachten gehen die Leute nicht auf Friedhöfe.« Er überlegte: »Oder doch, der Hubert Hareither hat mich gesehen, der ist mit seinem Hund spazieren gegangen.«

»Und der Hareither ist wer?«

»Ein Kollege!«

»Haben Sie jemand gesehen?«

Wieder Kopfschütteln.

»Wollen Sie mir vielleicht Fingerabdrücke nehmen oder mit so einem Wattestaberl bei mir im Maul rumfummeln?«, fauchte er plötzlich und riss den Mund auf. Mit den gebleckten Zähnen und Augen, die Feuer sprühten.

Wollen gerne, dachte Gerhard, aber er hatte leider kein Material zum Vergleich. An Kölbl war nichts gefunden worden, und wieso sollte Stuckenzeller Johann Draxl im Eibenwald getroffen haben? Trotzdem gab er Stuckenzeller zu verstehen, dass er eine Dame vom Erkennungsdienst vorbeischicken würde. Außerdem würde er Melanie schicken, die war so resolut, dass sie sogar Stuckenzeller bändigen konnte.

»Hoffentlich ist's hübsch!«, sagte Stuckenzeller nur.
In dem Moment intonierte sein Handy den Gefangenenchor aus Nabucco.

Stuckenzeller klemmte sich das Handy ans Ohr. »Ja, bei mir sind die auch«, und er warf einen flammenden Blick auf Gerhard.

»Sie telefonieren mit dem Handy?«, fragte Gerhard. Die Ironie in seiner Stimme dürfte dem Schnitzer nicht entgangen sein.

»Hauen S' ab. Raus! Das geht Sie alles nichts an.«

»Leichen gehen mich was an, Stuckenzeller. Leider!« Gerhard schmiss die Türe zu. Er konnte auch theatralisch sein.

Er telefonierte mit Baier, der sich Dr. von Brösig, den Rechtsanwalt der Initiative, nochmals vorgeknöpft hatte.

»Eine Mischung aus König Ludwig und Don Johnson. Zudem stockschwul, und er bleibt bei seinem Alibi. Wortgetreu dasselbe wie gestern. Hat mir auch bereitwillig Informationen zu den Mitgliedern der Anti-Strahlen-Initiative gegeben. Zitiere: Wir sind alle Bürger, denen das Gemeinwohl am Herzen liegt. Aber keine Mörder. Wir haben uns dem Gewaltverzicht verschrieben. Dieser Widerling, dieser gschleckte!«

»Und jetzt?«, fragte Gerhard. »Wollen wir die restlichen fünfzehn Mitglieder befragen? Plus deren Sympathisanten, Kinder, Haustiere?«

»Lassen Sie die Kinder und Haustiere mal weg. Außerdem sind manche vielleicht im Urlaub. Hoffentlich! Ich habe zwei Leute drauf angesetzt. Und Ihnen wird wohl heute Nachmittag auch nur diese leidige Routinearbeit bleiben. Wir sollten bis heute Abend die Namen von den Übriggebliebenen haben.«

Und das waren immerhin noch acht, die sie morgen vernehmen wollten.

Als Gerhard sein neues Büro verlassen hatte, war es bereits stockdunkel. Er kaufte sich in einem Supermarkt Brot und Pressack und legte sich zu Hause vor den Fernseher. Er war grätig, wie man das im Allgäu ausdrückte. Hier war er grantig. Grätig-grantig darüber, dass dieser Stuckenzeller ihn irgendwie ausmanövriert hatte. Grätig-grantig über die Welt, die er nicht mehr zu verstehen schien. Eine Blonde durfte da eine unsägliche Sendung moderieren, weil sie einen Fußballtorwart vögelte. Auf einem anderen Kanal kam eine Sendung über das Wirken des Ex-Kanzlers. Wie er sich suhlte im Applaus der Massen, weil er ein armes Mädel aus Russland adoptiert hatte, wo andere hunderte von Adoptionsanträgen stellten und nach zermürbenden Jahren abgelehnt wurden. Des Kanzlers dürre Gattin mit zu viel Gebiss vermarktete Artikel mit dem Konterfei des Kanzlerhundes. Ja, hatte es denn damals keine vordringlicheren Probleme in diesem Land gegeben? Angie adoptierte wenigstens keine Kinder und hatte auch keinen Wasserhund wie der US-Strahlepräsident. Er schaltete ab, ging zu Bett und fiel schließlich in einen unruhigen Schlaf.

Als Gerhard am nächsten Morgen ins Büro kam, lag das Ergebnis von Stuckenzeller vor, das Melanie mit der Kollegin vom Erkennungsdienst genommen hatte. Keine Übereinstimmung der Abdrücke mit denen auf den Augenlidern von Draxl. Warum auch? Während Baier und Steigenberger die Mobilfunkgegner befragen würden, wollte Gerhard dem wehrhaften Schnitzer noch mal auf den Zahn fühlen. Irgendwas war hohl an diesem Zahn! Gestern mochte ihn dieser Stuckenzeller ja noch vor die Tür gesetzt haben, aber heute war gschtuhlet. Die Tage der weihnächtlichen Milde waren sowieso längst um.

Als Gerhard die Werkstatt betrat, raunzte ihn Stuckenzeller an: »Wollen S' mir jetzt doch im Maul rumfummeln?«

»Nein, ich kann Ihnen mitteilen, dass es keine Übereinstimmung gegeben hat.«

»Das hätt ich Ihnen auch vorher sagen können! Na, das war ja ein Hitzblaserl, das Sie mir da geschickt haben!«

Gerhard ignorierte den Kommentar zur Figur von Kollegin Melanie und fauchte den Schnitzer an. »Damit sind Sie längst nicht aus dem Schneider. Sie können doch zusammen mit anderen Mitgliedern ihrer Anti-Mobilfunk-Kampftruppe den Mord geplant haben. Sie wissen schon, Beihilfe.« Gerhard war sich durchaus bewusst, dass er nun sehr unprofessionell herumspekulierte, aber er hatte das Gefühl, dass er mit etwas Bauerntrotteligkeit weiter kam.

»Herr Kommissar, jetzt machen S' mal 'nen Punkt. In unserer Gruppierung sitzen notorische Zwiderwurzen, ein paar nichtsnutzige Grattler und berufsmäßige Besserwisser. Fast nur Frauen. Lehrerinnen vor allem und eine Schamanin.«

»Frau Kassandra?«, unterbrach ihn Gerhard.

»Ja, genau die. Die hat einen Vollbecker. Das sind alles keine Mörder.« Plötzlich lachte er laut heraus. »Die Frau Würzer-Zweigelmeier, was eine Lehrerin ist, Sozialkunde und Deutsch – was auch sonst bei dem Namen –, die hat ja schon Angst, wenn sie einen Schüler auf der Straße sieht. Oder diese Kassandra. Die hat den Kölbl höchstens verhext. Dann hätten wir noch den Rechtsanwalt von Brösig zu bieten. Die Schwuchtel! Der würde in einer Million von Jahren nicht auf den Döttenbichl steigen, schon gar nicht mit seinen feinen Schühchen und den Mooshammer-Maßanzügen. Gott hab den Moosi selig, ich weiß gar nicht, wo der von Brösig jetzt seine Anzüge kauft. Sie werden noch zwei, drei Alteingesessene finden, die zwidern von Haus aus gegen alles. Sitzen in Unterammergau im Stern und zwidern. Wirtshaus-Parolen, aber Mörder sind das keine. Umbackt sans, mehr nicht!«

»Nun, lieber Stuckenzeller, dann sind Sie der Einzige, dem so was zuzutrauen ist, oder? Wenn Sie Ihren Mitstreitern solch gute Zeugnisse ausstellen?« Gerhard schenkte ihm ein kleines Lächeln.

Stuckenzeller registrierte den leisen Wechsel in Gerhards Sprachduktus sehr wohl. Er grinste und seufzte theatralisch. So, wie er das gestern schon exerziert hatte, und Gerhard bekam eine Ahnung davon, dass der Mann bei der Passion sicher brillant war. Schauspieler, stimmt, das waren doch alles Schauspieler hier! Angefangen mit Frau Kassandra. Gerhard beschloss, auf der Hut zu sein.

Stuckenzeller seufzte noch mal. »Vergessen Sie die Mobilfunkgegner. Sie sollten sich lieber mal beim St. -Lukas-Verein umsehen.«

»Reden Sie nicht in Rätseln!«

»Wenn Sie Ihre Hausaufgaben besser machen würden, wüssten Sie, was der Lukasverein ist. Er existiert seit hundertfünfzig Jahren. Das ist ein Zusammenschluss jener Schnitzer, die sich verbürgen, nur handgeschnitzte Ware anzubieten. Es gibt auch einen Stempel, der das zertifiziert. Das O und G für Oberammergau. Die Pfeile stehen für die Berge, in der Mitte der Kofel, drunter die Ammer.«

»Aha, sehr lehrreich, und was hat das mit Kölbl zu tun?«, fragte Gerhard.

»Der war auch im Lukasverein.«

»Ja und? Jetzt kommen Sie mal in die Gänge!«

»Kommen Sie mal mit, ich zeig Ihnen etwas.«

Er führte Gerhard in einen zweiten Raum. Messer lagen in Kästen, überall Skizzenpapiere, ein Buch lag aufgeschlagen auf einem Hocker. Holzspäne tanzten in einem Lichtkegel, der durch das milchige Fenster fiel. Am Arbeitsplatz stand eine Engelsfigur, an der der Mann augenscheinlich auch arbeitete.

Drüben der Riesenklotz, bei dem sich Gerhard immer noch nicht vorstellen konnte, was er mal werden sollte. Hier dieses filigrane Engelchen. Stuckenzeller schob einige Messer beiseite, entfernte das Buch und ließ Gerhard Platz nehmen. Er stellte zwei Josefsfiguren auf den Tisch.

»Was sehen Sie?« Das klang provozierend.

Gerhard war versucht aufzubegehren. Er hatte keine Zeit und Muße für Ratespiele. Aber er riss sich zusammen.

»Den heiligen Josef, zweimal!«

»Sehen Sie genauer hin!« Der Typ vergriff sich immer noch um eine Nuance im Ton, aber irgendetwas riet Gerhard mitzuspielen.

Und er sah genauer hin. Der eine Josef stand aufrecht da, sein Körper war leicht verdreht, er blickte über die Schulter und hatte die Hände gefaltet. Genau so eine Figur hatten seine Eltern. Der andere Josef sah fast genauso aus. Er blickte aber geradeaus und reckte seine Hände nach vorne, wahrscheinlich in Richtung des Christuskinds.

»Okay«, sagte Gerhard schließlich, »das sind zwei unterschiedliche Figuren.« Er beschrieb, was er sah, obgleich ihm das missfiel. Er war doch nicht in der Schule.

Der Mann wurde freundlicher. Er setzte eine Tasse Kaffee vor Gerhard ab. »Ich wollte Ihren Blick schärfen. Sehen Sie, die erste Figur ist keine handgeschnitzte Figur. Das ist eine Figur, die von einer CAD-gesteuerten Maschine gefräst wurde. Solche Figuren entstehen aus einem zylinderförmigen Holzklotz, und sie machen selten ausladende Gesten. Das können Maschinen einfach nicht fräsen, die Bruchgefahr ist zu hoch. So, und unser Josef Nummer zwei ist reine Handwerkskunst.«

Gerhard begann Spaß an dieser Lehrstunde zu bekommen. Er sah sich die Figuren noch mal genau an. »Der hier guckt irgendwie anders, sagte er schließlich und wies auf den handgeschnitzten Josef.«

»Ja, nun haben Sie es erfasst. Das ist Oberammergauer Schnitzkunst, ausdrucksvoll und lange nicht so süßlich. Die gefräste Figur hat eine Stupsnase und diesen süßlichen Blick. Das ist Südtirol. So, Herr Weinzirl, ich sehe, dass Sie einen Blick fürs Detail haben. Nun wird es schwieriger.« Er setzte zwei Madonnenfiguren vor ihm ab, Figuren, die bemalt waren.

Gerhard überlegte. Die eine Madonna war wieder so eine

Stupsnasige, und ihre Hautfarbe war rosig. Die andere wirkte irgendwie natürlicher. Südtirol und handgeschnitzt. Er zeigte auf die jeweiligen Figuren.

»Genau, bei Südtiroler Figuren ist die Bemalung mit Airbrush aufgetragen. Der Laie merkt das nicht. Sie schon, weil Sie den direkten Vergleich haben. So, und nun der dritte Schritt, Herr Weinzirl.«

Er stellte wieder zwei Figuren vor ihm ab. Zwei Figuren der Jungfrau Maria, die auf den ersten Blick absolut identisch waren. Mit seinem neu erworbenen Schnitzwissen war ihm aber eins sofort klar. Die linke Maria war handgeschnitzt und handbemalt. Die rechte sah fast gleich aus, wenn auch der Faltenwurf ihres Kleides weniger aufwändig war und sie eine Stupsnase hatte. Aber auch sie schien handbemalt zu sein.

»Das verstehe ich jetzt irgendwie nicht«, sagte Gerhard. »Ich weiß nicht so recht …«

»Beschreiben Sie, was Sie sehen«, sagte Stuckenzeller eindringlich.

»Nun, ich hätte bei der rechten Maria zuerst gesagt, sie sei eine Südtirolerin. Aber die Bemalung sieht nicht so aus wie bei der Airbrush-Madonna. Eigentlich sieht das handbemalt aus.«

»Eben, Herr Weinzirl, eben! Sie haben völlig Recht.«

Langsam dämmerte Gerhard, worum es ging. »Sie meinen, diese Maria ist maschinengefräst und gleichzeitig handbemalt. Aber wieso?«

»Ja, Herr Weinzirl, wieso? Das sag ich Ihnen. Südtiroler Schnitzwaren sind weit billiger. Nun bemale ich so eine gefräste Figur aber mit der Hand, dann sieht sie gleich viel wertiger aus. Und ich verkaufe sie zum Preis des echten Handwerks und fälsche den Stempel des Lukasvereins.«

»Aber das ist Betrug!«, rief Gerhard.

»Ja, das ist es. An den Kunden, mehr noch an den Kollegen.«

Gerhard sah sich die Figuren lange an. Er wusste längst, worauf das alles hinauslief. »Und diese rechte Maria haben Sie von Kölbl, oder?«

»Ja, dieser miese Betrüger. Es ist eine Schande für uns alle. So das Handwerk in den Schmutz zu ziehen. Aber das hat man davon, in seinen Adern fließt eben nicht das Blut jahrhundertelanger Tradition.«

»Stuckenzeller, mir drängen sich zwei Fragen auf. Erstens: Wieso und woher haben Sie die Figur von Kölbl, und zweitens: Ist Ihnen klar, dass Sie jetzt erst recht zum Mordverdächtigen werden?«

Stuckenzeller schnappte nach Luft. »Woher ich die Figur habe? Das ist doch scheißegal. Ich hab sie eben.«

»So egal ist das nun wieder nicht, Kölbl wird sie Ihnen kaum freiwillig gegeben haben. Haben Sie die einfach so gekauft? Und wenn ja, wo? Mann, Stuckenzeller, das nette Plauderstündchen – und ich bedanke mich durchaus für das lehrreiche Insiderwissen – ist nun vorbei! Also?«

»Einige Schnitzer des Lukasvereins hatten Kölbl schon länger in Verdacht. Natürlich verkauft er die Figuren nicht in Oberammergau. Er vertreibt sie irgendwie im Norden Deutschlands. Wir haben diese Figur beschafft, einige seiner Figuren.«

»Beschafft! Haben Sie eingebrochen? Halten Sie mich doch nicht zum Narren.«

»Wir haben sie, Ende der Durchsage, und damit war unser Verdacht bestätigt.«

»Und deshalb haben Sie den Mann umgebracht?«

»Für wie blöde halten Sie mich? Ich habe Ihnen das kaum erzählt, um mich, um uns Kollegen zu belasten!«, schrie Stuckenzeller.

»Das tun Sie aber soeben. Wer gehört denn zum Kreis der Kollegen?« Gerhard war nun auch lauter geworden.

»Das werde ich Ihnen nicht auf die Nase binden! Wir sind Ehrenmänner.«

»Schöne Ehrenmänner, die Figuren *beschaffen*. Stuckenzeller, ich glaube, Sie verstehen nicht ganz, worum es hier geht. Um Mord! Ich kann Sie festnehmen lassen, wegen dringendem Tatverdacht. Auch ohne DNS-Gleichheit. Stuckenzeller, Sie sind doch kein Dummkopf: Versetzen Sie sich kurz in meine Lage: Sie verbringen die Tatzeit angeblich am Friedhof. Keine fünfhundert Meter Luftlinie entfernt vom Tatort. Prächtig! Und nun erzählen Sie mir, dass ein Haufen von ehrenwerten Lukasschnitzern den Kölbl ...«

»St. -Lukas-Verein ...«, unterbrach ihn Stuckenzeller.

»Von ehrenwerten was auch immer Schnitzern ziemlich sauer auf Kölbl war, namentlich wegen dessen Betrug. Sie müssen es ja gar nicht gewesen sein. Ist es nicht naheliegend, dass Sie gemeinsam über Kölbl hergefallen sind? Sie sagen mir jetzt augenblicklich, wer alles dazugehört zur Ihrer sauberen Beschaffer-Clique!«

Stuckenzeller stöhnte mal wieder und presste dann heraus: »Der Lutz, der Hareither, der Korntheurer und ich.«

»So, und diese Herren werde ich jetzt mal aufsuchen«.

»Den Lutz können Sie gleich streichen, der ist seit 20. Dezember in Miami und kommt erst am 4. wieder. Hah, und der Korntheurer, den können S' sich gerne ansehen. Der hatscht wie ein klauenkrankes Rindvieh, und dann ist der nicht blöd gesoffen, sondern naturblöd. Zu blöd und zu schwach für einen Mord.«

»Na, da bleiben ja schon wieder bloß Sie oder der Herr Hareither. Der Sie praktischerweise ja auch am Friedhof gesehen hat. Sie können mich bei dem gerne ankündigen und die Herren vorwarnen. Richten Sie ihnen aus, dass die sich nicht von der Stelle rühren sollen. Rufen Sie an, Sie haben doch ein Handy.«

7.

Gerhard rumpelte aus der Tür und ließ diese geräuschvoll ins Schloss fallen. Einem Impuls folgend beschloss er, erst mal bei Josefa Heringer vorbeizusehen. Von Stuckenzellers Werkstatt neben dem Theatercafé führte ihn der Weg wieder auf die Dorfstraße. Es war was los in Oberammergau. Die Winter-Hauptsaison war in vollem Gange, und heute hatte es aufgeklart, die Sonne kämpfte sich immer wieder hinter dicken weißen Wolken hervor. Weiß und blaues Bayern. Skifahrer, die ihre Carver geschultert hatten und in ihren Skistiefeln anmutig wie Seekühe hatschten, kreuzten seinen Weg. Eine Frau mit Latten auf der Schulter drehte sich urplötzlich so, dass sie Gerhard fast abgewatscht hätte. Auf einmal musste er an Jo denken, die die Weihnachtsferien hasste. »Seit Jahren haben wir an Weihnachten fast keinen Schnee, dafür aber Full House. Ich hasse diese Schlecht-Wetter-Angebote, die wir aus dem Hut zaubern müssen für die Schlechte-Laune-Gäste.« Jo, er sollte sie anrufen. Zögerlich nahm er sein Handy aus der Tasche, starrte es an und steckte es wieder ein. Später, er war ja mitten in einer Ermittlung. Er war stehen geblieben, und wieder näherte sich von hinten ein Geräusch, als ob eine Herde Gnus zum Wasserloch donnerte. Bei Tini saßen Leute in Skianzügen Après-Ski-relaxt heraußen. Einige Langläufer strebten ebenfalls einem Tisch zu. Gerhard musste grinsen angesichts der Verkleidungen. Fasching war noch nicht, aber papageienbunte Langlauftrikots saßen über hautengen Hosen. Dazu diese neckischen Schnabelschuhe, Till Eulenspiegel hätte seine Freude gehabt. Ein Mann, dessen Hendlfriedhof wie ein Medizinball vorstand, wurde begleitet von einer Dame, deren Allerwertester und deren knödelartige Knie einfach einer etwas weiteren Hose bedurft hätten. Es hätte schon genügt, wenn sie das Teil in ihrer Größe gekauft hätte. Nicht in der von Kate Moss. Über der Betrachtung, warum Menschen in Ausdauersportarten – bei den Rennradfahrern in Telecom Magenta war das ja ganz ähnlich – aussehen mussten wie Stopfwürste in Wursthüllen, deren Farben fast blind machten, erreichte er das Lang'sche Haus.

Josefa Heringer öffnete ihm wieder, sie trug Schwarz und hatte Augenringe in derselben Farbe. Sie offerierte ihm einen Kaffee, und noch während sie hantierte, erzählte ihr Gerhard von seinen Erkenntnissen. Als er von dem Verdacht gefälschter Madonnen erzählte, stoppte sie jäh das Kaffee-Einschenken. Die Kanne sank ihr auf den Tisch, sie hatte den Griff umklammert und sah Gerhard so entsetzt an, dass er es bedauerte, nicht schonender vorgegangen zu sein. Aber wie erzählt man jemandem schonend, dass der Schwager ein Betrüger ist? Die Kanne, die sie immer noch festhielt, war in Schräglage geraten, und der Kaffee lief auf den Holztisch. Ein schwarzbrauner See breitete sich aus und begann, über die Kante auf ihre Knie zu tropfen. Gerhard nahm ihr vorsichtig die Kanne ab, dann erst glitt ihr Blick über den Tisch.

»Himmel, wie ungeschickt.« Sie sprang auf und eilte in die Küche, kam mit einem Handtuch wieder und begann hektisch zu wischen.

»Frau Heringer, bitte!« Gerhard war aufgestanden und nahm ihr das Handtuch aus den eiskalten Fingern. »Jetzt setzen Sie sich doch bitte hin.« Er wischte weiter auf.

»Sind Sie sicher?«, fragte sie nach einer Weile.

»Sicher, was ich gesehen habe. Auch wenn ich Laie bin. Sicher natürlich nicht, ob die Figuren wirklich von Ihrem Schwager stammen. Und genau das müssen wir jetzt rausfinden. Möchten Sie mich in die Werkstatt begleiten?« Er verzichtete momentan auf die Frage, ob sie oder ihre Schwester etwas davon gewusst hatten. Oder geahnt.

Josefa Heringer stand auf, langsam, angestrengt, sie stützte sich mühsam auf der Tischplatte auf.

»Geht es Ihnen gut?«, fragte Gerhard und verfluchte sich für diese dumme Frage. Natürlich ging es ihr nicht gut.

Sie nickte und bat Gerhard, ihr zu folgen. Sie verließen das Haus durch eine Hintertür. Am Türstock griff sie sich einen großen Schlüssel und schlurfte dann auf die Werkstatt im Garten zu. Die hatte andere Dimensionen als die Kate von Stuckenzeller. Es war ein großes, helles Atelier. Vielleicht war es ja doch nur Neid, vielleicht wollte Stuckenzeller der Familie einfach was anhängen?

»Frau Heringer, Sie müssen mir jetzt helfen. Sie haben das Auge, um festzustellen, ob an Figuren etwas manipuliert wurde.«

Sie nickte wieder.

Die Werkstatt war peinlich sauber und aufgeräumt. Die Werkzeuge lagen in Kästen, die ihrerseits im rechten Winkel zur Tischkante ausgerichtet waren. Vor dem Tisch war ein riesiges Fenster, durch das Strahlen einer tief stehenden Sonne einfielen. Auf Regalen links und rechts des Arbeitsplatzes standen Figuren. Tiere, vor allem ein Eselchen mit pfiffigem Gesichtsausdruck, ein Pferd im Sprung, so echt, dass man fast den Atem aus seinen geweiteten Nüstern zu spüren glaubte. Keine Madonnen. Keine Maria. Hier nicht, auch nicht im Nebenraum. Auch nicht im Keller des Hauses, den Gerhard später genauestens durchsuchte. Schließlich standen sie wieder in der Werkstatt. Noch mal ließ Gerhard den Blick schweifen. Das einzige »Werk«, das sich etwas abhob, war eine Eule mit Buch. Er deutet darauf und sah Josefa Heringer fragend an.

Sie konnte wieder lächeln. »Sie haben inzwischen wirklich einen guten Blick entwickelt. Das stammt nicht von Schorsch. Wir bieten hier in Oberammergau auch Schnitzkurse für Touristen an, und das hat einer vergessen. Schorsch hat die Kurse manchmal betreut, und sein Rat für die Gäste war es immer, erst mal die Eule mit Buch zu versuchen. Die gelingt am einfachsten.« Sie lächelte und sagte dann ganz unvermittelt: »Wenn Sie hier nichts finden, glauben Sie dann, dass der Stuckenzeller gelogen hat?«

»Ich muss mit den anderen drei Herren vom Lukasverein reden, das steht fest. Und ich hoffe, das sind weniger verdruckte Koga als der Stuckenzeller.« Unwillkürlich war Gerhard wieder mal ins Allgäuerische verfallen. »Wenn doch, dann müssen wir anders vorgehen. Hausdurchsuchungen, Staatsanwalt, Verhaftungen, das ganze Programm. Wer weiß, vielleicht haben die sich zusammengerottet. Glauben Sie, dass die Kollegen ihn auf dem Gewissen haben? Ist so was vorstellbar?«

Josefa Heringer blickte aus dem Fenster. »Auch wenn ich das vielleicht sogar gerne glauben möchte, der Stuckenzeller ist wirklich eine Landplage, ist das doch nicht so einfach. Ich glaube ehrlich gesagt nicht, dass eine Rotte erboster Lukasverein-Schnitzer meinem Schwager aufgelauert und ihn dann ermordet hat. Selbst wenn er in großem Stile Figuren gefälscht hätte, wäre das zwar ärgerlich und eine Schande, aber noch kein Motiv für einen Mord. Wirklich erbost dürfte nur einer sein.«

»Einer?«

»Nun, ich weiß nicht wer, aber wie Sie mir das geschildert haben, ist die Jungfrau Maria eine Kopie eines Modells. Das Original, das Sie gesehen haben, wurde, wenn es denn stimmt, wohl von meinem Schwager kopiert, dabei ganz leicht verändert und vereinfacht und dann maschinell gefräst. Darauf steht unter Schnitzern Todesstrafe, äh, so hab ich das jetzt nicht gemeint.«

»Wenn ich also weiß, von wem das Original stammt, hab ich den Mörder?«

»Herr Weinzirl, wirklich! So hab ich das nicht gemeint. Es ist schwer, einem Außenstehenden die Befindlichkeiten in Oberammergau zu erläutern.«

»Ja, ich bin auch nur ein tumber Allgäuer!«

»Außenstehend bedeutet schon aus Bad Kohlgrub oder auch schon aus Altenau! Wissen Sie, wir transportieren Oberammergau seit Jahrhunderten über zwei Säulen: die Passion und das Schnitzen. Aber es ist ein bisschen ein Ungleichgewicht entstanden, die Passion überstrahlt alles, zumal sie 2010 so viel internationale Aufmerksamkeit bekommt wie nie zuvor. Schon im Vorfeld die Diskussion über das Nachtspiel, die Probleme, die auftauchen, weil keiner bedacht hat, dass nun Polizei und Rotes Kreuz ein Vielfaches kosten wegen der Nachtzuschläge. Die Passion bewegt die Welt. Das ist nicht mehr nur ein Laienspiel, das ist hochprofessionell und geht so unter die Haut, dass sich keiner dem entziehen kann. Keiner! Und das Passionstheater steht ja auch im Sommer für opulente Operninszenierungen im Rampenlicht. Ich kann das nicht so gut erklären.«

»Doch, doch! Sie meinen also, mit all dem Fokus auf die Passion schauen die Schnitzer mit dem Ofenrohr ins Gebirg, rauf zum Kofel?«, sagte Gerhard und nahm sich vor, die spitze Felsnase auf jeden Fall im Frühjahr zu besteigen.

Sie nickte. »Sehen Sie, Schnitzwaren sind in den heutigen Zeiten nicht gerade die Gegenstände, die man zwingend kauft. Die Menschen sparen an dem, was man nicht unbedingt braucht. Die Deutschen kaufen Lebensmittel bei Aldi, sie haben ihr Auto, das der Bank gehört, und ihren Urlaub, der nun an Bulgariens Goldküste führt.« Das klang bitter. »Die Schnitzer fühlen sich ein bisschen im Stich gelassen. Oberammergau wirbt damit, aber tut nichts für sie. Ich empfinde das auch so! Gerade der Lukasverein wird gerne herangezogen in PR-Postillen fürs Wahre und Echte, das wir so wunderbar bewahrt haben. Aber ich bitte Sie: Der Lukasverein soll sogar seine Präsentationsfläche im Passionstheater verlieren, hab ich läuten gehört. Wohin dann? Ins Pilatushaus, aber da ist ja schon die lebende Werkstatt. Das führt jetzt alles zu weit, aber es gibt hier unterschiedliche Strömungen, die Empfindlichkeiten nehmen zu. Wir haben Tausende in den Wellenberg gebuttert, aber an unserem echten Potenzial, den Menschen, wird gespart. Das ist kurzsichtig, nur auf den schnellen Erfolg ausgerichtet. Wenn die Gemeinde klug wäre, würde sie dem Lukasverein einen Laden zur Verfügung stellen. Aber das tut sie nie, und wenn, nur gegen horrende Miete. Die Nerven liegen da ein bisschen blank.«

»Gerade blankliegende Nerven können zum Mord führen«, sagte Gerhard und sah der Frau, die ihm so sympathisch war, fest in die Augen.

»Ja, sind die Regeln erst verletzt, sind die Messer schnell gewetzt«, kam es von der Tür.

Beide fuhren herum. Dort stand Helga Kölbl. Kreideweiß im Gesicht.

»Helga!«, Josefa Heringer eilte ihr entgegen, als wollte sie sie stützen.

Helga Kölbl machte eine abwehrende Handbewegung. »Ich habe Ihnen schon geraume Zeit zugehört, schon im Wohnzimmer, Herr Weinzirl. Gelauscht habe ich. Ich habe Ihre Irrfahrten durch unser Haus und unsere Werkstatt beobachtet. Hier werden Sie nichts finden.« Sie betonte das »hier« so merkwürdig.

»Aber wo sonst?«, fragte Gerhard sanft.

»Schorsch hat einen Stadel in Altenau. Eigentlich hat er den vor mir geheim gehalten. Aber ich war mal dort ...« Sie brach ab.

»Ja?« Gerhard bemühte sich, nicht zu drängen.

Plötzlich riss sie den Kopf hoch, ihre Augen waren pures Feuer, und Gerhard realisierte, wie schön sie einst gewesen sein musste und wie mitreißend. Kein Wunder, dass sie eine eigentlich unpassende Ehe durchgesetzt hatte. Welcher Vater ist schon im Stande, sich länger dem starken Willen einer solchen Tochter zu widersetzen?

»Ich dachte, Schorsch betrügt mich. Ich bin ihm gefolgt. Wie eine miese Spionin. Er fuhr nach Altenau. Erst Richtung Unternogg, dann zum Gschwenderfilz raus. Da stand der Stadel. Das Gefühl war entsetzlich. Ich war mir so sicher, dass er sich dort mit einer Frau trifft. Ich wollte schon umkehren, aber dann hab ich durch das Fenster gesehen. Mein Herzschlag war so laut wie die Kirchenglocken. Da war keine Frau. Nur Schorsch. Er hat Figuren in Kisten mit Holzwolle verpackt. Krippenfiguren. Dann bin ich davon, wie von einer Furie gehetzt. Ich hab mich so geschämt.«

»Helga!«, Josefa Heringer war auf einen Schemel gesunken, dessen Füße wie Krallen gestaltet waren. »Kam dir das denn nicht komisch vor? Helga, du hast gewusst, dass Schorsch Figuren manipuliert?«

»Nein, nicht gewusst. Geahnt vielleicht. Ich war besinnungslos, wie getrieben, als ich ihm gefolgt bin. Dann war ich so glücklich, dass er mich nicht betrügt, dass ich das Gesehene tagelang verdrängt habe.«

»Aber dann! Helga!«

»Ja, dann! Was dann? Ich habe mich geschämt. Hätte ich erzählen sollen, dass ich meinem Mann wie eine drittklassige Detektivin gefolgt bin? Was hab ich schon gesehen, Figuren eben, Figuren durch ein halb blindes Fensterglas.«

»Helga! Dein verdammter Stolz! Wieso hast du mir nicht wenigstens etwas erzählt?«

»Wegen meinem Stolz. Du bist wie ich. Wir sind Lang'sche Töchter.«

»Helga, du warst immer die Klügere von uns beiden und die Schönere. Papas Madonna und Inspiration. Du hast deine Jugend in der Werkstatt verbracht. Du musst sofort gewusst haben, was Schorsch da tut! Wieso, Helga, wieso?«

Tränen traten in Helgas Augen. »Wieso? Das weißt du doch am besten! Ich wollte es nicht sehen. Keiner betrügt bei uns, keiner wagt sich an das ewige, alles überstrahlende Erbe der Väter. Unsere Tradition, diese verdammte, sie ist uns doch heilig! Schau auf dein eigenes Leben. Warum hat dein Mann diesen Mast aufstellen lassen? Er wollte etwas Eigenes schaffen. Nicht von deinem Geld abhängen. Und das ging Schorsch genauso. Er wollte mir beweisen, dass er eigenes Geld verdienen kann. Die stolzen Lang'schen Schwestern!« Sie lachte verächtlich. »Wir haben unsere Männer in den Abgrund getrieben mit unserem Stolz. Wir waren gute Ehefrauen und doch die schlechtesten. Wir haben doch keinen Deut Verständnis für unsere Männer gehabt. Wir waren stolz und reich. Zu reich für das Ego eines armen Fuizbuam und eines Kleinbauern!«

Ganz langsam ging Helga Kölbl auf ihre Schwester zu, streckte die Hände aus. »Ach Joseferl.« Ihre Augen schwammen in Tränen, und eine Melancholie trat in ihre Augen, die wohl nicht mehr weichen würde.

Gerhard sah von einer zur anderen und fühlte sich unwohl dabei, den Blick ganz pragmatisch wieder auf den Fall zu lenken. »Wir müssen den Stadel natürlich ansehen und alles sicherstellen, sofern noch was drin lagert.«

»Gut! Ich fahre mit und zeige Ihnen, wo es ist.« Helga sah ihre Schwester bittend an. Auch diese stand auf. »Ich hole die Mäntel«, sagte sie.

Gerhard zückte sein Handy und rief Baier an. Er wollte den Kollegen dabeihaben. Sie verabredeten sich am Ortseingang von Altenau.

Einige Minuten später kam Josefa Heringer wieder, in einen Lodenmantel gehüllt, für ihre Schwester hatte sie ein Cape dabei, das viel zu mächtig auf den schmalen Schultern der schlanken Frau lag. Sie schwiegen während der Fahrt. Aus den Parkplätzen am Kolben quollen Autos, der Verkehr stockte, augenscheinlich hielten sich ein paar Oberschlaue nicht an die Einbahnregelung. Auf der B 23 kamen sie nur langsam vorwärts, weil auch in Unterammergau Autos auf die Straße drängten. Autos mit A und AIC – Arsch im Cockpit, dachte Gerhard – mit FFB und M, mit Skisärgen beladen und Dachträgern, auf denen sich Ski und Rodel und Plastikwannen türmten. Glückliche Winterausflügler, Staulemminge, die alle nach dem Frühstück aufbrachen und wahlweise in Landsberg oder am Autobahnende bei Eschenlohe zum Stillstand kamen. Sie drängelten dann am Lift gemeinsam und trugen Engpässe und leichte Steigungen in der Liftspur im Stock-Nahkampf aus. Am Abend dann stauten sie sich gemeinsam vor dem Bahnübergang hier in Unterammergau. Gerhard ging seit geraumer Zeit nur noch Skitouren, außer Jo überredete ihn mal an einem schönen Wochentag zum Pistenfahren. Jo, die Rennsau, die ihre messerscharfen Schwünge zog. Die ihn immer verlachte, wegen seines »Hollureiduljö-Hoch-Tief-Stils« und den zammgepappten Knien. Wieso musste er dauernd an diese Frau denken?

Noch immer war es still im Wagen, bis Helga Kölbl nach rechts deutete. »Kappel, schöne Wanderung rauf aufs Hearndl, müssen Sie im Sommer mal machen.« Wenig später hieß sie ihn links nach Altenau abzubiegen, Baiers Auto stand schon da. Er machte eine fahrige Handbewegung und folgte Gerhard. Schlagartig verebbte das Verkehrsgetöse. Altenau lag so still in die winterlichen Wiesen eingebettet, dass es wie Balsam auf Gerhards Seele war. Am Ortseingang war ein Mazda-Händler, der wie ein Fremdkörper in dem Bauerndorf wirkte. Sie fuhren unter der Bahn durch und schlängelten sich durch den behäbigen Bauernort. Ein Huhn überquerte langsam die Straße. Sie fuhren an der Kirche vorbei, hinein in eine Rechts-links-Kombination, bis Helga Kölbl am Ortsende nach rechts wies. Ein kleines Sträßchen führt durch Wiesen, rechts oben thronte ein großer Hof, an einer winzigen Kapelle brannten Kerzen hinter einer Glasscheibe. Sie folgten der Straße durch die winterlichen Wiesen, der wenige Schnee hatte die starren Halme leicht überzuckert. Helga Kölbl wies auf einen Stadel, der links unten kauerte. »Da!« Sie parkten an der Straße und gingen über die Wiese.

Die Eingangstür war mit einem schweren Vorhängeschloss gesichert. Zögerlich hielt Helga Kölbl Gerhard einen Schlüsselbund hin. »Ich weiß nicht, ob einer passt.«

Baier breitete die Arme aus. »So meine verehrten Damen, Sie warten bitte draußen.«

Der letzte Schlüssel, den Gerhard ausprobierte, passte wirklich. Knarzend ging die Tür auf, der Raum lag in dämmrigem Licht. Gerhard schaltete eine starke Akkulampe an und ließ den Lichtstrahl über die Wände gleiten. Auf der Stirnseite standen Kellerregale, von denen Madonnenfiguren und einige St. Georgs herunterlächelten. Gerhard trat näher. Die Madonnen waren stupsnasig und lächelten betörend. Auch die heiligen Georgs hatte feine Näschen und schauten besonders heilig. Die Figuren waren bemalt. Gerhard drehte eine um: Sie trug den Stempel des St.-Lukas-Vereins. Er setzte Baier ins Bild, was da zu sehen war. Das hatte Gerhard in der kurzen Zeit am Kollegen Baier zu schätzen gelernt. So knapp wie er sprach, so knappe Erklärungen reichten aus, damit er begriff.

»Wir sollten die Damen bitten, einen Blick drauf zu werfen. Nicht, dass ich Ihnen nicht traue Weinzirl.«

»Ich bitt Sie, natürlich, ich bin kein Fachmann«, erwiderte Gerhard.

Als Helga Kölbl und Josefa Heringer die Figuren in der Hand hielten, hatte die Szene etwas Biblisches. Die beiden Damen in den schweren Mänteln, das Dämmerlicht, die Figuren, von denen so viel Kraft ausging.

Josefa Heringer schließlich war die Erste, die den Kopf

hob. »Die Figuren sind maschinengefräst. Hundertprozentig, leider. Ja, und sie sind handbemalt.«

»Und sie tragen das Wappen des Lukasvereins, o Gott steh mir bei!«, flüsterte Helga Kölbl.

Gerhard hatte den Raum weiter inspiziert und wühlte inzwischen in einigen Holzkisten, die unterm Fenster aufgetürmt waren. Holzwolle quoll heraus, sonst waren sie leer. Eine der Kisten enthielt noch einen alten Lieferschein. Sie waren nach Berlin gegangen. An einen so genannten »Matzke-Kunstimport«.

»Sagt Ihnen der Name Matzke etwas? Frau Kölbl? Frau Heringer? Als Kunde?«

Sie überlegten. Josefa Heringer schüttelte den Kopf. Helga Kölb sagte: »Ja, ich hab ihn schon mal gehört. Aber ich weiß nicht in welchem Zusammenhang. Gott im Himmel, ich habe das Gefühl, mit meinem Kopf stimmt was nicht. Ich kann keinen klaren Gedanken fassen.«

»Das ist alles ein bisschen viel für Sie. Sie müssen sich entspannen, dann fällt Ihnen alles wieder ein. Seien Sie unbesorgt, Verehrteste«, beruhigte sie Baier. Er hatte inzwischen die Nummer von Matzke herausgefunden und schaltete sein Handy auf laut: Eine Frauenstimme war zu hören: »Sie haben die Firma Matzke-Kunstimport erreicht. Unser Büro ist ab 7. Januar wieder besetzt. Frohe Festtage. In dringenden Fällen erreichen Sie Paul Matzke ab dem 30. Dezember unter ...« Eine Mobilnummer folgte.

»Na, danke!«, knurrte Baier. Er wählte die Mobilnummer. Mailbox. »Herr Matzke. Wir bitten Sie dringend mit folgender Nummer in Weilheim Kontakt aufzunehmen.«

Ob das so klug war?, überlegte Gerhard. Zwar hatte Baier wohlweislich nichts von Polizei gesagt und auch seine direkte Durchwahl angegeben, aber wenn Matzke schlau war, dann checkte er die Nummer. Matzke würde mit Sicherheit etwas Unangenehmes wittern. Er vertickte gefälschte Ware, da würde er sicher nicht freiwillig die Polizei anrufen.

Baier sagte inzwischen freundlich in Helga Kölbls Richtung: »Es meldet sich tatsächlich ein Matzke-Kunstimport in Berlin. Also doch ein Kunde? Erinnern Sie sich vielleicht doch?«

»Nein, ach ich weiß es nicht. Mir kommt es so vor, als stamme der Name aus einer Zeit, die im Dunkeln liegt. Ich kann mich wirklich nicht erinnern.« Sie war den Tränen nahe.

»Vielleicht erinnern Sie sich ja bald wieder. Macht nichts«, sagte nun Gerhard, obwohl es natürlich etwas machte. Sie brauchten endlich eine Spur. Das hier war doch alles so verwirrend. Mittlerweile standen sie wieder draußen, die Sonne war untergegangen, es lag noch ein Rest Winterlicht über der Landschaft, Schneelicht, die Kälte stieg aus dem Moor heraus, kitzelte in der Nase, die Schneezeit war angebrochen. Dunkel und drohend stand der Hohe Trauchberg über ihnen, hier im Waldwinkel an der Halbammer, dort wo der »Kini« zwischen Linderhof und Neuschwanstein mit seiner Kutsche unterwegs gewesen war. Gerhard kannte den Trauchberg vom Mountainbiken von der Ost-Allgäuer Seite her. Undurchdringliche Wälder, ein großes Nichts, eine wilde Waldwelt, wie man sie heute inmitten von Höfen und Straßen nur noch so selten fand. Eine Gegend, in der es von Bären und Wölfen nur so gewimmelt hatte. Plötzlich erinnerte er sich an ein Schild und dessen Aufschrift, die ihn beim Biken so amüsiert hatte: »Ein wilder Bär, ein Ochsentier gerieten aneinander hier, der Bär dacht, krieg ich mal 'nen Fraß. Der

Ochs verstand jedoch keinen Spaß. Ein Kämpfen gab's voll Grimm und Wut, bis beide lagen tot im Blut.«

Heute fand er das gar nicht amüsant. Er hätte sich nicht gewundert, wenn ein Bär aus den Wäldern getreten wäre. Fremden Tieren darf man in dieser Zeit nicht trauen, weil sie die Gestalt von Hexen annehmen können. Das hatte Kassandra gesagt. Himmel, war er jetzt auch schon von diesem Raunacht-Hokuspokus infiziert? Statt des Bärs war ein Reh aus dem Wald getreten und sah herüber. Es stand stocksteif da, bis Kirchenglocken einsetzten. War das das Schreckenläuten, das böse Geister vertreiben sollte? Das Reh witterte, und dann verschwand es in himmelhohen Sprüngen und wurde verschluckt vom Moos. Es wurde dunkler, Gerhard hatte das Gefühl, als fiele die Dämmerung regelrecht über ihn her. Er machte seine Jacke zu, zog den Reißverschluss ganz hinauf und verkroch sich im Kragen. Lauter Trugbilder, ein Leben voller Fälschungen. Fast brüsk bot er an, die Damen wieder zurückzufahren und gleich noch bei Stuckenzellers Kumpanen vorbeizusehen. Da fiel ihm etwas ein.

»Sagen Sie, Frau Kölbl, von welchem der vier Herren, Stuckenzeller, Lutz, Hareither und Korntheurer, könnte denn am ehesten das Modell für die Maria und auch die Figuren hier drinnen stammen. Von Herrn Stuckenzeller wurde ich insofern gebrieft, dass Lutz abwesend sei und Korntheurer naturblöd. Entschuldigen Sie, ich zitiere nur.«

»Stuckenzeller, dieser Klotz! Mit Verlaub, Herr Weinzirl, Herr Baier! So verroht, wie er spricht, sind auch seine Figuren. Er macht sehr schöne Großskulpturen, Sie wissen schon, so ab zwei Meter Höhe, der Schmied von Kochel oder so was. Das Feine liegt ihm nicht. Markus Lutz ist tatsächlich immer über Weihnachten bei Verwandten in Miami, ich nehme auch nicht an, dass das Modell von ihm stammt. Er schnitzt eigentlich gar keine religiösen Themen, eher Holzspielzeug, Schnürlkasperles und moderne Einzelstücke. Aber über den armen Adi Korntheurer so zu reden! Der Mann ist seit fünfzehn Jahren sehr krank, eine Zeckeninfektion blieb unerkannt. Er bewegt sich sehr langsam und kann sich schwer artikulieren. Er geht Lutz ab und zu bei Großaufträgen zur Hand. Nun ja, der Hubert Hareither der, ja, der ...«

Baier hatte Helga Kölbl die Hand auf die Schulter gelegt. »Liebe, verehrte Frau Kölbl, Sie müssen jetzt nicht denken, dass Sie verantwortlich sind, wenn wir uns Hareither vorknöpfen. Das hätten wir so oder so getan. Kürzt nur das Procedere ab.«

Liebe-verehrte-und-Procedere-Baier versetzte Gerhard immer wieder in Erstaunen. Manchmal kramte er Worte unter seiner rauen Schale hervor, Herrschaftzeiten. Gerhard schmunzelte, und es war wie eine Heilung. Mit dem Lachen waren auch die beunruhigende Winter-Melancholie und die Seelenkälte der Raunächte vertrieben.

Helga Kölbl sah Baier ernst an. »Das weiß ich. Aber es erscheint mir dennoch wie der Verrat an einem Kollegen. Hubert Hareither schnitzt religiöse Motive. Er ist, ja er muss ein Günstling der Götter sein, denn er ist wirklich ein begnadeter Schnitzer. Er hat goldene Hände. Er haucht dem kühlen Holz solches Leben ein, so viel Wärme. Er hat immer die Ansicht vertreten, dass er Gott für diese Begabung zu danken habe. Und er dankt es ihm mit den schönsten Krippenfiguren, die Oberammergau je hervorgebracht hat. Hubert ist ein zutiefst religiöser Mensch, Mord passt niemals zu ihm.«

»Das unterstellen wir auch nicht«, sagte Gerhard und insistierte: »Aber können die Modelle von ihm stammen?«

»Ja, ich denke, ich befürchte, ich …«

Josefa Heringer mischte sich ein. »Der heilige Georg ist von ihm. Ich habe ihn bei ihm gesehen. Schorsch hat ihn behutsam und geschickt verändert. Aber verändert. Für die Maschine.«

»Sind Sie sich sicher?«

Ein Blick ging zwischen den Schwestern hin und her. »Ja!«

8.

Gerhard folgte Baier, der die beiden Damen in sein Auto geladen hatte. Er war froh, nicht reden zu müssen. Das Bild des Toten ließ sich nicht abschalten, so wie er keinen einzigen Toten je vergessen hatte. Wie eine Fotogalerie hingen ihre Bilder in seiner Erinnerung. Schwarzweiß-Portraits mit übergroßen Augen auf einer schwarzen Wand, die ins Unendliche führte. Mit jedem Toten hatte sich sein Blick auf die Welt verändert. Berufskrankheit, in jedem nur das Schlechte sehen zu können? Wie oft hatten ihm seine wechselnden Freundinnen vorgeworfen, er könne nicht mehr unterscheiden zwischen Dienst und Realität. Ihre Realität war himmelblau und rosarot gewesen. Wie hätte er erklären können, dass er immer dann in Dienst trat, wenn diese vermeintlich bunte und gute Welt ganz real um sich schoss, erpresste, tötete, mordete, vergewaltigte? Nur eine Berufskollegin war in der Lage, das zu verstehen. Deshalb hatten so viele Polizisten auch Partnerinnen aus demselben Beruf. So wie Ärzte immer Krankenschwestern heirateten und Lehrer sich zusammenrotteten, weil zwei Besserwisser anscheinend symbiotisch leben konnten? Womöglich wäre die ebenso hübsche wie kluge Evi eben doch eine perfekte Partnerin für ihn gewesen. Wenn er nur nicht immer Jo im Kopf gehabt hätte – hatte! Auch sie verstand seine Mundfaulheit nicht, die Selbstschutz war. Sie konnte nicht verstehen, dass es so still um ihn war. Rede mit mir! In gebetsmühlenartiger Wiederholung hatten die Frauen genau das gefordert, was er zumeist auch gar nicht durfte. Schweigepflicht! Ebenso war es die Vorhersehbarkeit des Scheiterns von Beziehungen, die Gerhard immer mehr den Mut nahm, es wieder und wieder zu versuchen. Er hatte es bei Baier gesehen, die Polizisten-Ehen-Krankheit: Auch Frau Baier hasste es, dass ihr Mann nicht mehr ans Gute glauben wollte. Gott erhalte deinen Glauben? Gott! Was hieß das schon, dass dieser Hareither tief religiös sei? Waren nicht gerade im Namen der Kirche und des Glaubens überall auf der Welt die grausamsten Morde und Hinrichtungen begangen worden? Inquisition, Kreuzzüge, Fanatismus, Terrorismus. Religion war ein wunderbarer Deckmantel. So wie der Mann ausgesehen hatte, war er nicht nur dem Teufel begegnet. Es mussten alle Dämonen dieser, seiner Welt gewesen sein, die er im Antlitz des Todes gesehen hatte. Dämonen, auch seine ließen sich nicht vertreiben. Er ertappte sich immer öfter dabei, dass er angesichts eines jungen Freaks mit langen Haaren unwillkürlich dachte: Scheiß Giftler. Dabei hatte er selber viele Jahre lange Haare gehabt, ohne Drogen zu nehmen oder zu dealen. Er wehrte sich gegen Klischees und Vorverurteilungen, kämpfte dagegen an, und doch wollte es ihm nicht immer gelingen.

Er traf Baier vor dem Haus des Hubert Hareither. Der Mann öffnete selbst. Das war doch mal einer, der so aussah, wie man sich einen Herrgottsschnitzer vorstellte. Schmales Gesicht mit Bart, eine feingliedrige Gestalt, zarte Hände mit langen Fingern, die eher einer Frau gehören sollten. Er lächelte freundlich, zu freundlich, wie Gerhard fand. Die Klischee-Falle: Er mochte diesen Mann nicht.

»War der Diebstahl Ihrer Modelle Grund genug für einen

Mord, Herr Hareither? Wo waren Sie zwischen elf und vierzehn Uhr am zweiten Weihnachtsfeiertag?«

»Kommen Sie doch herein.« Hareither lächelte noch immer, so sanft wie eine der Madonnen. Er führte sie in eine schmucke Bauernküche voller Keramikbecher, hübscher Kissen mit Rosenmuster, schöner Antiquitäten. Puppenstubenromantik, dachte Gerhard, und das widerte ihn an. Sie hatten sich an den Tisch gesetzt, Hareither hatte ihnen Mineralwasser hingestellt. Serviert in einem Keramikkrug, passend zu den Bechern, die ebenfalls feine Rosenmuster trugen. Eine Welt aus Rosenblüten, aber Rosen hatten Dornen.

»Also, wo waren Sie?« Gerhards Ton war unangemessen giftig. Baier sandte ihm einen warnenden Blick zu.

»Herr Stuckenzeller hat mich angerufen«, sagte er in seiner sanften Stimme. Spielte der den Jesus in der Passion? Er sollte, dachte Gerhard, er war der unschuldig verurteilte Märtyrer. Er war seine Inkarnation!

»Das dachte ich mir schon«, sagte Gerhard mühsam beherrscht, »aber das beantwortet meine Frage nicht!«

»Nun, ich war gegen zwölf mit meinem Hund am Ammerufer spazieren. Zoltan!« Wer ruft seinen Hund Zoltan, überlegte Gerhard noch, als ein schwanzwedelnder schmutzweißer Rastabettvorleger hereinsprang. »Ein ungarischer Puli«, sagte Hareither und vergrub seine schmalen Pianistenfingerchen in den verfilzten Fellplatten.

»Ich glaube kaum, dass Zoltan Ihnen ein Alibi geben kann!« Gerhard war noch immer haarscharf am Rande der Beherrschung.

»Nein, ich weiß. Aber Herr Stuckenzeller, der hat uns gesehen.«

»Ja, das fügt sich ja prächtig«, Gerhard rang nach Luft. Es

war stickig hier. Immer wenn er in Oberammergau zu ermitteln hatte, waren die Räume überheizt. Überall Kachel- und Holzöfen, die um ihr Leben bullerten. Vielleicht hatte das so zu sein, dort, wo sich alles um Holz drehte.

Baier mischte sich ein. »Sauber, blitzsauber! Herrschaftzeiten! Haben Sie sonst vielleicht jemanden, der Sie gesehen hat?«

»Nun, meine Frau kann bestätigen, dass ich lediglich dreißig Minuten weg war. Maximal fünfundvierzig.«

»Und die kommt sicher auch auf Pfiff?« Baier war jetzt wieder ganz der gewohnte Pitbull.

»Nein, aber ich kann sie rufen, sie hat ein Atelier unterem Dach. Sie ist Keramikerin.«

Aha, deshalb all die Rosen!

Hareither blieb immer noch penetrant freundlich, erhob sich und rief durch den Gang. »Sabine, kommst du mal?«

Sabine kam. Sie trug einen Overall mit Farbklecksen, eine gepflegte Frau um die fünfzig mit halblangem dunklem Haar, das von grauen Strähnen durchzogen war. Sie war sich auch ganz sicher, dass ihr Mann und Zoltan um fünf vor zwölf das Haus verlassen hatten und um zwanzig vor eins wieder da waren. »Ich weiß das so genau, weil ich um Punkt dreiviertel einen Kuchen aus dem Ofen nehmen wollte und quasi mit der Eieruhr auch mein Mann kam«, sagte sie.

»Soso, mit der Eieruhr kam ihr Mann! Gut, gut. Sind Sie denn über die gestohlenen Modelle informiert, gnädige Frau?« Baier gab sich formvollendet.

Sie nickte und suchte nach Worten. »Diese ganze Sache … also wir alle …«

Jetzt legte Hareither auch noch den Kopf schräg und blickte theatralisch zum Himmel, bevor er anhob, anstelle seiner

Frau zu erzählen. Sie waren eigentlich zufällig auf den Betrug gestoßen. Sabines Schwester, die Zimmer in Saulgrub vermietete, hatte Stammgäste, die erzählt hatten, dass sie im Schnitzladen in Berlin echte Oberammergauer Schnitzkunst – »vom Lukasverein zertifiziert und auch noch in einer hübschen Geschenkbox« – weit billiger bekamen als in Oberammergau. Wie das denn sein könne? Beim nächsten Urlaub brachten sie so ein Stück mal mit. Hareither nahm es in Augenschein, und dann kam eins zum anderen. Die glorreichen vier, die Schnitzer mit den Argusaugen, forschten nach, hörten sich um, verdächtigten schließlich Kölbl und folgten ihm nach Altenau. Sie waren in die Hütte eingebrochen und hatten das belastende Material gefunden. Sie hatten ihn zur Rede gestellt.

»Aber wir haben ihn doch nicht ermordet! Wir haben in Aussicht gestellt, dass wir, wenn er sein Tun sofort einstellt und dem Lukasverein eine gewisse Summe spendet, von einer Anzeige absehen. Sonst aber die Sache in Oberammergau publik machen würden«, erzählte Hareither mit dieser salbungsvollen Stimme, die Gerhard ganz kirre machte.

»Da hätte ja Kölbl besser Sie ermordet! Das wäre ja sein Exodus in Oberammergau gewesen, für ihn und seine Familie!«, entfuhr es Gerhard. Baier unterdrückte ein Lachen und wandte sich an Hareither.

»Sie haben ihn also erpresst?« Baier starrte den Schnitzer mit den Engelshänden böse an.

Der knetete nervös seine Fingerchen. »Ich wollte das nicht. Lutz auch nicht. Das war Stuckenzellers Idee.«

»So, so! Hört, hört! Wie viel sollte er denn zahlen?«

»Fünfzigtausend Euro.«

»Hoppala. Herrschaftzeiten! Nettes Sümmchen!«, sagte Baier.

Hareither beeilte sich zu berichten, wie das Ganze gelaufen war: »Stuckenzeller hat uns klargemacht, das Geld sei so eine Art Entschädigung für den Lukasverein und dass wir die Summe dann für einen anständige Präsentationsfläche nutzen könnten. Wie es aussieht, müssen wir aus dem Passionstheater raus, und einzig mit der Weihnachtsjahresausstellung im Museum sind wir einfach nicht richtig repräsentiert. Aber es kam ja nicht zur Zahlung.«

»Ja, weil Sie Georg Kölbl vorher ermordet haben!«, rief Gerhard.

»Nun gut, lassen wir das für heute.« Baier fiel Hareither ins Wort, der sich zur Wehr setzen wollte, und erhob sich, Gerhard sprang richtig vom Stuhl. Er schwitzte in der überheizten Stube und hatte dauernd den Geruch von Weihwasser in der Nase. Das konnte aber auch Einbildung sein.

»Wieso setzt uns Stuckenzeller auf diese Fährte? Besser wär's, er würde von sich ablenken, dieser kleine Erpresser. Herrschaftzeiten!«, sagte Baier, als sie draußen waren.

»Weil er uns eigentlich auf Hareithers Spur setzen will? Wahrscheinlich mag er ihn nicht«, spekulierte Gerhard.

»Nur weil Sie ihn nicht mögen? Weinzirl, lassen Sie sich nicht von Emotionen leiten. Haben hier nichts verloren.«

Baier verabschiedete sich unwirsch von Gerhard, als er ins Auto stieg. Gerhard war unzufrieden. Unzufrieden mit sich selbst. Er war unnötig aggressiv gewesen, ihm fehlten zündende Einfälle. Er war stumpf, sein Kopf reagierte nicht, sein Gehirn versagte den Dienst. Dieses dumpfe Brüten über dem Fall war unbefriedigend und ergebnislos. Er fuhr in den Hof in Tankenrain und ging erst mal ins Bad und schöpfte sich eiskaltes Wasser ins Gesicht. Er stand vor dem Spiegel und klopfte an seine Schläfe: Heh, jemand zu Hause? Die Antwort blieb aus. Gerhard zog Turnschuhe an und eine Jogginghose, schlüpfte in einen verwaschenen, uralten Fleecesweater undefinierbarer mausgraubrauner Farbe. Das Waschen hatte ihn auf XXXL ausgedehnt, Jo hatte ihn erst kürzlich angehabt. Er hatte ihr bis zum Knie gehangen, sie hatte mit den überlangen Ärmeln gebaumelt und gelacht. Ein Jo-Lachen, wo die Augen blitzten und ihr ganzer Körper zu lachen schien. Sie hatte nichts drunter gehabt. Gerhard riss eine Stirnlampe aus einem Rucksack, als wäre er auf der Flucht, und rannte in den Wald seiner Vermieter. Er rannte viel zu schnell, in seinen Ohren brauste und rauschte es, die Raunachtsgesellen machten sich über ihn lustig, so wie sie hinter den Bäumen zischelten und tuschelten.

Als er nach ungefähr fünfzig Minuten zurückkam, brannte Licht im Stall. Vorsichtig trat er näher und spähte ums Eck. Die Mittelalter-Fee saß in einem dicken hellblauen Anorak auf einer Holzkiste und flirtete mit ihren Kindern. Gerade küsste sie die Nase des größeren Fohlens. Gerhard klopfte an die Wand, sie fuhr herum.

»Oh, hallo. Sie sind ja hartgesotten, bei der Kälte und Dunkelheit zu joggen.« Sie hob die Arme. »Ich gestehe alles.«

»Was?«

»Na ja, so wie Sie mich anstrahlen, muss das ein Verhör sein?«

Gerhard schaute immer noch entgeistert.

»Die Stirnlampe!« Sie lachte.

»Oh, Entschuldigung! Verzeihen Sie!«

»Jetzt sagen Sie halt bitte Sarah zu mir!«

»Gerne, Sarah. Ich heiß Gerhard!« Er setzte sich zu ihr auf die Kiste.

Sie nahm einen kräftigen Zug aus einer Weinflasche und reichte diese Gerhard, der sofort zugriff. Wo er doch sonst nie Wein trank.

Sie knutschte noch mal die weiche Pferdenase und lachte Gerhard an. »Meine Mutter hasst es, wenn ich Pferde küsse. Das sei unhygienisch. Wie kann so was Süßes den unhygienisch sein?«

Gerhard fand es auch unpassend, ein Pferd zu küssen. Weniger wegen der Hygiene. Es war einfach Verschwendung. Er riss sich zusammen. »Der Größere von den beiden, das ist doch ein Fjordpferd. Aber der ist so grau.«

»Ein Fachmann! Ja, das ist ein Fjordpferd, allerdings ein Graufalbe. Woher kennst du Fjordpferde?«

»Eine, eine Bekannte von mir hat eins. Aber in Beige oder wie man die Farbe nennt.«

»Falb«, sagte die Fee, und beide streichelten je ein Fohlen.

»Besser als fernsehen«, sagte sie nach einer Weile.

»Unbedingt«, sagte Gerhard und nahm einen Schluck vom Wein.

»Weiß du, woran man erkennt, dass man zu viel fernsieht?«, fragte sie.

Gerhard lächelte sie an. »Nein.«

»Wenn du glaubst, dass Gérard Depardieu Amerika entdeckt hat.«

Sie lachten beide, ziemlich lange und ausgelassen. Als sie aufstand, um zu gehen, sagte sie noch: »Wenn du gerne joggst, können wir doch mal gemeinsam laufen und die Pferde mitnehmen? Die rennen auch gerne.«

Gerhard versicherte ihr euphorisch, wie gut die Idee sei.

Wenn sie dabei war, hätte er auch einen Elefantenbullen und eine Nashornkuh mitgenommen. Gerhard schmunzelte, als er ins Bett schlüpften wollte. Das Leben war gar nicht so schlecht. Oder doch? Auf seinem Bett lag sein neuer Katerfreund und blickte stolz auf seine Beute herunter. Sie war gelbgrün. Ein Wellensittich! Was der Kater dachte, war klar. »Schau mal, ich hab mir was Exotisches mitgebracht. Vom Chinesen.« Und obgleich ein entflogener Wellensittich mitten im Winter wahrscheinlich froh sein musste, gefangen worden zu sein. »Du scheußliche Kreatur. Was willst du denn mit dem machen?«

Die Antwort bleib ihm der Kater nicht schuldig. Er verzog sich mit dem leblosen Opfer unter Gerhards Bett und verspeiste es. Gerhard hörte das Knacken der Knöchelchen, und später in der Nacht, als der Kater längst wieder unter der Decke lag, glaubte er ein herzhaftes Rülpsen zu vernehmen.

Als Gerhard schon um sieben auf der Inspektion ankam, war Baier wie immer schon da. Er stellte Gerhard zwei Teller mit je drei Weißwürsten, Händlmaiersenf und zwei leichte Weiße auf den Tisch. »Mahlzeit.«

Nach der ersten Weißwurst lehnte er sich zurück. »Schließen wir den Lutz und den Korntheurer wirklich mal aus. Bleiben Stuckenzeller und Hareither. Sie geben sich gegenseitig Alibis, die keine wirklichen sind. Denn beide waren am Friedhof und damit in der Nähe des Döttenbichls. Hareithers Frau sagt zwar, er sei um zwanzig vor eins zu Hause gewesen, aber die Zeit hätte gereicht für den Mord. Krieg das nicht zusammen. Wieso hat Ihnen Stuckenzeller den ganzen Kladderadatsch erzählt, Herrschaftzeiten?« Baier ließ den Finger auf seinem Weißbierglas kreisen.

»Das frage ich mich auch immerzu. Bis gestern dachte ich, dass er sich und Hareither belastet. Dann hon i mi verkopft und ghirnt, ob er jemanden schützen will. Aber dieser Stuckenzeller ist sicher keiner, der sich schützend vor Mitmenschen stellt. Bleibt eigentlich nur die Möglichkeit, dass er trickst. Er geht in die Offensive. Er rechnet ein, dass wir uns kaum vorstellen können, dass sich einer selbst belastet.«

»Ist der so schlau? Wäre ja sehr gewitzt.« Baier wiegte den Kopf.

»Dumm ist der nicht, bloß grob. Ich traue dem mehr Finesse zu, als sein Auftreten vermuten lässt. Vielleicht versuchte er eben doch ganz perfide, unseren Blick auf Hareither zu lenken. Am Ende bleibt ja auch Hareither der Hauptverdächtige, er ist ja auch der Hauptgeschädigte, oder?«

»Ihr Wort in Gottes Gehörgang, Weinzirl. Für mich ist Hareither auch der Hauptverdächtige. Müssen rausfinden, warum. Vielleicht ist da noch mehr im Busch. Aber momentan stecken wir fest. Verdammich. Bleibt uns nur, auch noch diesen Korntheurer und den Lutz zu vernehmen. Wir müssen die Herren so lange bearbeiten, bis sich einer von denen in Widersprüchen verstrickt. Aber der Lutz bräunt irgendwo in Miami Beach.« Er sprach das aus wie Mi-Ammi-Bech. »Nehmen Sie sich morgen und übermorgen frei. Rein ins Silvestervergnügen, wir sehen uns dann am Zweiten.«

»Und Korntheurer?«

»Hat Zeit bis zum Zweiten!«

9.

Gerhard schlief. Lange, ungewohnt lange. Dann beschloss er, der Ödnis im Kühlschrank Paroli zu bieten, und fuhr nach Weilheim, erledigte Einkäufe und schlenderte über den Marienplatz. Malerisch, diese gute Stube der kleinen Stadt. Drei kleine Mädchen schleckten Eis, der Kälte trotzend. Einer winkte ihm zu. Greinau, der wieder mal seiner Kameratasche folgte. Auf dem Weg zum Auto traf er noch die Breitling, die etwas von einem Anwaltstermin faselte, hektisch auf die Uhr sah und entschwand. Es war nett hier, vorhersehbar und beruhigend. Ein ruhiger Ausklang des Jahres, das war es, was Gerhard sich wünschte.

Er hätte natürlich ins Allgäu fahren können. Er war auf drei Silvester-Festen eingeladen, die alle vor Kreativität strotzten. Einmal Fondue in Kempten: »Dieses Jahr lassen wir es mal ganz ruhig angehen.« Einmal Raclette in Sonthofen: »Dieses Jahr lassen wir es mal ganz ruhig angehen«, und einmal mit vier Kumpels auf einer Berghütte im Walsertal: »Dieses Jahr …«, und so weiter. Er hatte mit der Berghütte geliebäugelt, weil man die nur auf Schneeschuhen oder Tourenski erreichen konnte. So ein markiger Männerabend mit viel AKW, mit stinkenden Socken und verschweißelten Hemden am Hüttenkamin – ohne dass eine Frau sich aufgeregt hätte – erschien ihm reizvoll. Aber das ganze Unternehmen war ihm zu aufwändig, er hatte sich um zwei Leichen zu kümmern. Kurzzeitig hatte er mit dem Gedanken gespielt, die Mittelalter-Fee zu fragen, was sie vorhatte. Was für ein Gedanke! Die Fee war höchstens fünfundzwanzig und hatte sicher Besseres zu tun, als mit einem alten wortkargen Sack wie ihm Silvester zu feiern. Blieb Toni! Nach Gerhards frustrierender Weihnachtsklausur und dem Kontrastprogramm mit Zlausi war es allemal besser, bei Tonis Wanderzirkus zu sitzen und sich unter den Fittichen des Medizinmanns ins neue Jahr zu trinken. Gegen zwanzig Uhr dreißig trudelte Gerhard ein, gegen einundzwanzig Uhr dreißig sah er bereits auf die Uhr. Nicht auf seine, sondern die von Mister Breitling, weil der nämlich ständig seinen Ärmel hochrollte und mit der Breitling fuchtelte. Es war einundzwanzig Uhr dreißig, noch zweieinhalb Stunden bis Silvester. Diese ganze Warterei, um dann um vierundzwanzig Uhr Leute zu küssen, die man kaum kannte, und Sekt zu trinken, was außer Sodbrennen nichts in ihm auslöste.

Die Red Sina Band machte gerade eine Pause, Gerhard stand an der Theke, als ihm jemand auf die Schulter tippte. Er wandte sich um. Jo!

Er war anscheinend sowohl blödgesoffen als auch naturblöd, denn außer einem »Jooo?« blieb ihm jeder halbwegs intelligente Satz im Hals stecken.

»Ja, so heiß ich.« Sie küsste ihn auf die Backe und wirbelte herum. »Ganz schön was los hier! Sogar mit Band.«

»Äh ja, die Red Sina Band. Die spuin gleich nachher wieder.«

»Du hast ›spuin‹ gesagt. Geht das so schnell mit dem Bayerntum?« Ihre Stimme war neutral. Trotzdem empfand Gerhard den Stich. Er schluckte aber jede Erwiderung hinunter.

»Dia spielat glei. Besser?« Auch er bemühte sich um eine

neutrale Stimme, und Jo schwieg. Beide sahen irgendwohin. Die Stille zwischen ihnen war nur wenige Sekunden kurz und doch schon ein Abgrund. Gerhard warf gerade noch rechtzeitig eine Seilbrücke über den Graben. »Was magst du trinken?«, fragte er, und bevor er noch eine Antwort bekam, tauchte Toni mit einer Medizin auf.

»Willkommen – und nun, Gerhard, sag mir bitte, wer diese schöne Frau ist?«

»Ja, genau, wieso wurde uns so viel Glanz in unserer Hütte bisher vorenthalten?«, kam es von der Breitling.

Jo antwortete selbst, mit einer kleinen koketten Drehung wandte sie sich den Männern zu: »Jo, aus dem Allgäu. Ich bin, hmm, wie soll ich sagen, eine uralte Freundin von Gerhard.«

»Aber doch nicht uralt?« Toni prostete ihr zu. Jo kippte ihren Ouzo weg wie nichts. Seit wann trank Jo Ouzo? Die doch immer propagierte, dass sie nur österreichische Edelbrände und Grappa trank. Und wieso spürte er diesen kleinen Stich so messerscharf. Die uralte Freundin, die sie doch war. Da Toni Jo zu einer zweiten Medizin entführte, hatte Gerhard Zeit, sie verstohlen zu mustern. Natürlich war sie eine schöne Frau. Im Sommer war sie eher sehr schlank gewesen, heute wirkte sie üppiger. Ein Vollweib, und das stellte er fast überrascht fest. Die rötlichen Haare lagen in weichen Locken um ihr Gesicht, seit wann hatte Jo Locken? Sie trug eine braune Hose und extrem hohe Absätze, seit wann konnte Jo auf solchen Mörderteilen gehen? Wirklich sehenswert aber war das, was oberhalb der Gürtellinie in den Blick rückte. Jo trug ein helles Lederhemd, und zumindest ein Knopf hätte besser geschlossen gehört. Oder auch zwei! Denn so war das, was der ebenfalls braune Samt-BH da tat, nicht mehr mit dem Wort »hervorspitzen« zu beschreiben. Trotzdem wirkte das ganze

Outfit eher lässig und der Einblick eher so, als hätte sie versehentlich vergessen, den Knopf zu schließen. Seit wann inszenierte sich seine Jo so? Seine Jo? Gerhard erschrak ein wenig. Die er in Bergschuhen, Radlerhosen, Karohemden von der BayWa und Latzhosen mit Pferde-Odeur kannte.

Was er durchaus kannte, war Jos Gabe, in kürzester Zeit im Mittelpunkt zu stehen. Sie war eine Rattenfängerin, immer gewesen. Auch ohne so ein Dekolleté wie heute. Sie strahlte Gerhard kurz an, warf die Haare zurück und flirtete weiter mit Toni, der ihr angesichts ihrer Stiletto-Stiefel bis eben zu jenem Dekolleté reichte. Jo, wieso so affektiert? Gerhard blickte in die Runde. Alle anderen waren begeistert von dieser Frau. Warum war er so kleinlich? Oder war das Eifersucht? Er kippte eine Medizin hinunter und gesellte sich zu der Runde. Geplänkel, witzige Wortwechsel wie ein Ping-Pong-Spiel, was war es nur, das Gerhard so störte?

Schließlich klemmten sie sich an den kleinen Tisch hinter der Kasse, und Gerhard sah Jo noch mal ganz genau an. Ihre Augen glänzten, sie wirkte erhitzt. Kein Wunder, sie hatte getanzt wie damals im Pegasus, wo sich an ihrem ausschweifenden Tanzstil die Geister geschieden hatten. Er hatte das damals erotisch gefunden, andere exaltiert. Die Frauen, die nicht Jos Freundinnen gewesen waren, hatten es exaltiert gefunden. Und Jo hatte immer mehr Feindinnen als Freundinnen gehabt.

»Was schaust du so? Ist doch nett hier?«, sagte Jo und lachte herausfordernd.

»Wieso bist du gekommen?«

»Weil Silvester ist. Weil ich Sehnsucht nach dir habe. Jetzt sei doch nicht so sperrig. Man muss die Feste feiern, wie sie fallen.«

Wieso glaubte er ihr nicht. Er war wirklich sperrig. »Und deine Felldeppen? Kriegen die nicht Panikattacken bei Silvesterkrachern.«

»Resi geht mal rüber. Außerdem ist Göhlenbühl ja nicht gerade der Times Square. Was ist eigentlich los mit dir? Ich wollte dich sehen. Ich kann ja wieder gehen!«

In dem Moment begann die Red Sina Band wieder loszulegen. »Sie spuin wieder«, sagte Jo und betonte das »spuin« übertrieben wie in einem schlechten Einakter. Sie stand auf und folgte der Breitling auf die Tanzfläche.

Sie kam einige Stücke später retour und sank auf den Stuhl.

»Tut mir leid«, sagte Gerhard.

»Aha!«

»Ja, wirklich. Aber du bist heute so, so …?«

»So?«

»So aufgedreht, und wenn ich es nicht anders wüsste, bist du auf Männerfang. Auf Teufel komm raus.«

Sie beugte sich vor und ließ auch ihn in den Genuss des provozierenden Dekolletés kommen. »Weißt du eigentlich, was du willst, Weinzirl? Vor noch nicht allzu langer Zeit wolltest du, dass ich mit dir hierherkomme. Nun schau ich mir die Lage mal an, ist es dir auch nicht recht. Es ist Silvester. Früher warst du kein solcher Partymuffel und so 'ne Spaßbremse. Im Gegenteil. Ich erinnere an die Pyjamapartys im Pegasus. War es nicht ein gewisser Weinzirl, der coram publico in einem der aufgebauten Betten, na du weißt schon. Mit dem blondgelockten Töchterlein des Englischlehrers! Und nachdem dein Interesse für mich ja eher minimal ist, gute Idee, einen anzubaggern. Wen soll ich nehmen?«

Gerhard schluckte. »Ach Jo, auch wenn ich dich nerve, aber du ziehst eine Show ab, so kenn ich dich nicht.«

»Ja, wie hättest du mich denn gern? Als die ungeschminkte Braut des Bergfexen? Im Blaumann? Jetzt sag ich dir mal was: Ich werde vierzig, und das kotzt mich an. Mit fünfzehn war es gut, hübsch zu sein. Mit siebzehn war ich hübsch und ein bisschen mit verruchtem Lolita-Charme gesegnet. Mit fünfundzwanzig war es sehr hilfreich, in Studium, Ausbildung und Beruf hübsch, verführerisch und verdammt clever zu sein. Das wirkte bis Anfang dreißig. Aber mit vierzig? Ich soll es ganz toll finden, endlich vierzig zu sein. Es wimmelt von Büchern zu diesem Thema, von bekennenden Frauen, die nun endlich guten Sex haben. Scheiße, ich hatte vorher genug guten Sex, gerade du müsstest das wissen. Das ist doch ein Joke! Auf einmal soll es ein Wert sein, nur noch clever und interessant zu sein. Das ist doch gemein. Weil die einstmals gute Optik eben nachgelassen hat. Falten, Krähenfüße. Ich rede jetzt nicht von den Fältchen um die Augen, die vom Lachen kommen! Nein, von diesen Verrätern um den Mund und vom Hüft- und Bauchspeck, wo doch eigentlich Po und Oberschenkel die erklärten Feinde waren. Du bist ein Mann. Du kennst das doch: Männer werden reif, Frauen überreif wie faule Aprikosen. Ich habe keinen Bock drauf, mich nur noch über meine inneren Werte und meinen wachen Geist zu verkaufen. Scheiße!«

»Und deshalb der Ausschnitt?«

»Auch!«

Gerhard sah erst sie an und dann den Ausschnitt. Dann sah er auf die Uhr. Es war zehn vor zwölf. »Komm, lassen wir das. Es ist gleich zwölf. Stoßen wir an. Auf das neue Jahr. Darauf, dass du hier bist. Ich freue mich. Ehrlich!« Das war ein Friedensangebot. Jo beugte sich hinüber und küsste ihn. Langsam, fordernd. Gerhard schloss die Augen – und dann fiel ihm die Mittelalter-Fee ein.

Es wurde Mitternacht, Raketen schossen von der Straße in den Himmel. Der Ouzo floss in Strömen. Gerhard erinnerte sich, dass er mal neunzehnjährig mit Kumpels in Südfrankreich gewesen war. Die Kumpels, der gute alte Qualmi und der Polde, die er beide völlig aus den Augen verloren hatte, ertränkten ihn in Pernod. Das war Gerhards erste Alkoholvergiftung gewesen, aber die Zeit hatte auch diese Wunde geheilt. So schlecht schmeckte das Ouzo-Zeug ja nicht. Nach dem vierten wurde er besser und besser. Gerhard trank und hatte Jo mal wieder aus den Augen verloren. Jemand haute ihm auf die Schulter.

»Na, hübsch ist sie ja, deine Jo, eifersüchtig darf man da nicht sein. Aber du bist a Hund!«

Gerhard nickte. Was immer ihm das sagen sollte, es klang aufmunternd. Brauchte er Aufmunterung? Er brauchte vor allem Schlaf. Den er sich nahm. Er registrierte noch, dass Jo wohl versuchte ihn zu wecken, aber er war unfähig, sich zu bewegen oder zu sprechen. Er konnte grunzen, mehr nicht. In irgendeinem Hirnbereich merkte er auch, dass Jo sauer war.

Gerhard erwachte, als sein Handy klingelte. Er lag auf einer Sitzbank. Mühsam richtete er sich auf. Zwar hatte sich das Fest merklich ausgedünnt, aber es waren noch genug Leute da. Griechische Musik heulte, Gerhard sah zur Uhr. Es war kurz vor sieben! Er klemmte sich das Handy ans Ohr. Es war Baier.

»Weinzirl, trau es mich kaum zu sagen.«

»Lassen Sie mich raten. Ein Toter?«

Gerhard war schlagartig wach. Er schwang die Beine unter den Tisch. Auwa! Sein Schädel, das war zu schnell gewesen.

»Ja, leider.«

»Ungefähr so alt wie unsere anderen Herren?«

»Ja, leider!«

»Wo?«

»Die Beschreibung lautete: Der Mann hängt wie ein Sack überm Reiselsberger.«

»Aha! Ich habe es geahnt. Die touristische Führung zu den Schönheiten des Oberlands geht weiter. Der Reiselsberger? Ein Berg? Ein Hof? Herr Baier, zu welchen Ufern brechen wir jetzt wieder auf?«

»Ufer nicht direkt. Diesmal auch kein Wald. Die Leiche befindet sich zwischen der Berghof-Siedlung und dem Guggenberg. Beim Süßbauern gibt es einen Sandsteinblock, der Reiselsberger Sandstein heißt.«

»Und das ist wo?«

»Peißenberg. Peißenberg, so wie es keiner kennt.« Baier klang wie aus der Tourismus-Werbung.

»Können Sie in zwanzig Minuten hier sein? Warte am Gasthof Post. Steh schon da.«

»Ähm, auch in fünf Minuten.«

»Von Tankenrain?«

»Ähm, ich bin noch bei Toni.«

»Gut eingelebt, was Weinzirl? Haben Sie die Damenwelt unterhalten?« Baier lachte. Mensch, Baier, nicht so laut, dachte Gerhard.

»Baier! Nicht doch! Meine, äh, Partnerin ist hier.«

»Ach so, ich störe da nur ungern.«

»Oh, keine Sorge. Die amüsiert sich blendend. Sie ist durchaus in der Lage, sich ohne mich zu beschäftigen, zumal die Breitling was von einem Kraken hat, sie aber eher das Blauauge im Visier hat. Sie beschäftigt sich«, beteuerte Gerhard und merkte, dass er viel zu privat geworden war.

»Ich hole Sie ab, lassen Sie sich einen Kaffee machen, viel Kaffee, starken Kaffee. Griechischen Kaffee, sodass der Löffel stehen bleibt.«

Gerhard befolgte den Rat. Weil der Koch längst weg und Toni unauffindbar, machte ihm Tonis Freundin den Kaffee. Als er sich bückte, um die Schuhe zuzumachen, wurde ihm schwindlig. Und übel! Er ächzte.

»Haarspitzenkatarrh«, kam es von irgendwoher, gefolgt von polterndem Lachen. Wieso waren die alle so wach und gut drauf? Die mussten einen anderen Eichstrich bei Medizin haben als er. Auch Jo wirkte noch recht frisch, die Locken hatten sich ein bisschen geglättet, aber sonst?

»Willkommen bei den Lebenden. Du hast mich beschimpft, als ich dich wecken wollte.«

Gerhard hatte keine Ahnung, ob das stimmte, Schlaf war bei ihm immer etwas Todesähnliches. »Tut mir leid.«

Jo starrte ihn an. »Und jetzt? Einsatz?«

»Ja, kann ich dich hier allein lassen? Ich komme hoffentlich bald wieder. Äh, fahr bitte nicht weg.«

»Deine Frau kann gar nicht fahren, sie hat noch Restblut im Alkohol«, polterte jemand. Lachen, Himmel, das war alles so laut.

Gerhard stürzte einen zweiten Kaffee hinunter und ein großes Glas Leitungswasser. Zwei Aspirin hatte sie ihm vorsorglicherweise auch in die Hand gedrückt.

Jo sah ihm zu. »Hau ab, gib mir den Schlüssel zu deiner Wohnung. Ich warte dort.«

»Das ist etwas kompliziert zu finden.«

»Wohl kaum komplizierter als der Weg nach Göhlenbühl?«

Das stimmte, und Gerhard beschrieb ihr den Weg.

»Na also! Zieh hinaus und rette die Welt. Möge die Macht mit dir sein!« Jo lachte, die anderen lachten, Gerhard fühlte sich ausgeschlossen.

10.

Draußen fuhr ein Auto vor. Er gab Jo einen ungeschickten Kuss auf die Wange, den sie huldvoll entgegennahm. Dann ging er hinaus. Autsch, war das hell!

Baier schaute ihn kurz prüfend an. »Sie haben Wasser getrunken«, sagte er tadelnd.

»Ja?«

»Falsch, Weinzirl, ganz falsch. Auf zu viel Medizin nie Wasser trinken. Das wirft Sie um Stunden zurück. Da reicht schon das Wasser beim Zähneputzen.«

Gerhard ließ sich zu einem ächzenden Laut hinreißen. Das waren Tage, um die er zurückgeworfen war.

Baier lachte, und das klang diesmal nicht wie ein Pitbull. Er lachte richtig menschlich. Gleich hinter dem Blumen Ferchl stieg die Straße steil an. Es war hell geworden, ein Bilderbuch-Wintertag kündigte sich an. Die Ammergauer Alpen hoben sich scharf und klar gegen den Morgenhimmel ab.

»Ich war noch nie hier, schön hier heroben.« Gerhard testete mal seine Stimme. Er klang wie Jo Cocker und Gianna Nannini in Personalunion, aber sie funktionierte. Na also.

»Sag ich doch, abseits der Hauptstraße ist Peißenberg nicht ohne. Ich bin in Peißenberg geboren. Meine Frau wollte nie hier wohnen. Zu proletarisch, ihr Urteil. Stimmt aber nicht. Peißenberg, das ist Boxen und Bergbau. Das sind echte Menschen, keine Zlausis. Echte Menschen, echte Probleme. Jede Familie hatte hier direkt oder indirekt mit dem Bergbau zu tun. Mein Großvater, mein Vater, ich auch: Wir alle waren Kumpel. 1971 war Schluss. Schicht im Schacht, Weinzirl. Alles, was Identität gestiftet hatte, war verloren. Davon erholt man sich vielleicht nie oder erst in einer der nachfolgenden Generationen. Mein Kumpel, das Blauauge, wie Sie ihn nennen, war einer der Letzten. Er fuhr den größten Radlader der Welt, einer, in dessen Schaufel ein VW-Bus wenden konnte! Er verteilte den Abraum und glättete sozusagen noch die Neue Bergehalde, bis auch er im September 72 endgültig einen neuen Job antreten musste. Wussten Sie, dass hier sogar »Raumpatrouille Orion« gedreht worden ist?«

Gerhard schüttelte den Kopf. Er überlebte das Schütteln und dankte Tonis Freundin im Geiste für die Aspirin.

Baier wies nach rechts. »Da drüben ist die Knappenkapelle. Ich bin im Knappenverein. 1996 haben wir sie eingeweiht. Haben wir in Eigenregie gebaut. Als Erinnerung an die zweihunderzweiundsechzig verunglückten Bergleute. Der Altar ist ein Grubenhunt, die Lampen sind Grubenlampen, die Fenster zeigen Bergmanns-Motive.«

Es klang wehmütig, und Gerhard registrierte einen ganz neuen Zug an seinem bulligen Kollegen. Auch bemerkte er, dass Baier für Peißenberg mehr Worte fand als für alles andere.

»Weilheim, Weinzirl, Herrschaftzeiten, das ist doch gähnend langweilig, und in Murnau gibt's zu viel Münchner und Kunstschickeria. Aber sagen Sie so was mal meiner Frau. Wissen Sie, Weinzirl, wir Peißenberger sind ein bisschen schizophren. Wir sind stolz, und gleichzeitig entschuldigen wir uns unentwegt für unsere lange Hauptstraße, für den Leerstand im Rigi-Center, für unsere Existenz. Ich glaube, Sie sind auf dem besten Weg, Peißenberg zu verstehen. Diese schwarze Bergmannsseele. Sie müssen nur Toni die Treue halten.«

Der Baier wurde ja richtig philosophisch, fast lyrisch, dachte Gerhard. Und während er sich Baiers Plädoyer für Peißenberg angehört hatte, waren sie wieder bergab gefahren. Da stand nun der große Findling. Die Szene, die sich ihnen bot, war allerdings alles andere als lyrisch. »Wie ein Sack« war keine schlechte Beschreibung. Ein schwerer Mann hing über dem Stein, das Kreuz durchgebogen, die Augen Richtung Himmel gerichtet. In seiner Brust steckte ein Messer. Gerhard hatte den Begriff »gepfählt« im Hinterkopf, aber das war kein Pfahl, sondern ein konisch zulaufender Stein. Eine Hand des Mannes baumelte vor dem Schild, das besagte, dass der Stein hundert Millionen Jahre alt sei, von Feldspat, Quarz und Glimmer durchsetzt. Auf der anderen Seite war noch ein Schild befestigt, das von der historischen Dimension des Hofes »Zum Süßbauer« kündete: ein Hof, den Ganghofer, der Erbauer der Frauenkirche in München, 1460 als Lehen erhalten hatte.

Das alles hätte Gerhard ja durchaus als lehrreich empfunden, wenn der Tote nicht gewesen wäre. Ein Toter, der ebensolches Grauen in den aufgerissenen Augen trug wie Kölbl, oder Schlimmeres. Mitten auf seiner Brust neben dem Messer lagen ein Eichenblatt und ein Mistelzweig, die mit dem Blut des Toten getränkt waren.

Baier schüttelte nur unentwegt den Kopf, unfähig, das, was er sah, in Worte zu fassen. Gerhard trat mit gerunzelter Stirn zurück und registrierte den Pkw, der am Wegesrand geparkt war. Ein silberner A 6 mit Berliner Kennzeichen. Er streifte sich Handschuhe über und öffnete die Fahrertür. Das Auto war unverschlossen, und das Fahrzeug roch wie das eines starken Rauchers. Das Interieur wirkte wie bei einem Vorführwagen für Sonderausstattungen. Holzkonsolen, beheizbare Ledersitze, Navigationssystem, Sonnendach, CD-Wechsler und so weiter. Gerhard ließ das Handschuhfach aufklappen, es enthielt die übliche Betriebsanleitung und einen Flachmann. Gerhard schnüffelte: Wodka! Er klappte die Sonnenblende herunter, und da steckte ein flaches Mäppchen: der Führerschein und der Kfz-Schein. Das Auto gehörte einem Paul Matzke.

Gerhard stieg aus und sah direkt in Baiers Augen: Der hatte ein Portemonnaie in Händen. »Matzke, geboren am 2.5.1940 in Berlin.«, sagte Baier.

»Shit!«, entfuhr es Gerhard, sein Kopfschmerz meldete sich zurück, stärker als zuvor.

»Herrschaftzeiten«, sagte Baier, »das kann ja nun wirklich kein Zufall mehr sein. Kölbl und sein Abnehmer Matzke, beide in dieses krumme Schnitzerding verwickelt. Allmählich glaub ich wirklich, einer der Kollegen Stuckenzeller oder Hareither ist es gewesen. Aber beweisen müssen wir das, so wie die sich gegenseitig Alibis geben. Aber nun brauchen die für heute Morgen nochmals Alibis. Gute Alibis! Ich wiederhol mich. Wir stecken fest.« Er schüttelte sich schon wieder.

In dem Moment kam der Notarztwagen. Sandy hüpfte heraus. Ihr rotes Haar und der Anorak waren ein wohltuender Farbklecks. »Servus, ihr zwei!«

»Sandy, du hast ja wohl ebenso unerfreuliche Dienstzeiten wie wir.«

Sie lachte, was zum einen extrem laut war und zum anderen angesichts des Toten unpassend, fand Gerhard. Sandys Blick streifte ihn. »Sie sehen ungut aus, Herr Weinzirl, brauchen Sie ein Aspirin?«

»Hatte ich schon«, brummte Gerhard und hasste die Ärztin, weil sie aussah wie das blühende Leben.

»Hilft nur noch Notschlachten«, sagte Baier.

Sandy war neben den Stein getreten. »Na, der Schlachter war wohl schon da. Unappetitlich! Mitten ins Herz. Muss schnell gegangen sein. Aber zumindest zweifelsfrei keine natürliche Todesursache. Sie drückte Baier den Totenschein in die Hand und lächelte. »So Jungs, mein Dienst endet jetzt, hier und heute. Ich geh ins Bett und schlafe. Schlafe und schlafe. Wunderbar! Sollten Sie auch machen, Herr Weinzirl!«

Gerhard knurrte. Baier winkte Sandy zu und ging langsam zur Bank, die neben dem Stein stand, setzte sich auf die Lehne und starrte geradeaus. Gerhard kam hinterher, umkreiste die Bank, und auf einmal stieß er mit seinem Schuh an etwas Hartes. Da lag ein Ochs, ungelenk geschnitzt, im Ochsen steckte ein Schnitzmesser. Gerhard bückte sich, inzwischen klappte das schon wieder ganz gut. Er zog neue Handschuhe über und nahm das Gebilde vorsichtig auf – den gepfählten Ochsen. Blattschuss, dachte er noch, und dann fielen ihm diese Gartenzwerge ein, die einen Dolch im Rücken hatten. Er hielt den Ochsen Baier mit spitzen Fingern vor die Nase. Der sah erst das Schnitzwerk an, dann Gerhard, und er wirkte wirklich verzweifelt.

»Ein Doppelmord, Besitzer tot, Tier tot. Weinzirl, was hab ich verbrochen, dass ich am 1. Januar so was sehen muss. Was ist das? Voodoo? Was treibt die Irren nach Peißenberg, an solch einen friedvollen Platz? Am 1. Januar, wo der Mensch ein Recht hat auf Katerstimmung. Aber doch nicht so.«

Gerhard drehte den Ochsen in seinen Fingern. Er war speckig, kein schönes Stück. Nichts gegen all die Kunstwerke, die er in letzter Zeit gesehen hatte. All die Madonnen, mal stupsnasig, mal markant. Die wunderschön lebendigen Tiere bei Kölbl – und auf einmal drängte ein Bild machtvoll heran.

»Kölbl hatte auch so was! Einen Schlüsselanhänger mit einem Lamm!«, rief er.

»Sicher, war Schnitzer, der Kölbl.« Baier war durch Gerhards Aufschrei wohl aus irgendeiner anderen Welt herausgerissen worden. Wahrscheinlich heiße Bräute und kühler Rum in Kuba.

»Ja, eben! Herr Baier. Sie haben gesehen, was bei dem zu Hause an Figuren gestanden ist. Kunstwerke. Und dann dieses angeschmutzte Lamm als Schlüsselanhänger. Das schnitzt ja mein Neffe besser.«

Baier war jetzt wieder in Peißenberg gelandet. Er war wirklich auf einmal hellwach und beäugte den Ochsen. »Der sieht auch aus, als habe ihn ein Kind geschnitzt. Ich hab so was auch schon mal gesehen, einen Esel.«

Gerhard fuchtelte mit dem Ochsen umher. »Und wir beide wissen, wo?«

»Pack mers!« Baier gab der Streife Anweisungen, informierte Erkennungsdienst und seinen Professor Stahlmischer und schoss mit dem Auto richtiggehend los. Baier folgte der Straße hinauf zur Berghofsiedlung, wo das späte Neujahrsleben erwacht war. Einige Kinder rutschten mit Plastikwannen auf dem spärlichen Schnee herum, zwei Buben hatten noch letzte Knallfrösche, die über den Boden pfurzten. Einer zündete einen Kanonenschlag. Bumm! Gerhards malträtierter Kopf schrie auf.

»So, jetzt ist man wach am Berghof«, sagte Baier lakonisch.

Gerhard schickte einen Blick in die Ammergauer Alpen. Der Himmel malte ein kühnes Gemälde. Die Sonne beleuchtete die Gipfel, ein orangefarbenes Licht umgab ihre Häupter. Auf halber Höhe der schneebedeckten Hänge wand sich ein Wolkenband entlang, es sah aus wie ein gewaltiger grauer Drache, der darauf lauert zuzuschlagen. Aus Norden schoben sich dunkle Wolken heran und kämpften mit dem hellen Orange. Wer würde wohl gewinnen? Die dunkle Seite, dachte Gerhard. Baier fuhr über einen Hügel, und nun kletterte die Straße hinunter zur Ammer, die sich träge und braun dahinwälzte. Roßlaichbrücke, Polling, neue Namen und Routen für Gerhard. Gefiel ihm, auch weil es bereits in Polling wieder eine einladende Wirtschaft mit Biergarten gab. Im Sommer muss das eine Traumgegend sein, dachte er noch. Wollte er denn bleiben? Als sie aus Polling rausfuhren, war der Schnee plötzlich weg. Das schien Baier auch aufgefallen zu sein.

»Weilheim liegt auf der Hölle«, sagte er und deutete hinaus auf die braunen Felder.

Als sie auf der Inspektion angekommen waren, stürzten sie sich beide sofort in die Asservatenkammer.

»Wo sind die Sachen von Johann Draxl?«, ranzte Baier einen Kollegen an. »Zügig, her damit, Herrschaftzeiten.«

Und dann lagen sie ausgebreitet vor ihnen: die Geologenausrüstung, der Flachmann, Handschuhe und ein Schlüsselbund mit einem kleinen abgewetzten Esel. Ziemlich ungelenk geschnitzt, wie von Kinderhand.

»Ochs, Esel, Lamm ...« Baiers Worte verklangen.

»Ich habe eine Idee«, sagte Gerhard. »Müssen wir das LKA anrufen, oder kann ich auch eine Kollegin bitten, uns zu helfen?«

»Weiß nicht, was Sie vorhaben, Weinzirl. Aber die Wichser vom LKA haben doch eh nie Zeit. Machen Sie, Weinzirl.«

Gerhard hatte sein Handy gegriffen und tippte auf eine

eingespeicherte Nummer. Hoffentlich war sie da. Die Stimme meldete sich, und eine Woge von Zärtlichkeit überflutete ihn, als er das charmante Fränkisch vernahm.

»Ciao, *cara bella,* ich hatte gehofft, dass du erreichbar bist.« Er nahm die ersten Beschimpfungen wie »treulose Tomate« klaglos hin, und zum ersten Mal hatte er Heimweh.

»*Bella, carissima,* du bist die Einzige, die an einem 1. Januar, wo ganz Deutschland verkatert vor dem Neujahrskonzert liegt, herausfinden kann, was drei ältere Männer verbindet.«

Er lauschte.

»Ja, du ebenso kluges wie schönes Wesen, es handelt sich um tote Männer.« Plötzlich fiel ihm etwas ein. »Bist du überhaupt zu Hause, oder bräunst du irgendwo deinen Luxuskörper?«

Sie war im Büro, Akten aufarbeiten, das konnte man an grabesstillen Feiertagen einfach besser. Das war seine Evi.

»Bella!« Er setzte sie über die drei Männer ins Bild, gab ihr einen kurzen Abriss der Todesfälle, erzählte von den geschnitzten Tierchen. »Du weißt ja, meine Schöne, ich bin computermäßig eine Wildsau und mein Kollege Baier hier«, er sah Baier prüfend an, der wild nickte, »auch. Wir brauchen Hilfe, auch weil wir weihnachtsbedingt recht schlecht besetzt sind.« Er hörte ihr zu und antwortete: »Ja, wir sind hier. Danke, *bella*!«

Gerhard lächelte, als er sich Baier zuwandte. »Meine ehemalige Kollegin Evi Straßgütl. Sie versucht seit Jahren, Italienisch zu lernen. Deshalb *bella*. Aber die Frau ist eine Göttin, was Computer betrifft. Sie entlockt denen Dinge, die wir in tausend Jahren nicht finden.«

»Göttin? So, so!« Baier grinste.

»Ja, auch optisch, ach die gute Evi.« Gerhard seufzte.

»Na, da haben Sie einen schlechten Tausch gemacht, was Weinzirl.« Baier zwinkerte ihm zu und klopfte sich auf den Bauch. »So ein alter Sack mit Hendlfriedhof wie ich statt 'ner Göttin!«

»Nein, so war das nicht gemeint! Evi ist durchaus was fürs Auge, aber mit Frauen arbeiten kann ganz schön stressig sein.« Er verschwieg, dass die stressige Phase jene gewesen war, in der er eine Affäre mit Evi gehabt hatte und er es gewesen war, der keine klare Linie gefunden hatte. Dass er von Evi erfahren musste, dass er eigentlich Jo liebte, und dass die Mädels inzwischen längst beste Freundinnen waren. Versteh einer die Frauen!

»Sauber!«, sagte Baier. »Dann pack mers.« Gerhard runzelte die Stirn. »Na, Sie müssen was essen mit Ihrem verkaterten Schädel. Was Kräftiges. Und Sie brauchen ein Weißbier. Der Pegel sinkt sonst zu schnell ab. Auf zum Dachs.« Als Gerhard eine gewaltige Portion Presssack weiß-rot verdrückt und das Weißbier echte Linderung gebracht hatte, fiepte sein Handy. »Wir fahren ins Büro, ich melde mich in zehn Minuten und schalte dich auf Lautsprecher, dass Baier mithören kann. Melde mich in Kürze. Das war Evi«, sagte er zu Baier gewandt. »Sie hat was.«

»Fixes Mädchen, Herrschaftzeiten!«

Gerhard und Baier hatten sich auf die Stühle gefläzt. Baier ließ es sich nicht nehmen, Evi mit »werteste Kollegin« zu begrüßen. Und dann lauschten sie Evis Ausführungen so gebannt, als würden sie ein dramatisches Hörspiel verfolgen.

»Also Draxl und Kölbl stammen beide aus Maxlried, Ortsteil von Oberhausen.«

»Aber Kölbl ist Garmischer«, warf Gerhard ein.

»Herzblatt«, sagte Evi tadelnd, »Kölbl ist in Garmisch zur

Welt gekommen, weil seine Mutter dort während der Kriegswirren bei einer Schwester untergekommen ist, seit 1943, da war Kölbl zweieinhalb, war die ganze Familie in Maxlried. Draxl lebte immer schon dort, sein Vater ist 45 noch gefallen. Die Mutter war bettelarm und hat es irgendwie geschafft, die drei Kinder aufzuziehen. Euer Draxl war der Mittlere. Ich hab da mal in Zeitungsarchiven nachgelesen: Dieses Maxlried hatte im Sommer zweihundertjähriges Jubiläum. Das wissen Sie ja sicher, Herr Baier, das war ein Ansiedlungsprojekt von König Max I., so wie es viele solcher Projekte gibt mit der Silbe Max. Er fand für Maxlried nur achtzehn Familien, der Moorboden – Fuiz sagen sie in Bayern dazu, hab ich gelesen – bot kein Auskommen.«

Baier mischte sich ein. »Ja, die Alteingesessenen hatten für die Landfahrer, also Knechte, Mägde, Dienstboten, den Spruch: Maxlried achtzehn Häuser, neunzehn Dieb.«

»Ja, genau, was aber nicht haltbar ist. Die Kolonisten mussten nämlich einen guten Leumund aufweisen und waren keineswegs, wie die Legende es besagte, Sträflinge. Sie hatten einfach keine Chance, dem Moorboden, der auch noch ständig überschwemmt wurde, etwas abzuringen. Und aus diesem Umfeld stammen Draxl und Kölbl, Draxl war noch weit schlechter dran.«

»Okay, Evi, du bist genial. Noch genialer allerdings wäre, wenn du nun aus unserem Berliner auch einen Maxlrieder zaubern könntest. Dann hätten wir unseren Zusammenhang.«

Evi lachte. »Einen Maxlrieder nicht, aber einen Berger kann ich draus zaubern.«

»Einen was?«

»Berg, auch ein Ortsteil von Oberhausen«, sagte Baier.

»Sonnenseite, Bergblick, große Höfe, erhaben über den Niederungen.«

»Genau, und damit kommen wir zu Matzke. Er war eines dieser armen und kränklichen Berlin-Kinder, die zur Stärkung ins schöne Bayern durften. Oberhausen hatte zu der Zeit ein Kinderheim. Und Matzke hat sozusagen das große Los gezogen. Er wurde wohl aus christlicher Nächstenliebe bei der reichen Berger Bauersfamilie Laberbauer aufgenommen. Er lebte bei denen bis zum Herbst 1957. Dann ist er nach Berlin zurück. Da war er siebzehn. Und damit waren alle eure toten Herren in Oberhausen in der Schule.«

»Himmel«, sagte Gerhard. »Wenn da einer beschlossen hat, den kompletten Jahrgang 1940 auszumerzen, dann kriegen wir noch was zu tun.«

»Glaub ich nicht.« Evis Fränkisch war wieder zu hören. »Denn es gibt noch einen Zusammenhang. Ich habe mal im Lebenslauf vom Postboten Draxl gestöbert: Johann Draxl hat zuerst im Bergbau in Peißenberg gearbeitet. Dann war auch er auf der Schnitzschule in Oberammergau. Im Herbst 1958 hat er dort begonnen, er hat aber nach einem knappen Jahr abgebrochen. Kölbl war ebenfalls erst im Bergbau tätig und schon ab 1957 auf der Schule in Oberammergau. Er hat sie beendet. Und euer Matzke importiert Oberammergauer Schnitzwaren und hat drei Niederlassungen in Deutschland, eine Zentrale in Berlin und Läden in Köln und Hamburg. Ja, meine Herren, das war's in Kürze. Mehr hab ich momentan nicht.«

»Evi, du bist genial, mehr als genial. Danke, meine Beste.«

»Bitte, gerne. Ach Gerhard? Kann es sein, dass du einen Mordskater hast, deine Stimme klingt wie Jo Cocker in seinen besten Zeiten.« Sie gluckste und schickte noch ein »Grüß Sie, Herr Baier« hinterher, bevor sie auflegte.

»Herrschaftzeiten!«, sagte Baier. »Da haben wir also drei Männer, die mit dem Schnitzwesen zu tun haben. Kölbl, den Berliner und Draxl. Wir müssen nur noch rausfinden, wie Draxl da reinpasst. Vielleicht hat er Kölbl geholfen, war sein Komplize. Die beiden waren alte Freunde.«

»Wir müssen Helga Kölbl dazu befragen. Sie muss ihn doch gekannt haben. Aber ich gebe immer noch zu bedenken, dass Kölbl eines natürlichen Todes gestorben ist.«

»Und bei Ihnen angegeben hat, verfolgt zu werden, und nach seinem Tod in einen hohlen Baum gebettet wurde.«

Gerhard war aufgestanden und hatte auf dem Flipchart eine Skizze entworfen.

Johann Draxl	Georg Kölbl	Paul Matzke
geb. 40 in Maxlried	geb. 40 in GAP	geb. 40 in Berlin
wohnhaft Wessobrunn	wohnhaft Oberammergau	wohnhaft Berlin
Postbote i.R.	Schnitzermeister	Kunstimporteur
Herzinfarkt	erwürgt	erstochen
Esel	Lamm	Ochs
Schnitzschule 1958	Schnitzschule 1957-1959	Importeur
21.12. Eibenwald	26.12. Döttenbichl	1.1. Reiselsberger Sandstein
Eiben, Kelten	Varus, Opferplatz	Teufelstritt, Eiche, Mistel

Gerhard und Baier standen vor der Skizze und betrachteten sie. Der junge Kollege Steigenberger war ebenfalls ins Büro gekommen, hatte sich hinter den beiden aufgebaut und schaute ihnen über die Schulter, was ihm bei seinen einsfünfundneunzig leichtfiel. Er unterbrach das Schweigen. »Alles passiert 1957. Der Berliner geht heim, die beiden anderen beginnen auf der Schnitzschule. Was war im Herbst 1957 bloß los?«

»Herrschaftzeiten! Sie haben Recht. Weinzirl, Sie kümmern sich jetzt um Ihre Freundin. Steigenberger und ich recherchieren noch ein bisschen im Leben der Opfer. Sie hauen sich aufs Ohr. Und morgen fahren wir nach Ogau. Morgen! Sortieren Sie sich und Ihre Gedanken!«

Als Gerhard kam, lag Jo in seinem Bett. Sie hatte es geschafft, die wenigen Kleidungsstücke so über die Wohnung zu verteilen, dass es wirkte, als hätte sie einen ganzen Koffer ausgeleert. Sie hatte Kaffee gekocht, die Maschine war noch an, und die Tasse stand im Waschbecken im Bad. Der Deckel vom Klo war offen, etwas, was Gerhard hasste. Sie hatte eine Dose Nivea-Creme geöffnet, die Alufolie nur leicht aufgeklappt und den Finger in die Creme versenkt Wieso konnten Frauen nicht einfach das ganze Alu abziehen? Keine Frau konnte das. Ein zerknülltes, nasses Handtuch war nachlässig über den Schreibtisch geworfen, ein anderes knüllte in seinem Bett neben ihr und dem Kater, der sie augenscheinlich anschmachtete. Gerhard überlegte, ob er sie wecken sollte, als sie die Augen aufschlug. Sie setzte sich auf, sie war nackt.

»Der ist ja süß«, sagte sie und begann den Kater zu kraulen. »Du hast gar nicht erzählt, dass es hier so viele Tiere gibt. Im Stall sind zwei total goldige Ponys. Wieso erzählst du so was denn nicht?«

»Wärst du dann früher gekommen. Wegen der Tiere?« Scheiße, das war nun von allen schlechten Sätzen der schlechteste.

»Bestimmt, denn wegen dir und deiner dauerschlechten

Laune lohnt es sich kaum«, raunzte sie zurück. »Und, die Welt gerettet?«

Er schwieg.

»Oh, mea culpa, mea maxima culpa, ich weiß, dass du so was wie Schweigepflicht hast und nichts erzählen darfst«. Sie war aus dem Bett gestiegen, nackt, bis auf einen String. Seit wann trug Jo Strings?

»Können wir irgendwo was Essen?«, fragte sie. »Pizza wäre gut, und ein bisschen frische Luft tanken?«

Die Pizza gab's im Okay Italia in Peißenberg, wo Gerhard den Grappa heroisch ablehnte, Jo hingegen schon wieder einen Ramazotti trinken konnte. Nach einem doppelten Espresso fuhr er mit ihr an den Staffelsee. Er wollte ihr etwas richtig Schönes zeigen. Er parkte am Gasthopf Alpenblick, und sie schlenderten hinunter ans Wasser. Es war still, außer ihnen war nur eine Oma mit ihrem Enkel da, der Enten fütterte und jedes Mal begeistert kreischte, wenn so ein Entenschnabel das Brot erhascht hatte. Es war windstill und nicht übermäßig kalt, eine Atmosphäre, die sanft zur Seele war.

»Na ja, so toll finde ich das hier auch nicht. Ist halt nicht der Alpsee«, sagte Jo nach einer Weile.

Gerhard schickte einen Blick über das still ruhende Wasser, in dem sich die Inseln und Berge spiegelten, und dann drehte er sich um. Im Gehen und den Blick auf seine Schuhspitzen gerichtet sagte er leise: »Du verstehst es gut, anderen ihre Freude zu verderben. Danke, fürs Miesmachen. Danke, dass dieser Tag nun auch im Arsch ist.«

»Auch? Das heißt, ich mach dir mehrere Tage kaputt? Mach sie dir dauernd kaputt? Toll!«, schrie Jo und riss an Gerhards Schulter.

Sie war nahe daran, auf ihn einzuprügeln. Gerhard spürte das. Er packte ihre Handgelenke und drückte Jo von sich weg. »Ich gehe jetzt, der Autoschlüssel steckt. Fahr zu meiner Wohnung, steig in dein Auto und fahr nach Immenstadt, zum Alpsee. In dein über alles geliebtes Allgäu. Hier gefällt es dir ja wohl nicht.« Ich gefall dir nicht. Mein Leben, mein Beruf gefällt dir nicht, hat dir nie gefallen. Das aber dachte er nur. Gedanken ungefiltert anderen um die Ohren zu hauen, dass sie wirkten wie Ohrfeigen, das war ja nun mal Jos Spezialität. Nicht seine. Langsam ging er auf das Alpenblickgebäude zu, über den Parkplatz und hinein in den kleinen Wanderweg hinauf nach Uffing.

Jo starrte ihm erst nach und rannte dann los. »Gerhard, warte. Wieso bist du so?«

»Ich bin so? Du! Du bist so! Gedankenlos! Egoistisch! Lass mich los und sei bitte so nett, nicht mehr da zu sein, wenn ich komme!«

Jo schluchzte. Sie war sprachlos und machtlos, weil sie doch solche Angst hatte, er würde hierbleiben wollen. Angst um diese fragile Beziehung, Angst, ihn zu verlieren, bevor sie ihn richtig gefunden hatte.

»Mach das, was du immer gemacht hast. Tröste dich mit ’nem anderen. Ruf einen deiner Ex-Lover an! Erfinde ’nen Termin in Hamburg, dann kannst du Jens treffen, den kriegst du bestimmt ins Bett. So ein Weichei wie der ist, so ein labiler Softie, wird der seinen Vorsätzen sicher untreu. Oder Martl, seine Frau sitzt immer noch im Gefängnis. Der lebt ja nur noch für seine Kinder, hört man, aber so ein Kerl wie der wird es sich ja auch nicht rausschwitzen, gerade der! Ach ja, Marcel lass raus aus deiner Liste. Da wäre Patti sauer! Aber selbst den würdest du rumkriegen.« War er das, der da sprach?

Und hatte er eben noch gedacht, er könne nicht verletzen mit Worten, die wie Dolche sind?

»Ich finde, du vergreifst dich jetzt ein bisschen im Ton«, sagte Jo nun sehr, sehr leise.

»Ja? Ja, kann sein, aber du vergreifst dich seit Jahren im Ton. Immer aufbrausend. Immer nur schwarz oder weiß. Immer unzufrieden. Wieso bist du nie zufrieden?«

Jo sagte immer noch nichts.

»Ich beantworte mir die Frage selbst: Du wirst nie zufrieden sein. Du hast in fünfzehn Jahren so viel erreicht. Du hast studiert, hast einen Doktortitel, warst bei der Zeitung, bist jetzt Geschäftsführerin, mehr, als viele andere sich auch nur erträumen. Aber dir reicht das natürlich nicht, der großen Johanna Kennerknecht, für die das Leben noch mehr bereithalten müsste. Viel mehr, oder Jo?«

Sie blieb ihm eine Antwort schuldig, weil sie sich abgewandt hatte. Ihre Schulter zuckten vom Weinen.

Diesmal rannte er ihr hinterher. »Jo, warum bringst du mich immer so auf die Palme? Wieso raste ich so aus? Ich mag es nicht, dass ich dich so behandle.«

Ihre Augen waren verkniffen, Fältchen knitterten im Augenwinkel, Furchen durchzogen ihre Stirn. Sie sprach immer noch ganz leise: »Ich habe mein Leben und meine Erfolge immer runtergespielt. Wie hätte es jemand wahrnehmen sollen, dass ich auch mal Lob und Anerkennung wollte. Ich habe innerlich um Liebe gebettelt, kaum merklich für die Welt draußen. Du hast schon Recht: Mittelmäßigkeit kam nie vor, Zufriedenheit höchst selten. Ich habe mich selber nie gut behandelt, mich selber nie gelobt. Wie kann ich dann erwarten, dass es andere tun? Dass du es tust? Fährst du mich bitte zu meinem Auto?«

Mehr als nicken konnte er nicht. Der Abgrund des Schweigens zwischen ihnen reichte so tief wie der Marianengraben. Als sie in Tankenrain in ihren Jeep stieg, reichte er bis zum Mittelpunkt der Erde. Dort wo Höllenkräfte brodeln und Höllenqualen. Sie stieg ohne ein weiteres Wort in ihr Auto. Gerhard hob die Hand einige Zentimeter, um zu winken. Dann sank die Hand wieder erdwärts.

11.

Gerhard hatte tief und traumlos geschlafen. Er war ein Klotz, ein Tölpel. Musste man nicht träumen nach so einem Tag?

Als er in die Inspektion kam, kam ihm Baier entgegen. Er hatte Kampfeslust im Blick.

»Was glauben Sie, Weinzirl?«

»Momentan glaub ich, dass ich weit besser drauf bin als gestern.«

»Gut, denn jetzt kommt Bewegung in die Sache.«

»Ja?«

»Ja! Am Messer in unserem Berliner Freund waren zwar keine Abdrücke zu finden, am ganzen Mann nicht, aber wo, glauben Sie?«

Gerhard zuckte mit den Schultern.

»An diesem Schnitzvieh waren die von Matzke, logisch, aber auch genau dieselben Abdrücke, die wir auf Kölbls Augenlidern gefunden haben!«

»Öha! Des isch kähl!«

»Nicht schon wieder kähl! Bayerisch, Weinzirl? Ihr Allgäuerisch ist mir nicht geläufig. Das haben Sie doch schon mal gesagt?«

»Na ja, das ist ungewöhnlich, geil, krachad, schrill.« »Kähl« war nun mal schwer zu übersetzen.

»Also hängen die drei Toten doch zusammen? Gehen wir mal davon aus, dass Herr oder Frau Unbekannt Kölbl liebevoll zur Ruhe gelegt hat, Draxl fies erwürgt und Matzke bestialisch ermordet?«

»Gehen wir mal davon aus, ja!«

»Dann hat er oder sie Kölbl gemocht, Draxl schon weniger und Matzke richtig gehasst?«

»Man könnte es so deuten«, sagte Baier sibyllinisch.

»Könnte es Hareither gewesen sein?«

»Nun, das werden uns seine Fingerabdrücke und sein Alibi für die Mordzeit von Matzke, früher Morgen am 1.1., zweifelsfrei sagen. Wir fahren nach Ogau. Nehmen uns Hareither zur Brust, drücken seine Griffel ins Kissen und besuchen zudem Frau Kölbl und klären, ob Draxl in Kölbls Leben eine Rolle gespielt hat.«

Als sie nach rasender Fahrt bei Hareither klingelten, öffnete Sabine Hareither und gab an, dass ihr Mann im Pfarrgemeinderat sei, aber in Kürze erwartet wurde. Sie kündigten an, später wiederzukommen, und auf den besorgten Blick der netten Sabine schickte sich Baier an, eilfertig zu erklären: »Nichts Spezielles, gnädige Frau. Wir haben bloß noch eine Frage.«

»Na, die ist wohl Ihre Altersklasse?«, fragte Gerhard lächelnd.

»Nette Frau und nicht so dürr«, brummte Baier nur.

Sie nutzten die Zeit zu einem Gespräch mit Helga Kölbl, die zwar kurz stutzte, aber dann sofort reagierte. Natürlich war ihr Draxl ein Begriff, ein alter Schulfreund ihres Mannes, der auch aus Maxlried stammte.

»Er hat wenig aus dieser Zeit erzählt. Meinem Mann war es peinlich, aus einer so armen Familie zu stammen. Johann Draxl, ja, jetzt erinnere ich mich, dass er uns früher, also vor Jahren, öfter mal besucht hat, der war stolz. Stolz, ein Maxlrieder zu sein. Stolz, sich durchgebissen zu haben. Er hat im Bergwerk gearbeitet wie Schorsch auch. Er war stolz darauf, anders als mein Mann. Für ihn muss es die Hölle gewesen sein.«

*

Fuizbuam Frühling 1956

»Schau, das ist so viel Geld! 180 Mark, das ist dreimal so viel, wie andere Lehrlinge bekommen. Du schaffst das schon«, sagte Karli und wusste, dass Schorschi es nicht schaffen würde.

Hansl stand daneben und nickte zustimmend. »Genau, denk an das viele Geld, deine Leut zu Hause können's gut gebrauchen.«

Sie saßen im Plötzbräu, ein seltener Luxus, der auch erst möglich geworden war, seit Hansl und Schorschi als Lehrlinge im Bergwerk arbeiteten. Sechzehn musste man sein, um unter Tage zu schuften, seit vier Wochen waren Hansl und Schorschi nun im Lehrstollen. So ein Treffen im Plötz hatte fast exklusiven Charakter, denn Karli und Pauli bekamen die Freunde selten zu sehen. Die schliefen nämlich nach der Arbeit, schliefen, schliefen, schliefen. Sie hatten einen Peißenberg-Tag eingeführt und trafen sich immer dienstags, mal im Glückauf, mal in der Neuen Anlage, im Plötzbräu oder im Barbara Hof – Bergwerkskneipen für Bergwerksarbeiter. Für Karli, den Landwirt, war das eine eigenartige Welt, rau und doch voller Zusammenhalt, kantige Männer machten kantige Sprüche, aber er spürte eine helle Herzlichkeit unter den schwarz verschmierten Gesichtern. Etwas, was er unter den Landwirten nie gespürt hatte. Die Nachbarn und Kollegen verfolgten die Laberbauers seit jeher mit Neid und Missgunst.

Hansl hatte sich bereits gut eingewöhnt, mit seiner offenen zupackenden Art hatte er den Meisterhauer gleich für sich eingenommen. Schorschi hingegen wirkte zutiefst unglücklich, auch heute, wie er an seinem Bier nippte. Es hatte auch alles so schlecht angefangen: Am zweiten Tag war Schorschi ein Brocken auf den Fuß gefallen, nach zwei Wochen hatte der Meisterhauer Hansl und Schorschi angewiesen, einen Holzstempel zu setzen. Schorschi hatte den Holzkeil gehalten, Hansl zum Schlag ausgeholt, und in dem Moment war Schorschi weggezuckt. Der Schlag hatte seinen Kopf getroffen. Blut war aus einer Kopfwunde gequollen. Im Krankenhaus hatten ihn die Ärzte genäht und eine Gehirnerschütterung attestiert. Die war nun abgeklungen, und Schorschi würde morgen wieder antreten müssen. Karli sah ihn besorgt an und versuchte einen Witz.

»Zweimal wird dich der Hansl schon nicht treffen. Der passt morgen sicher besser auf, was Hansl?«

Sie lachten, Schorschi auch.

»Ich hol euch morgen ab«, sagte Karli, denn es hatte sich eingebürgert, dass die Freunde immer unterm Guggenberg in der Nähe des Süßbauern zusammenkamen, auf der Wiese saßen, manchmal musizierten und himmelwärts blickten, fast wie früher beim Wolkenraten.

Am nächsten Morgen spürte Karli eine seltsame Unruhe, und er fuhr mit seinem Fahrrad schon mittags zum Guggenberg, immer schneller trat er in die Pedale, wie getrieben und voller düsterer Vorahnung. Dann sah er Schorschi, er saß auf »ihrer« Wiese. Er war zusammengekauert und wurde immer wieder von bebendem Weinen erschüttert.

»Schorschi?«

Sein Freund sah hoch, und dann stieß er aus: »Ich bin kein Mann, kein Mann, überhaupt kein Mann.«

»Schorschi?« Karli setzte sich neben ihn.

»Die Bergwerksleitung hat mir gesagt, ich müsse aufhören, weil ich eine Gefahr für mich und andere sei.«

Karli blieb einfach nur sitzen und wartete.

»Es war, als würden die Wände über mir zusammenstürzen. Sie kamen auf mich zu, es wurde immer dunkler. Mein Herz explodierte, ich war nass, wie wenn ich in die Ach gefallen wäre. Und die Wände kamen immer näher.«

»Das ist Platzangst. Hast du das schon länger?«

»Ja, aber ich dachte, ich käme darüber weg. Ich bin eben kein richtiger Mann.«

»Platzangst ist eine Krankheit«, sagte Karl. »Das hat doch nichts damit zu tun, ob du ein Mann bist.«

Schorschi sah ihn dankbar an. »Meinst du?«

»Sicher.«

»Wieso bist du denn schon da?«, fragte Schorschi plötzlich.

»Ich hatte so ein Gefühl ...«

»Du bist komisch. Hast du auch das zweite Gesicht wie die Kathl?«, fragte Schorschi.

»Ach was, ich hatte einfach so ein Gefühl.«

Helga Kölbl hatte aus dem Fenster gesehen und überlegt. »Ja, Johann Draxl war ein Optimist und hatte eine ungeheure Ausstrahlung. Er war wirklich ganz mitreißend. Er wäre überall auf der Welt und in jedem Beruf zurechtgekommen. Es gibt solche Menschen. Mein Mann war nicht so.«

»Aber er hat ja das gefunden, was ihn ausfüllt, ähm ausgefüllt hat«, sagte Gerhard und fragte gleich weiter: »Hat Johann Draxl nicht auch mal kurz an der Schnitzschule gelernt und dann abgebrochen?«

»Ja, komisch, ich weiß gar nicht, weswegen er die Schule vor dem Abschluss beendet hat. Das Leben rennt dahin, so viele Wege kreuzen sich, und doch ist am Ende so wenig übrig von diesen Kreuzungspunkten. Ja, es ist merkwürdig, dass die beiden später so wenig in Erinnerungen geschwelgt haben. Dabei hätten sie allen Grund gehabt. Es wundert mich wirklich, wenn ich jetzt so nachdenke, denn sie waren im Dorf, als sie etwa fünfzehn, sechszehn Jahre alt waren, eine wirkliche Instanz.«

»Instanz?«

»Ja, sie gehörten dem Hauser Viergesang an.«

»Ihr Mann und Draxl? Zwei geben nach Adam Riese aber noch keinen Viergesang ab«, sagte Baier.

»Ich habe nachgedacht. Der Name Matzke. Er war beim Viergesang dabei. Er hieß Paul. Himmel, wieso ist mir das nicht eingefallen, als ich die Kisten gesehen habe?«

»Weil wir uns oft nicht erinnern, wenn Personen oder Namen aus dem gewohnten Zusammenhang gerissen werden«, beruhigte sie Baier.

»Frau Kölbl, Matzke ist auch tot. Ermordet. Gestern in Peißenberg!« Gerhard machte eine bedauernde Geste.

»Nein!« Sie schrie auf und hielt sich dann die Hand vor den Mund. »Verzeihen Sie!«

»Ja, leider, und Sie verstehen, dass wir fieberhaft nach Zusammenhängen suchen. Wir haben zwei. Die Manipulation an den Schnitzereien und diesen Viergesang. Wer war denn der Vierte?«

»Ja, es gab einen Vierten. Muss es ja gegeben haben. Aber dessen Namen kenne ich nicht. Herr Weinzirl, ich glaube wirklich, ich werde wahnsinnig. Wieso kann ich mich nicht an den Namen erinnern?«

»Vielleicht wurde er nicht genannt. Das ist ja alles lange her.«

»Es gab noch einen Vierten im Bunde.« Frau Kölbl war ganz verzweifelt und versuchte sich an den Namen zu erinnern. »Er wird doch wohl auch in Oberhausen gelebt haben?«

»Ja, Paul Matzke hat zeitweise bei einer reichen Bauersfamilie in Berg gewohnt. Es könnte dieser Junge gewesen sein. Die Familie hat Laberbauer geheißen.«

Frau Kölbl sah vom einen zum anderen. »Nein, der Name sagt mir absolut nichts. Gott, wie furchtbar, Paul Matzke auch tot.« Sie flüsterte: »Haben Sie mit Hubert Hareither gesprochen? Gott, der Hubert und die Sabine!«

»Ja, haben wir. Wir sind auch erneut zu ihnen auf dem Weg. Frau Kölbl, wir können Sie natürlich nicht über laufende Ermittlungen informieren, aber ich verspreche Ihnen, dass wir den Mörder Ihres Mannes finden. Und den von Matzke.« Baier klang wie ein Fernsehkommissar, aber die Frau entspannte sich.

»Ist es denn der gleiche?«, fragte sie.

Gerhard warf ihr einen aufmunternden Blick zu, blieb ihr die Antwort schuldig und verabschiedete sich. Baier drückte ihr die Hand.

Als sie zum zweiten Mal bei Hareither klingelten, sah Sabine Hareither schlecht aus. Schlagartig gealtert.

»Gnädige Frau?« Baier machte einen Schritt auf sie zu.

»Er ist immer noch nicht da. Er ist überhaupt nicht im Pfarrgemeinderat gewesen. Sein Handy ist aus.«

»Das kann eine natürliche Erklärung haben, Frau Hareither«, sagte Baier, und Gerhard wusste, dass er das nicht glaubte. Ein dringend Mordverdächtiger auf der Flucht.

»Frau Hareither, wo war Ihr Mann denn an Silvester? Haben Sie kräftig gefeiert?« Nun sah sie so entsetzt aus, dass Gerhard versucht war, sie zu stützen. »Frau Hareither?«

»Das weiß ich nicht.«

»Wie? Das wissen Sie nicht?«

»Sehen Sie, ich verabscheue Silvester. Seit Jahren nehme ich eine Schlaftablette, stopfe mir Ohropax in die Ohren und schlafe. Mein Mann sieht für gewöhnlich Fernsehen. Als ich um sechs aufgewacht bin, war er nicht da.«

»Und wann kam er?«

»So gegen elf.«

»Haben Sie nicht gefragt, wo er war?«

»Spazieren, hat er gesagt, aber das Komische war, dass er Zoltan nicht dabeigehabt hat. Herr Kommissar Baier, Herr Kommissar Weinzirl, was hat das alles zu bedeuten?«

»Erst mal nichts, gnädige Frau. Darf ich mir ein paar Schnitzwerkzeuge Ihres Mannes ausleihen?«, fragte Baier.

»Nichts zu bedeuten, und da wollen Sie Werkzeuge? Es geht um Fingerabdrücke, nicht wahr.« Sie hatte zu schluchzen begonnen. Baier scheuchte Gerhard Richtung Werkstatt und legte Frau Hareither den Arm um die Schulter. »Alles reine Routine. Jetzt rufen wir mal bei den Kollegen an, ob es irgendwo einen Unfall gegeben hat. Und während Gerhard ein paar Schnitzmesser in Plastiktüten verbrachte, stellten sie sicher, dass Hareither zumindest nirgends verunfallt war.

»So, jetzt machen Sie sich einen schönen Tee und rufen an, wenn er da ist«, brummte Baier sonor. »Des werd scho, Frau Hareither, des werd scho.«

Alles wird gut? Gerhard hasste Nina Ruge in dem Moment. Es wurde nie gut, nur immer komplizierter.

»Herrschaftzeiten!«, sagte Baier aus vollem Herzensgrund, als sie draußen waren. »So ein Depp, der Hareither, wieso verschwindet der einfach?«

»Weil er es war?«

»Lassen wir die Fingerabdrücke untersuchen, und suchen wir vor allem diesen vierten Mann! Pack mers, die Laberbauers wird es ja noch geben.«

Als sie wieder im Büro waren, setzte sich Gerhard an den ungeliebten Computer. Und wie er feststellte, gab es die Laberbauers nicht mehr. Jedenfalls auf den ersten Blick. Die alten Bauersleute waren verstorben, die Kinder waren irgendwo abgeblieben. Der Hof war 1970 verkauft worden. Gerhard benötigte einige Telefonate, um von den neuen Besitzern, zugezogenen Münchnern, zu erfahren, dass der Verkauf von einer Anna abgewickelt worden war. Anna lebte nun aber als verheiratete Albrecht in Seeshaupt. Er bekam die Adresse. Auch eine Telefonnummer. Eine Bandansage ließ ihn wissen, dass Familie Albrecht bis einschließlich 3. 1. in Urlaub sei. Er teilte Baier seine Ergebnisse mit. Der wirkte unzufrieden und brummiger als je zuvor. Das Ergebnis der Fingerabdrücke ließ auf sich warten, Hareither war noch nicht wieder aufgetaucht, um eventuell zu erklären, wo er gewesen war, als Matzke so grausam sterben musste.

»Weinzirl, haben Sie mal überlegt, dass der vierte Mann unser nächste Opfer sein kann?«, fragte Baier.

Das hatte Gerhard wohl, er hatte es nur verdrängt.

»Müssen den finden, unbedingt. Und wenn der auch noch schnitzt?«

Sie stellten sich vor die Skizze am Flipchart und ergänzten eine vierte Spalte.

? Laberbauer
? geb. 40 in Berg?
wohnhaft?
Beruf?
lebt hoffentlich, wo?
Tier?
Schnitzschule, dort nicht verzeichnet? Trotzdem Verbindung?

»Wenn wir gar keinen Zusammenhang mit Ogau finden, dann führt unsere heiße Schnitzerspur womöglich ins Leere?«, dachte Gerhard laut und durchbohrte das Flipchart fast mit Blicken

»Womöglich ist dieser Viergesang der Schlüssel.«

»Und da meuchelt einer fast fünfzig Jahre später die sympathischen ehemaligen Hauser Gaudiburschen? Böse Menschen haben keine Lieder. Herrschaftzeiten, Weinzirl. So oder so, wir müssen den Mann finden. Den vierten Mann.«

»Ja, das sollten wir! Denn wenn wir mal davon ausgehen, dass der vierte Mann der Letzte in dieser Mordserie sein soll, dann sollten wir uns schon mal wappnen. Und weder schwache Nerven noch schwache Mägen haben.«

»Glauben Sie immer noch an die aufsteigende Serie?«

»Ja, was heißt schon glauben«, sagte Gerhard, der heute irgendwie in aufgelockerter Stimmung war. Plötzlich hatte er eine Idee, und als ob Baier Gedanken lesen könnte, sagte dieser:

»Fahren Sie mal zu dieser Kassandra. Denn auch wenn ich

das Raunacht-Gequatsche hasse, vielleicht kann sie uns den nächsten Mordplatz vorhersagen.« Er lachte.

»Witzig! Dran hab ich auch gedacht.«

»Ja klar, Weinzirl, Sie sind auch so ein verquerer Knochen wie ich. Nur jünger. Gut so!«

12.

Frau Kassandras – ja, wie sagte man da eigentlich? Praxis? Kanzlei? Büro? – lag in einem renovierten Bauernhaus am Ortsrand von Raisting, die Parabolantennen glänzten in der Sonne.

Frau Kassandra öffnete ihm die Tür. Über ihre dunkle Haarpracht hatte sie wohl Goldglitter gestreut, sie trug ein merkwürdiges langes Gewand aus etwas, das man – Gerhard glaubte sich zu erinnern – Panne-Samt nannte. Der Aufzug war auch echt Panne, und im Gegensatz zu seiner wohl proportionierten Mittelalterfee war Frau Kassandra beinig wie ein Wurzelstock.

»Marakala«, schmetterte sie. Als sie Gerhard erkannte, hielt sie inne. »Ach Sie sind es! Warten Sie mal. « Und anstatt den schwarzen Vorhang zu ihrer Praxis zu lüften, schob sie Gerhard durch eine andere Tür in eine Küche, in der ein Kachelofen bullerte.

Frau Kassandra machte keine Anstalten, ihm einen Sitzplatz anzubieten. Sie bedachte ihn mit einem vernichtenden Blick, schnaubte »Moment!« und verschwand durch eine andere Tür.

Gerhard ließ den Blick schweifen. Eckbank, Ikearegale, Vorhänge in einem Hundertwasserdesign, Kissen dazu. Plinius der Ältere lag auf der Kachelofenbank und schlief, daneben, Hintern an Hintern, ein rotes Katzentier, das doppelt so groß war wie Plinius. Gemütlich war es hier, aber gar nicht kassandraesk. Auf dem Herd stand ein Topf mit angepappten Spaghetti und daneben eine halbe Packung mit fertigen Speckwürfelchen.

»Ich dachte, Sie halten es eher mit Vegetarischem und Kräutern, die Sie nur bei Vollmond brocken und dann vor der Verkleinerung der Cheops-Pyramide besprechen?«, sagte Gerhard, als sie wieder hereinkam. Sie hatte ihre Locken zu einem Pferdeschwanz zusammengezwängt, trug eine Jeans, die nochmals unterstrich, wie schlank sie war, und hatte einen türkisfarbenen Chenille-Pulli an. Nichts Selbstgestricktes.

»Ich liebe Speck und Presssack!«

Gerhard sah sie skeptisch an.

»Ich nehme einfach nicht zu. Ich hab es an der Schilddrüse. Andere wären begeistert. Ich wäre lieber runder, und ich hasse meine Haare. Ich habe sie immer gehasst. Ich wollte feine, glatte Haare haben!«

»Nun ja, es verleiht Ihnen aber doch in Ihrem Job etwas Theatralisches«, sagte Gerhard lächelnd und bedachte sie nun doch mit seinem reizenden Lächeln, das er zwar eher bei älteren Damen anwandte, aber in Ermangelung sonstiger Einfälle, wie er mit dieser sonderbaren Frau umgehen sollte, bei Frau Kassandra erprobte. Den sarkastischen Kotzbrocken hatte er jetzt lange genug gegeben. »Ich hätte auch lieber mehr Muskeln«, schickte er hinterher. Himmel, wieso sagte er so was?

Sie runzelte die Stirn. »Wollen Sie ein Bier? Oder Wein oder 'nen Ramazotti?«

»Bier!«

»Dachs-Weißbier oder Augustiner?«

»Dachs!«

Sie schenkte ihm sein Weißbier formvollendet ein. Sie selbst kippte sich Chianti in ein Senfglas und sah ihn fragend an. »Und was kann ich jetzt für Sie tun, Herr Weinzirl? Die Zukunft? Voodoo?«

Gerhard wiegte den Kopf hin und her. »Also, liebe Frau Kassandra, in diesem Outfit, das Sie jetzt tragen, haben Sie so gar nichts Mystisches. Die Zukunft, ich weiß nicht. Wem sitze ich eigentlich gegenüber? Und wer ist der?«, fragte er, weil sich ungefähr 7 Kilo Katze gerade auf seinem Schoß niederließen.

»Sie trinken gerade ein Bier in der Küche von Anastasia Tafertshofer. Der ist Kater Holbein. Auch der Ältere.«

»Ihr Schweigen zeigt mir, dass Sie den Punkt verstanden haben. Als Anastasia Tafertshofer schaut es schlecht aus mit Esoterischem, Übernatürlichem.« Sie seufzte. »Sehen Sie, ich bin das, was man eine gescheiterte und tragische Existenz nennt. Medizinstudium abgebrochen, Psychologie auch. Statistik hat mich getötet. Das Tragische dabei war, dass mich die Materie wirklich interessiert hat. Ich habe dann diverse Kurse in Homöopathie und Heilkunde besucht. Alles ganz seriös. Es ist wirklich extrem schade, dass so viel Wissen um die ganzheitliche Medizin verloren gegangen ist. Na ja, ich habe dann 'ne kleine Praxis eröffnet, aber der Zulauf war marginal. Ich war zu normal.«

Gerhard zeigte seine Dackelfalten.

»Ja, das glauben Sie mir jetzt nicht! Wundern Sie sich nur. Aber ich habe mich neu inszenieren müssen. Schauen Sie: Als ich mit meiner Praxis begonnen hatte, war ich überzeugt, dass der Mensch Teil der Natur ist, dass jedes Tier und jede Pflanze beseelt ist. Und je weniger wir das begreifen und zulassen, desto mehr verirren wir uns. Die Seele ist keine Funktion des Gehirns, sie speichert Erlebnisse im Körper. Man muss sich Erlebnissen aussetzen. Meine Rezepte waren pragmatisch: Wann sind Sie zum letzen Mal auf einen Baum geklettert? Wann sind Sie barfuß in der Mittagspause durch den Park gelaufen? Wann haben Sie in einer Wiese gelegen und Erde gerochen? Wann an einer Blume gerochen? Wer barfuß läuft, kriegt seine Reflexzonenmassage umsonst, und wer an Blumen riecht, braucht keine Aromatherapie. Aber das wollten die Leute nicht hören. Zu einfach! Da gibt es am Kamp in Österreich diesen Dungl. Der lässt die Gäste in der Frühe Tautreten. Und nennt das dann ›angstfrei erwachen‹. So was zieht! Und teuer muss es sein.«

Die Frau begann Gerhard zu gefallen. »Gesunder Menschenverstand ist nicht eben weit verbreitet«, sagte er.

»Sie haben auch diesen Punkt begriffen. Die Menschen wollen Lebenshilfe-Bücher wie ›zehn Schritte zur Glückseligkeit‹ und brauchen einen Coach. Und wenn der versagt, suchen sie den nächsten und so weiter.«

»Und da haben Sie dann doch auch angefangen, Brimborium zu machen?«

»Ich habe mich für einen Mittelweg entschieden. Da muss ich Ihnen aber vorher noch was erzählen. Im Oktober 2000 war ich auf der internationalen Schamanen-Konferenz in Garmisch. Es sollte um nicht weniger gehen als Heilung der Erde. Verschiedene kommerzielle Organisationen warteten mit ihren Schamanen auf, und die machten irgendwas Irres, und das in einem hermetisch abgeriegelten Gebäude aus Glas und Zement. Auch Georg Elkshoulder, der Hüter der Cheyenne-Tradition, war da, sichtlich befremdet. ›Was soll ich tun?‹, fragte er. ›Segne sie wenigstens‹, bat ihn ein Freund, der ihn mitgebracht hatte. Er ließ sich einen glühenden Zunderschwarm geben, streute darauf einige Krümel des Wacholders. Dann nahm er die Feder, die er einst einem lebenden Adler entrissen hatte, und ließ sich windende Kringel blauen Rauchs über der Menge aufsteigen. Absolute Stille im Saal. Ich hatte nie wieder so ein starkes Gefühl der Heiligkeit. Gänsehautgefühle, Glücksgefühle, das Gefühl, auserwählt zu sein und unverwundbar. Heiligkeit, ja, trotz des Kunstlichts und des Betons. Eigentlich war mit dieser Segensgeste alles gesagt, alles getan. An der Stelle hätten wir alle gehen können, gehen müssen! Aber moderne Menschen sind Konsumenten. Eine Frau brach das Schweigen. ›Können Sie uns ein Ritual zeigen?‹ ›Wieso ein Ritual?‹, fragte Elkshoulder. ›Ist jemand krank und braucht Hilfe?‹, fragte er leise. Betroffene Stille. Sehen Sie, Rituale führt man nicht willkürlich oder einfach so zum Zeitvertreib oder zur Unterhaltung durch!«

Gerhard sah sie nachdenklich an und kraulte Holbein: »Ich denke, ich verstehe ganz gut, was Sie mir damit sagen wollen, aber was hat das in Ihnen in Hinblick auf Ihre zukünftige Arbeit ausgelöst?«

Sie lachte trocken. »Im ersten Moment wollte ich alles hinwerfen. Dann hab ich mich besoffen«, sie prostete Gerhard zu und füllte ihre Gläser erneut. »Dann wollte ich nach Albuquerque reisen, dort, wo indianisches Wissen ganz nah ist. Ja, und dann hab ich angefangen, wirklich nachzudenken. Und etwas gelernt: Man kann Medizinsysteme nicht einfach verpflanzen. Wer heilen will, muss sich innerhalb der eigenen Kulturgeschichte bewegen, das Wissen der Kelten und Germanen nutzen. Heilen ist doch kein SB-Laden, ein Tag Ayurveda, ein Tag Thalasso und so weiter. Schließlich sind wir Europäer. Ein Ayurveda-Tag in Oberbayern ist doch ein Witz. Ayurveda spiegelt drei Zustände und drei Jahreszeiten in der indischen Natur wider, wir aber haben vier Jahreszeiten. Da fängt es doch schon an! Wir importieren fremdes Wissen wie T-Shirts made in Taiwan, die wir bei Kik für drei Euro kaufen.«

»Also kein Ayurveda und keine Rituale bei Frau Kassandra?«

»Nein, ich sage ja, der Mittelweg. Ich mach ein bisschen Brimborium um meine Person, finde schöne Worte, aber am Ende halte ich mich an das Urwissen der Kelten, deren Wissen um Orte der Kraft, deren Verbindung ins Jenseits, deren Glauben an Wasserheiligtümer und Kräuter, das ist irgendwo noch in uns drin. Die Magie der Edelsteine, das Wissen der Hildegard von Bingen – das ist unser tradiertes Wissen. Das setze ich um.«

»Und da gehören diese Raunächte auch dazu?«

»Sehen Sie, Herr Weinzirl, die Kelten und das keltische Erbe interessieren mich wirklich. Die vorchristliche Zeit ist ein Füllhorn, und die Zeit der Sonnwende hat die Menschen immer schon beeindruckt. Nennen Sie es Magie oder Aberglauben.«

»Sie meinen also auch als Anastasia Tafertshofer, nicht bloß als Frau Kassandra, dass mir die Orte, an denen die Toten lagen, etwas sagen müssten?« Gerhard sah sie interessiert und offen an.

»Herr Weinzirl, Sie scheinen mir nicht der Typ zu sein, der einen Hang zum Übernatürlichen hat. Andererseits haben Sie mein Beispiel mit dieser albernen Konferenz verstanden, oder? Na ja, Sie sind ein Mann. Männer haben meist weniger Sensoren für zweite und dritte Ebenen unter oder über dem Greifbaren. Aber ich glaube, Sie sind gar nicht so unsensibel, wie Sie sich inszenieren.«

»Danke für die Sensibilität und dafür, dass Sie mich als Mann bezeichnen.« Gerhard lachte.

»O ja, durchaus, und nicht der hässlichste!« Sie lächelte hintergründig. »Ich weiß nicht, ob Sie schon mal in Irland waren? Da stehen frühchristliche Kirchen immer auf Plätzen, die keltische Kultorte waren. Der Rock of Cashel, Armagh in Nordirland, der süße Hügel. Es war stets so, dass christlicher Bombast die Macht der Kelten durchbrechen und übertünchen sollte.«

»Sie meinen also, die Plätze und die Zeit waren mit Bedacht gewählt?«

»Das denke ich schon! Die Eibe, der Döttenbichl, der Stein am Ganghofer Hof. Ja, jetzt schauen Sie nicht so, ich lese das Tagblatt, nicht bloß Esotera. Da stand das drin mit dem Stein.«

»Recht und schön. Vielleicht hat unser Mörder das so arrangiert. Aber das versteht außer ihm doch keiner.«

»Ich weiß nicht, ob die Opfer damit etwas anfangen konnten, aber ich denke, der Mörder wusste es. Er hat so gewählt. Vielleicht hat ihm das auch gereicht. Vielleicht ist es unwichtig für ihn, verstanden zu werden.«

»Wollen wir nicht alle verstanden werden?« Gerhard wunderte sich, noch bevor er geendet hatte, über diesen Satz aus seinem Mund. Das war ja wirklich kryptisch.

Und genauso kryptisch antwortete sein Gegenüber: »Vielleicht wurde er nie verstanden. Man gewöhnt sich an den Zustand.« Sie seufzte.

»Anastasia«, Gerhard ließ das Tafertshofer jetzt mal weg, »was würden Sie sagen, wenn Sie wüssten, dass der dritte Tote ein Eichenblatt und einen Mistelzweig auf der Brust hatte?«

»Oh! Das ist interessant.« Sie lehnte sich zurück und deklamierte: »Die Druiden halten nichts heiliger als die Mistel und den Baum, auf dem sie wächst, sofern er eine Eiche ist. Das stammt übrigens von Plinius dem Älteren.«

Der kleine Hund hob den Kopf, als er seinen Namen hörte.

»Nicht von dir! Von dir stammen nur dicke Pupse. Er hat ein bisschen mit Flatulenz zu kämpfen!« Anastasia lachte hell, und Gerhard musste zugeben, dass sie ihm immer besser gefiel.

»Ich muss also einen Keltenforscher und Raunachtkundigen finden, und dann hab ich den Mörder?«, fragte Gerhard. »Da sind Sie ja dringend tatverdächtig!«, lachte Gerhard, wohl wissend, dass ein leinwändiges Hemd wie Anastasia Tafertshofer niemals ein Schwergewicht wie Matzke über den Findling hätte hieven können. »Was denken Sie? Was für einer ist der Mörder?«

»Nicht unbedingt ein Keltenforscher. Aber jemand, der immer wieder mit dem Heidnischen spielt. Ich denke, es ist jemand, der die christliche Kirche hasst. Heidnische Plätze, heidnische Zitate.«

Gerhards Gedanken überschlugen sich. Anastasia-Kassandra wusste ja nicht, dass der erste Mann zwar eines natürlichen Todes gestorben war, aber sozusagen verlegt worden war. Aber der Zusammenhang war dieser Viergesang. Die Männer hatten sich gut gekannt. Sie waren tot.

»Das setzt natürlich voraus, dass es *ein* Mörder war«, Gerhard ließ einen Versuchsballon steigen.

Anastasia sah ihn überrascht an. »Aber davon gehen Sie doch aus! Ich hätte da keinen Zweifel, das ist doch eine aufsteigende Serie: Der erste Mann im Eibenwald lehnt da fast ruhig an einem Baum. Die Szene hatte fast etwas, ja, Friedliches. Als ich den Mann gefunden hatte, spürte ich keine negative Aura. Eine sehr tiefe Stille, sonst nichts. Eine sehr sehr tiefe Stille. Dann der Döttenbichl. Der Platz ist erhaben und nur so in Geschichte getaucht. Ich empfinde das als Steigerung.«

»Ich auch«, sagte Gerhard und erinnerte sich an die aufgerissenen Augen des Schnitzers.

»Und nun Peißenberg. Ich kenne diesen Findling. Ein Stein, der Jörg von Halsbach gewidmet ist, dem Erbauer der Frauenkirche. Dem legendären Ganghofer, der die Kirche nur bauen konnte, weil er mit dem Teufel im Bunde gewesen ist. Wenn er die Kirche hasst, dann ist das ja ein äußerst perfides Zitat. ›Seht her, euer ganzer Glauben nutzt euch nichts. Nur mit Hilfe der dunklen Seite lässt sich das Leben bewältigen.‹«

Gerhard verschwieg ihr natürlich, dass die Männer diese geschnitzten Tiere dabeigehabt hatten. Und er verschwieg ihr auch, dass sie Hareither am Wickel hatten. Aber der, der wollte so gar nicht ins Bild passen. Der tiefgläubige Märtyrer mit diesen Fingerchen, engagiert im Kirchengemeinderat, angesehen und beliebt, natürlich ein großer Förderer der Passion. Der Gutmensch. Der hätte Frau Baier sicher gefallen. Gerhard versuchte sich zu konzentrieren, auf Kassandra-Anastasia zu konzentrieren.

»Sie meinen also, er hätte sich von Mord zu Mord gesteigert?«, begann Gerhard noch mal.

»Ja, selbstverständlich«, sagte sie, als wäre es das Sicherste von der Welt. »Ich will Sie ja nicht nerven mit meinen Raunächten, aber die Macht der Finsternis kämpft mit dem Licht. Der 21. ist Wintersonnenwende. Das Alte ist noch nicht ganz gegangen, das Neue ist noch nicht stark genug. Dann ausgerechnet Weihnachten, das höchste Fest der Christen. Und dann Neujahr, wo doch die Hoffnung aufstehen soll, das neue Jahr möge besser werden als das alte. Ich finde das äußerst perfide und alles andere als zufällig. Die Raunächte sind ja auch eine Zeit der Wiederkehr, Tote tauchen wieder auf, oft in einer andern Gestalt.«

Gerhard sah sie überrascht an. »Wiederkehr? Mein Mörder ist also ein Untoter, ein Zombie, der die drei Männer heimgesucht hat?«

»Ja, wenn Sie das so im Jargon von Horrorfilmen formulieren wollen. Ihr Mörder hat es geschafft, dass statt des hoffnungsvollen Lichts nur ewige Finsternis herrscht. Zumindest für die drei Toten.«

Jetzt ging Gerhard aufs Ganze: »Wenn es noch einen vierten Mann gäbe, der mit den anderen dreien befreundet ist, eine wie auch immer geartete Verbindung zu ihnen hat, was würden Sie denken?«

»Dass sie den demnächst auch an einem weiteren kultischen Platz finden? Zum Beispiel am Schlossberg bei Schongau. Ein alter Brandopferplatz, sehr starke Aura da oben.« Und dann fragte sie unvermittelt. »Haben Sie auch so Hunger?«

Gerhard lachte. »Durchaus.«

»Laden Sie mich ein? Ich bin gerade etwas knapp bei Kasse.«

Gerhard lachte noch lauter. »Klar, als Honorar für Ihre Ausführungen. Was nehmen Sie denn sonst so für die Stunde?«

»75 Euro.«

»Öha!« Gerhard pfiff durch die Zähne. »Reicht Ihnen ein Gyros und ein Wein?«

»Gyros? Klar!«

»Dann würde ich Sie nach Peißenberg entführen. Ich bin erst ganz kurz hier, aber diese Kneipe ist mir in kurzer Zeit ans Herz gewachsen. Kennen Sie das Dionysos?«

»Nein, aber Gyros klingt gut: fett und nahrhaft. Kann Plinius da mitkommen?«

»Sicher.«

»Sie sind doch Bulle? Kriminaler, mein ich. Dann könnten wir nämlich eine semilegale Route fahren. Ginge schneller. Bloß, weil ich echt Hunger habe.«

Der Weg, den sie ihm wies, führte aus dem Ort hinaus und schurgerade auf ein Ensemble aus einigen Höfen und einer Kapelle zu. »Stillern« besagte das Schild, und Anastasia-Kassandra deutete nach rechts: »Im Sommer ein herrlicher Biergarten. Manchmal sind ein bisschen zu viele Münchner da, die völlig verzückt sind vom Landleben. Aber trotzdem wunderschön.«

Hinter dem Biergarten, der im Winterschlaf ruhte, kam das Sperrschild. Anastasia-Kassandra zuckte mit den Schultern. Gerhard gab Gas. Der Weg wurde bald zum Feldweg mit Schlaglöchern und Eisplatten, und mitten im Wald schoss plötzlich ein nato-olivgrüner Jeep aus einem Forstweg. Der grimmig aussehende Mann hatte allen Ernstes ein Gewehr dabei. Gerhard ließ den Wagen ausrollen und kurbelte das Fenster runter.

»Ja müssts es Allgeier Saubande da im Wald rumfahren. Raus!« Er hielt Gerhard das Gewehr unter die Nase.

Klar, Gerhard hatte ja noch ein KE auf dem Bus. Er zwinkerte Anastasia-Kassandra kurz zu, öffnete die Tür mit einem Ruck, sprang vom Sitz und hielt dem Mann noch im Sprung die Polizeimarke unter die Nase. »Sie bedrohen mich? Das ist aber gar nicht gut. Tst, tst, tst! Kann ich mal Ihren Waffenschein sehen?«

Wäre die Kinnlade des Mannes auch nur einen Millimeter tiefer gesunken, wäre er mit seinen matschigen Stiefeln draufgetreten, und auch seine Basedow-Augen, die er rausgeschraubt hatte, waren stark gefährdet. Gerhard wartete, bis die Gesichtszüge des Mannes wieder einigermaßen geglättet waren und er stotterte: »Herr Wachtmeister, äh, Herr Generalkommissar ...«

Gerhard lächelte. »Sie haben gar keinen Waffenschein?«

»Doch, doch, nur nicht dabei. Herr Generalkommisar?«

»Nun, dann wollen wir mal nicht so sein, fahren Sie mal flugs zur Seite. Wissen Sie, wir stecken mitten in einer äußerst sensiblen Untersuchung.« Er sah ihn verschwörerisch an. »Vergessen Sie, dass Sie uns gesehen haben. Und«, Gerhards Stimme sank eine Oktave tiefer, »bedrohen Sie mir niemals mehr Autofahrer. Schreiben Sie die Nummer auf und rufen Sie uns an. Wir sind doch Ihre Freunde und Helfer. Verstanden!?«

Der Mann machte eine Art Verbeugung »Sicher, sicher. Verzeihen Sie, sicher. Auch an die Dame.« Er salutierte in Anastasia-Kassandras Richtung, und dann jagte er seinen Jeep wieder zurück in den Hohlweg.

Gerhard und Anastasia-Kassandra lachten noch bis nach Peißenberg.

Als sie bei Toni den Raum betraten, fing Plinius plötzlich an, mit dem Hinterteil zu wackeln. Der ganze dürre Hund wedelte. Objekt seiner Begeisterung war ein Huskie, der Plinius locker als Kanapee hätte verspeisen können. Und wie das so ist bei Hundebesitzern, entspann sich ein Gespräch über die treuen Gefährten, und Gerhard registrierte mit gewissem Amüsement, dass Anastasia-Kassandra vor allem das Herrchen im Gespräch halten wollte.

Als sie sich schließlich zu ihm an den kleinen Zweiertisch hinter der Kasse setzte, konnte Gerhard mit seinem neu erworbenen Wissen prahlen:

»Ist vergeben, der Mann.«

Anastasia-Kassandra zwinkerte ihm zu. »Ach, das sind die Guten alle, aber das kann sich ändern.«

»Außerdem ist er Lehrer. Sie wissen schon. Rechthaber, Schlaumeier.«

»Ja, ich kenne diesen Schlag. Aber der sieht nicht so aus, und in meinem Alter wird man da auch unkritischer. In Ermangelung des Angebots.«

Sie ließ den Blick schweifen. »So toll ist die Ausbeute nicht, oder? Wer ist der, der seine Jacke nicht ausgezogen hat?«

»Tagblatt-Redakteur, ein bisschen verquast. Der zieht die Jacke nie aus und hockt immer auf der Stuhlkante. Aber auch nichts für Sie, der hat eine wirklich reizende Freundin.«

Anastasia-Kassandra seufzte theatralisch. »Ich möchte mal geliebt werden. So richtig. Einen Mann haben, der mich wirklich liebt, mich bewundert, stolz ist auf mich. Mich auf Händen trägt, mir das Gefühl gibt, das Zentrum seines Universums zu sein. Ja, ich möchte, dass es mal rote Rosen für mich regnet. Ein Mann, der sich wie ein Mann benimmt, wie ein Ritter, der mich beschützt, einer, der mich wirklich schön, begehrenswert, liebenswert findet. Und Respekt hat, vor mir, vor sich selbst, vor dem Leben und vor Gefühlen.«

Gerhard sah sie überrascht und eine wenig peinlich berührt an.

Sie lachte. »Nun schauen Sie nicht so. Klar, wir kennen uns

kaum. Aber wir sind schon gemeinsam einem schwer bewaffneten Waldschrat entkommen. Das verbindet, oder? Wieso bekommen Männer schon allein bei Gesprächen über Emotionen Panikattacken?«

Gerhard zuckte mit den Schultern. »Fluchtreflex? Der Mann ist ein Fluchttier! Und was Ihren Ritter betrifft: Träumen Sie weiter!«

»Ja, Sie realistische Unke! Ich möchte nur mal kurz rote Rosen, Landregen von roten Rosen. Es muss ja nicht ewig sein, nur um das Gefühl mal zu kennen. Einmal eine Beziehung zum Zurücklehnen, einmal eine, wo ich umsorgt werde, nicht immer kämpfen muss, um Zeit, Zuneigung, wo nicht ständig der Kleinkrieg tobt. Wo Worte wie Kompromiss und Schadensbegrenzung nicht im Lexikon stehen. Nur kurz, nur ganz kurz einmal wirklich verehrt werden. Verstehen Sie das als Mann nicht auch?«

»Doch! Aber Frauen wie Sie vermitteln Männern nicht, dass sie verehrt werden wollen. Im Rote-Rosen-Regen stehen. Sie sind zu taff, zu selbstbestimmt. Ja, das macht uns Angst! Meine, äh, Partnerin ist auch so.«

»Hilfe!« Sie wurde so laut, dass sich das halbe Lokal umdrehte. Dann beugte sie sich dicht zu ihm hinüber. »Sind Sie auch so einer, der von Partnerin spricht oder Lebensabschnittsgefährtin? Warum sagen Sie nicht meine Freundin oder nennen ihren Namen. Hat sie einen?«

»Ja, Jo, Johanna.«

»Merken Sie was? Das sind diese Pseudo-Unverbindlichkeiten. Und dann schieben Sie es auf die Damenwelt, die wäre zu taff.«

»Bitte keine Analysen meiner Psyche«, sagte Gerhard.

»Falls Sie eine haben«, unterbrach ihn sein Gegenüber.

»Okay, Sie haben das letzte Wort. Und Sie sind taff, zu taff für Beschützerinstinkte.«

»Mein ewiges Karma! Nun gut, bleibt mir die Flucht in den Alkohol.« Sie kippte eine Medizin weg, dann gleich noch die von Gerhard. »Sie brauchen Ihre nicht. Sie müssen ja fahren!«

Gerhard grinste. »Verstehen Sie, was ich meine. Angst, Panik, Flucht!«

»Natürlich! Und passen Sie nur auf, Sie Fluchtspezialist. Sie sind Frischfleisch hier. Sie sehen ganz ordentlich aus, sind ein netter Kerl und neu. Und in einem guten Alter. Die Frauen werden reihenweise schwach werden.«

»Also bisher kann ich mich noch an keine Attacke irgendeiner Frau erinnern.«

»Das kommt noch, außerdem, vielleicht habe ich ein Auge auf Sie geworfen.«

Augenscheinlich flirtete sie mit ihm, so wie sie das vorher in ihrer Küche auch schon getan hatte, und eigentlich fand Gerhard das durchaus reizvoll und schmeichelhaft.

Anastasia-Kassandra trank mit Toni noch zwei weitere Medizin, und Gerhard fragte sich, wie eine so zierliche Frau so viel vertragen konnte. Ihm stiegen das Viertel Retsina und ein Ouzo schon ins Hirn. Dieses mediterrane Gesöff-Zeugsel, sein Körper, sein Geist und seine Seele waren nun mal auf Weißbier geeicht. Bevor ihn Harz und Anis nun völlig vernebelten, rief er zum Aufbruch.

Diesmal fuhren sie die reguläre Strecke. Gerhard hatte eine Kassette eingelegt, einen CD-Player hatte sein Bus nun mal nicht, als Anastasia-Kassandra plötzlich entzückt ausrief:

»Das ist *Julia*! Herr Weinzirl, Sie werden mir immer sympathischer. Pavlov's Dog, ich liebe Pavlov's Dog. Aber das kennt ja keiner.«

»Ich schon, die ganze Kassette nur Pavlov. Beide LPs.«

»Herrlich, großartig! Ich finde ja die zweite, ›At the Sound of the Bell‹, fast noch besser als ›Pampered Menial‹. ›*Well I lost all I was, and it's more than I've tried to be.*‹ Megan's Song. Grandios, oder? Ein Satz besser als alle Gedichte, die ich kenne.«

»Ja, Musik, echte Musik. ›*Bring back the good old days, bring back the good old days*‹« summte Gerhard, und plötzlich war das Leben so zauberhaft leicht. Eine Frau, die Pavlov kannte, ja mochte. Und selbst Plinius hatte die dünnen Öhrchen gespitzt und schien das hohe Gekreische von David Surkamp in »*Late November*« zu goutieren.

»Er hört nicht mehr so gut!«, sagte Anastasia-Kassandra lachend.

»Na, Sie entzaubern mir aber auch jede Illusion. Nun dachte ich kurz, ich hätte einen Hund mit meiner Musik betört.«

»Reicht es nicht, mich zu betören?« Ihr Tonfall hatte sich verändert. Und in dem Moment wusste Gerhard, dass er der Einladung zum Kaffee folgen würde. Es war kein Kaffee, es war Ramazotti, schon wieder so was Südländisches, und auch noch so süß. Anastasia-Kassandra hatte ihren Pulli ausgezogen, darunter kam ein enges T-Shirt zu Tage, das ihre kleinen, aber durchaus wohl geformten Brüste unterstrich. Sie war hinter ihn getreten und hatte sehr sanft begonnen, seine Schultern zu massieren. »Bisschen verspannt, Herr Kommissar!«

»Bisschen überspannt, Frau Schamanin!«, konterte Gerhard und fand sich grandios. So brillant war er selten. Vielleicht sollte er doch öfter tiefer in Gläser mit mediterranen Gesöffen blicken. Das machte ihn so tiefsinnig.

Anastasia-Kassandra stand immer noch hinter ihm, er verharrte in seiner Haltung, reckte die Arme nach hinten und begann an ihren Armen entlangzustreichen. Ihre Haut war warm und seidenglatt. Lange blieben sie so stehen. Dann fasste er ihre rechte Hand, zog sie sanft über seine Schulter und küsste ihre Finger. Einen nach dem anderen. Langsam stand er auf und drehte sich zu ihr um. Als er Anastasia-Kassandra küsste oder besser sie ihn, waren ihrer beider Lippen klebrig. Sie war barfuß, und ohne ihre hohen Stiefel war sie wirklich klein. Höchstens einen Meter sechzig groß. Im Hintergrund lief noch immer Pavlov's Dog, und Gerhard erinnerte sich plötzlich wieder an Karin, die seine erste große Liebe gewesen war. Nichts als Liebe. Immer nur Liebe. Tatsächlich Liebe. Er hatte ihr den einzigen Liebesbrief geschrieben, den er je geschrieben hatte, und er kannte die erste Zeile noch, so als ob er sie gestern geschrieben hätte. »Ich liebe eine süße Frau, die nicht viel größer ist als ein Jagdhund …« So hatte der Brief begonnen, und es waren drei zauberhafte Sommer zwischen Pegasus, der »Ätna Schikane«, jenem Sehen-und-gesehen-werden-Eiscafé und dem idyllischen Eschacher Weiher gewesen. Anastasia-Kassandra war auch nicht größer als ein Jagdhund, und das war gut so. Sie verweilten lange in der Küche, langsam zogen sie sich gegenseitig aus. Die Bewegungen waren sanft, vage. Dann nahm sie ihn an der Hand und leitete ihn in ein Zimmerchen, in dem nichts stand als ein Bett mit einem uralten Holzrahmen. Altes Holz, Jahrhunderte alt, kein Designschnickschnack, auch kein Landhausstil, der etwas heraufzubeschwören suchte, was doch nie gelang: Beständigkeit. Es war nicht wilde Extase, aber ein sanftes Weggleiten, schwebend, taumelnd. Ein Schwebezustand, für nichts verantwortlich zu sein. Zeit, die stehen blieb, gnädig stehen blieb, wohlwollend stehen blieb. Viel später fragte Anastasia-Kassandra ihn:

»Magst du was trinken?« Es war das erste Du.

»Wenn es kein Ramazotti ist.«

»Ich dachte eher an Wasser.« Sie ging langsam aus dem Zimmer. Nackt und ihrer selbst sicher. Gerhard, der eigentlich mehr auf Frauen mit mehr Rundungen stand, sah ihr nach, in gewisser Weise fasziniert. Sie war so schmal, so zerbrechlich, aber alles passte wunderbar zusammen. Der kleine feste Po, die wirklich hübschen Brüste, wie er erneut feststellte, als sie wieder hereinkam und ihm ihre Vorderseite präsentierte.

»Ich glaube nicht, dass du runder sein müsstest«, sagte Gerhard. Er nahm einen kräftigen Schluck vom eiskalten Leitungswasser. »Und glatte Haare hat doch jede.« Ihre Locken umgaben jetzt wieder ihr markantes Gesicht mit der schmalen Nase. Die Locken machten es weicher.

»Ich glaube auch nicht, dass du ins Fitnesscenter musst«, sagte sie und streichelte seine Brust. »Ordentlicher Pektoralis. Außerdem finde ich diese Grübchen oben an der Schulter, wo der Muskel ansetzt, extrem erotisch.« Sie küsste ihn auf diese Stelle, indem sie ein Bein über seine Hüfte schwang. Das wiederum fand Gerhard sehr erotisch und vergrub seine Hände in all den Locken. Langsam sank sie über ihn. Viel später wurde es hell. Gerhard blinzelte. Anastasia-Kassandra setzte zwei Tassen Kaffee auf der Bettumrandung ab.

»Es wundert mich ein bisschen, dass ich so viel Vertrauen zu dir habe. Ich bin schon ewig nicht mehr neben einem Mann eingeschlafen, ich pflege sonst zu gehen oder den Typen zu verscheuchen«, sagte sie.

»Danke, dass du es nicht getan hast.« Gerhard probierte den Kaffee, der höllenschwarz und höllenstark war.

Plötzlich stöhnte sie auf. »Ich weiß es, ich weiß es. Man sollte nicht immer alles zerreden. Aber die Worte entstehen einfach irgendwo in der Magengrube, da wo es zieht, und das ist psychosomatisch, ich weiß. Aber ich muss etwas sagen, weil wir Menschen sind, und Reden ist nun mal das Beste, was wir tun können, wenn wir unsere Worte mit Bedacht wählen. Weißt du, was du tust?«

Gerhard hatte sich aufgesetzt. Er sah sie besorgt an. Er hatte zu viel getrunken, Teile der Nacht waren ihm entschwebt. Alles so angenehm vage, im Fluss. Was hatte er getan?

»Du hast bei Toni gesagt: ›Darf ich das bitte zahlen?‹ Ja und, wirst du fragen. Andere sagen: ›Herr Ober, zahlen!‹ Oder auch ›Bitte zahlen!‹ Du sagst: ›Darf ich das bitte zahlen?‹ Ich werde das in Zukunft auch sagen. Deshalb mag ich dich. Ich danke dir für diesen Satz. Und für die Stille im Getöse der Floskeln.«

Gerhard sah sie an. Genauer, als er sie die ganze Zeit schon angesehen hatte. Er suchte ihre Augen. Er verstand irgendwie, was sie ihm sagen wollte. Und irgendwie auch wieder nicht.

»Ich ... ja, das sage ich immer. Das ist doch ganz normal.«

»Ist es nicht. Es ist menschlich und lieb.« Das klang fast trotzig.

»Du sagst das so, als wäre es gar nicht so lieb«, sagte Gerhard zögernd.

»Ja, weil ich keinen Mann wie dich treffen wollte. Nur solche für kurzen Sex. Solche, mit denen es Scheiße ist. Eitle Egoisten, schöne Narzisten.«

»Die man schnell vergessen kann?« Gerhard ahnte, auf was das hinauslaufen würde. Sie kam ihm zuvor.

»Nein, keine Panik, ich verliebe mich jetzt nicht in dich.

Aber das alles hat mich nachdenklich gemacht. Mir fallen altmodische Worte ein wie ›freundlich‹ und ›achtsam‹. Das bist du. Ich rede mit einem eigentlich wildfremden Menschen so viele Stunden.«

»Du hast auch mit ihm geschlafen«

»Ja, aber das bedeutet weniger. Versteh mich richtig: Das bedeutet mir natürlich etwas, aber weniger als zum Beispiel jene kurzen Momente, wo du auf mich gewartet hast, mich besorgt angesehen, mich gefragt hast, was ich trinken will. Das bin ich nicht gewohnt. Danke!«

Gerhard lächelte sie an, und er war unsicher. Mit ihm zu schlafen war weniger wert als mit ihm zu reden? Wo er im Zweifelsfalle seine Kompetenzen doch eher beim Sex als bei der gepflegten Konversation sah. Er hatte die Frauen nie verstanden, aber die hier war die erste, die ihm ansatzweise erklären konnte, wie Frauen tickten.

»Sag jetzt bloß nicht, du rufst an!«, rief sie in seine Gedankenwirbel.

»Werde ich aber tun.« Gerhard hatte begonnen sich anzuziehen. Er saß auf der Bettkante, als er seine alten Stiefel zuband. Sie stand vor ihm, und auf einmal packte er sie und warf sie aufs Bett. Küsste sie auf Mund und Nasenspitze. »Ich werde anrufen und versuchen zu verstehen, was du mir gesagt hast. Erwarte nicht zu viel. Ach ja, ich frag jetzt auch nicht, ob ich gut war.«

»Ging so!« Sie lachte.

Gerhard war ihr dankbar, dass sie ihm so goldene Brücken baute und den Dreh zum lustigen Geplänkel wiedergefunden hatte.

Als er in der Tür stand, fragte er plötzlich: »Was bedeutet eigentlich Marakala?«

»Nichts! Hab ich einfach erfunden für meine Kunden. Heh, das reimt sich, und was sich reimt, ist gut.« Sie hatte ihre Locken über dem Kopf zusammengewurschtelt und sah spitzbübisch aus. Jung, jedenfalls nicht wie 45!

Er fuhr langsam und fühlte sich gut. Hatte er ein schlechtes Gewissen wegen Jo? Nein! Sollte er eins haben? Da fiel das Nein schon schwerer. Was passierte mit ihm? In irgendeinem Horoskop hatte mal gestanden, er würde sein Glück niemals in der Heimat finden. Er müsse weggehen. Nun war der Wechsel von OA nach WM ja keine Weltreise, oder doch? Gerade mal einen Landkreis hatte er zwischen das Allgäu und Oberbayern gebracht, und doch hatte er das Gefühl, dass er eine Metamorphose durchmachte. Sein Blick von außen half ihm lockerer zu sein. Half ihm auch, besser zu schlafen. Wollte er eigentlich hierbleiben? Und was wurde nun aus dem Plan, es Jo schmackhaft zu machen, mitzukommen, nachzukommen. Sein Leben zu teilen?

Hatte sie ihm eine endgültige Absage erteilt oder er ihr? Auch mit dieser schwebend-leichten Nacht? Er war wirklich nie der große Womanizer gewesen, zumindest nicht seit er in einem Alter war, in dem man hormonell zurechnungsfähig ist. Die kleine Affäre mit Evi, Jo, das war es gewesen seit mehreren Jahren. Was für ein Frühling ritt ihn mitten in den eisigen Winternächten, dass er von der Mittelalterfee träumte und bei einer Schamanin Ramazotti trank. Er, der schwerblütige Allgäuer Bergbauer?

13. »Na, hatten Sie Glück bei der Schamanin?«, fragte Baier, als Gerhard hereinkam. Und obgleich er ja nicht wissen konnte, wie viel Glück, zuckte Gerhard unter der Frage regelrecht zusammen.

»Äh ja, wie man's nimmt. Sie ist sich sicher, dass wir es mit einer aufsteigenden Serie zu tun haben.« Gerhard gab Teile der Unterredung zum Besten. Die jugendfreien Teile.

»Na, das ist doch was. Die Idee des Kirchenhassers gefällt mir. Da müssen wir Schongaus Schlossberg wohl unter Bewachung stellen.« Baier lachte und hob den Hörer des wie wild klingelndens Telefon ab.

»Oh, guten Morgen, Werteste. Meine Verehrung. Nein, nein, erzählen Sie das Weinzirl, ich höre mit. Meine Verehrung.« Gerhard hörte das Lachen am anderen Ende der Leitung. »Ihre Frau Straßgütl«, sagte Baier förmlich und zwinkerte.

»Hallo Alter! Ich habe noch ein bisschen im Leben deiner Toten gewühlt. Da habe ich etwas Interessantes gefunden. Sie waren der Hauser Viergesang. Sie haben zusammen musiziert und gesungen, und sie waren wohl wirklich gut. Sie hatten in den Jahren 55 – 57 einige Engagements. Haben auf diversen Hoagasts gespielt. Was ist das eigentlich?«

»Hoagast, Allgäuerisch Hoigaata. An Hoigaata hon. Das sind lockere Zusammenkünfte von Musikanten. Es geht um echte Volksmusik, nicht um Volksdümmliches wie bei

Schmachtfetzen-Blondschopf Hinterseher«, dozierte Gerhard.

»Okay! Wieder was gelernt. Die Mitglieder damals waren jedenfalls Johann Draxl, Georg Kölbl, Karl Laberbauer und Paul Matzke. Sie sind, wie gesagt, bis 1957 oftmals aufgetreten, dann nicht mehr.«

Wieder dieser Herbst 1957, schoss es Gerhard durch den Kopf.

»Evi, du Zaubermaus, das wissen wir auch. Der Vorname Karl ist uns neu. Ich habe die Schwester von diesem Karl Laberbauer kontaktiert. Sie scheint bis heute Abend im Urlaub zu sein. Ihr Bruder ist irgendwie verschluckt. Ich bin Melderegister und Telefonregister durchgegangen. Kein Karl Laberbauer.«

»Ging mir genauso. Aber ich habe etwas Interessantes. Dein Karl Laberbauer wurde mit siebzehn Jahren des Mordes angeklagt.«

»Mord?«

»Ja, er soll ein gewisse Magda Alsbeck ermordet haben. Er soll sie vom Ettaler Manndl gestürzt haben.«

»Du sagst immer soll?«, fragte Gerhard.

»Aus diesen ganzen Vernehmungsprotokollen geht nichts hervor, was mir wirklich einleuchtet. Kennst du das, wenn dich etwas befremdet, beunruhigt. Ich kann dir nicht wirklich erklären, warum. Aber je länger ich in diesen Protokollen gelesen habe, desto unwohler habe ich mich gefühlt. Das alles damals war irgendwie nicht normal.«

»Erzähl mal«, sagte Gerhard, innerlich angespannt, denn Evis Intuitionen waren immer gut.

»Diese Magda Alsbeck war eine junge Frau, die in Oberhausen im Mütterheim zur Kur war. Das war eine evangelische Einrichtung, die von 1950 bis 1978 existierte. Magda Alsbeck war mit Karl Laberbauer und dessen Vater Luis Laberbauer am Ettaler Manndl. Karl soll sie hinuntergestürzt haben. Angeblich, weil sie ihm ein Kind angehängt hatte, er sie aber nicht ehelichen wollte. Dass sie ein Kind erwartet hat, wird von der Aussage einer Zeugin gestützt, die auch in diesem Heim war. Laut ihrer Aussage war Karl Laberbauer schon im Sommer zuvor mit ihr liiert. Viele Ungereimtheiten. Und der Hauptbeklagte hat kein einziges Wort gesagt. Bis zum Ende. Sein einziger Satz war: ›Ja, ich war's.‹ Nach einigen Prozesstagen totalen Schweigens sagte er: ›Ja, ich war's.‹ Er hatte auch keinen Anwalt. Das ist alles so merkwürdig. Ich fax dir die Unterlagen durch.«

»Danke, *bella*. Du bist einfach grandios. Und wann war das alles?«

»Im Herbst 1957«, sagte Evi. Da war es wieder, das Datum! »Er saß dann zehn Jahre in einer Besserungsanstalt, bis zum Sommer 1967«, fuhr Evi fort.

»Zehn Jahre? Ist das nicht extrem lange? Gab es kein Jugendstrafrecht?« Baier war aufgestanden und tigerte im Raum umher.

»Ich habe auch hierzu Protokolle bekommen. Ich habe einen Freund von mir angerufen, der sich mit Rechtsgeschichte auskennt. Die Rechtswirklichkeit in den fünfziger Jahren ist sehr kompliziert. 1953 gab es eine Reformierung des Jugendstrafrechts, da wurde zwar die Wiedereinführung der Aussetzung zur Bewährung verankert, aber das Jugendstrafrecht war überhaupt nicht an den Strafrahmen normalen Strafrechts gebunden. Die haben damals mit Täterprofilen gearbeitet. Man sprach von Milieu-, Entwicklungs- und Neigungstätern. Es konnte also sein, dass eine schwere sexuelle

Tat als pubertäre Erscheinung einfach abgetan wurde. Andererseits, und das scheint bei deinem Karl so gewesen zu sein, dass ihm schädliche Neigungen attestiert wurden. Der Pfarrer damals hatte da mit seinen Aussagen wohl den Ausschlag gegeben. Er hat ein Bild von einem komplett verderbten, schädlichen jungen Mann gezeichnet. Dein Karl war einer der Letzten, den die volle Härte getroffen hatte. Es war nämlich schon 1955 so, dass die Skepsis zugenommen hatte. Die Anstalten waren überfüllt, unmodern, es herrschte Personalmangel, und es war längst klar, dass Besserung sich nicht unbedingt da einstellt, wo man von schweren Jungs eher noch was dazulernt.«

»Warum hat er keine Bewährung bekommen?«

»Das kann ich dir nicht genau sagen, aber aus den Unterlagen geht hervor, dass die Familie keinerlei Kontakt aufgenommen hat. Er war sozusagen tot. Eine Persona non grata, gestrichen aus den Annalen der Familie.«

»Finden wir ihn deshalb nicht? Ist er tot?«

»Nein, das ginge aus Sterberegistern hervor. Er lebt irgendwo. Vielleicht in Kanada oder Chile.«

»Na, dann gnade uns Gott! Aber dann findet ihn der Mörder nicht so schnell.«

»Meinst du, er ist auch gefährdet?«

»Ja. Drei Mitglieder von diesem Viergesang sind tot. Fehlt noch einer. Was würdest du denken?«

»Das Gleiche! Halt mich auf dem Laufenden. Auch sonst. Äh …« Evi stockte.

Baier schaltete sofort. »Das ist der private Teil, glaub ich, ich schalte mich ab. Meine Verehrung, Frau Straßgütl, ich hoffe mit jedem Tag mehr, sie persönlich kennen zu lernen.« Wieder zwinkerte er Gerhard zu.

»Was auch sonst?«, fragte Gerhard, als Baier draußen war.

»Jo hat mich angerufen. Sie klang nicht gut. Ich treffe sie nachher. Was ist eigentlich los bei euch?«

Gerhard schluckte. »Das Euch, das Uns, das Wir, das ist das Problem.«

»Nicht schon wieder! Wie oft hattet ihr das schon? Jo ist ein trotziger Wirbelwind, und du bist ein Allgäuer Sturschädel. Redet miteinander, ihr zwei Deppen!«, rief Evi.

Wie hätte er ihr vom tiefen Graben des Schweigens erzählen können. Stattdessen sagte er: »Ich halte dich auf dem Laufenden, wenn ich mit der Schwester von Karl gesprochen habe. Servus *bella*, nochmals danke.« Er legte auf und ging zu Baier hinüber, der den Staatsanwalt zu Besuch hatte.

»Sie verfolgen also zwei Spuren?« Er klang so, als hätte er wenig Vertrauen in Gerhard und Baier.

»Ja, sehen Sie, es gibt zwei Arbeitshypothesen. Nummer eins: Jemand, aller Wahrscheinlichkeit nach Hareither, hat Kölbl und Matzke ermordet. Aus Wut über den Betrug an der Zunft und aus womöglich weiteren Gründen, die wir nicht kennen, weil wir Hareither nicht dazu befragen konnten. Er hat sich nämlich aus dem Staub gemacht. Dagegen spricht, dass Hareither keinen Grund hätte, Draxl im Eibenwald herumbugsiert zu haben. Hareither ist aber – ich wiederhole mich – verschwunden. Das spricht gegen ihn. Ob er es getan hat, wissen wir, sobald die Fingerabdrücke ausgewertet sind. Hypothese zwei, gesetzt den Fall, Hareither ist aus dem Schneider: Es gibt einen Zusammenhang über diesen Viergesang. Momentan ist es wie bei den kleinen Negerlein: Da waren's nur noch drei, zwei, eins.«

»Und das nächste Negerlein könnte auch auf der Abschussliste stehen?« Der Staatsanwalt klang deutlich milder, und sein Interesse war geweckt.

»Ja, drum versuchen wir das Negerlein zu finden, die Schwester vom Negerlein sollte sozusagen minütlich aus dem Urlaub kommen. Ich erwarte mir da ein aufschlussreiches Gespräch. Tja, und dann müssen wir nur noch herausfinden, wer unsere Hoagast-Lerchen von damals nicht mag«, sagte Gerhard.

»Und was kann ich für Sie tun, Herr Weinzirl?«

»Schnell einen Haftbefehl für Hareither unterschreiben, sofern er es war.«

»Na dann viel Spaß bei ihren ungelegten Minuteneiern. Sie haben meine Telefonnummern.«

Gerhard und Baier bedankten sich, und kaum war der Mann gegangen, kam das Ergebnis der Fingerabdrücke. Es gab keine Übereinstimmung!

»Scheiße! Was nicht unbedingt heißt, dass er an der Sache nicht beteiligt war! Er hat kein Alibi für Matzke und ein schlechtes für Kölbl. Wieso ist der Kerl immer noch verschwunden? Ich möchte unbedingt auch Abdrücke von Korntheurer und Lutz. Wer sagt uns denn, dass dieser Lutz wirklich in Miami ist? Wer? Was, wenn die vier uns einfach foppen? Ich traue denen das zu. Das sind wirklich alles Schauspieler da in Ogau.« Gerhard war sauer.

»Ja, das können wir nicht ausschließen, Weinzirl. Ich würde vorschlagen, ich tue mich in Oberammergau um, und Sie besuchen das Schwesterlein vom vierten Mann, dem Negerlein.«

»Ja, gut. Muss ich etwas über Seeshaupt wissen und spezielle Befindlichkeiten dort?«, fragte Gerhard, der Baiers treffliche Analysen, wie die bezüglich Peißenberg, schätzen gelernt hatte.

»Seeshaupt? Auch ein Kuriosum. Im Landkreis sind das die Schickis, die feinen Leute am See. Für den restlichen Starnberger See hingegen, also nehmen Sie Feldafing oder Pöcking, sind das die Bauern am See-Ende.«

»Und was davon stimmt?«

»Alles eine Frage der Position, der Blickrichtung. Seeshaupt ist natürlich eher urban, es hat bloß noch zwei Bauern im Ortskern, der dritte ist ein Hotel garni geworden. Der Typ ist ein Unikum, überall an allen Stammtischen zugegen, und sei es im Tennisverein. Wundert mich, dass der mit seinem lila gefärbten Blutdruckschädel nicht längst aus den Pantoffeln gekippt ist. Oder besser: Er war mal auf Reha, die er wegen eines Festes in Seeshaupt abbrechen wollte. Seine vier Frauen, also Ehefrau und drei Töchter, haben sich geweigert ihn abzuholen. Er kam natürlich dennoch, und zurück ist er, glaub ich, mit dem Bulldog gefahren. Wenn Sie den treffen, dann erfahren Sie alles.«

»Und wo treff ich den?«

»Tja, das Café Hirn ist ja nun so 'ne Weinbar. Der Stammtisch von damals, der immer in der Küche getagt hat, ist Geschichte. Die Bedienung von damals ist noch da. Die anderen sitzen jetzt bei Christel privat in der Küche. Reden Sie die Albrechts drauf an, die kennen das alles sicher besser.«

»Gut, danke für die Kurzeinweisung.« Gerhard war sich dessen bewusst, dass solche Insider-Infos eben nur vom guten Zuhören und feinen Beobachten kamen. Baier war ein sensationeller Beobachter, man konnte viel von ihm lernen. »Also ich bin dann weg. Viel Glück in Ogau und Gruß an die

Frau Hareither.« Das hatte sich Gerhard jetzt nicht verkneifen können.

»Vorsicht Weinzirl. Sie kennen das mit dem Glashaus. Wer im Glashaus sitzt, sollte im Keller scheißen. Ihre Freundin, diese reizende Evi, die Schamanin, die Tochter ihrer Vermieter soll eine Schönheit sein. Weinzirl, die Frauen trüben unseren Verstand. Also achten Sie besser auf Ihren. Habe die Ehre.« Er lachte.

14.

Als Gerhard kurz darauf die Nummer in Seeshaupt wählte, war eine angenehme ältere Frauenstimme zu hören. »Albrecht.«

Gerhard stellte sich vor und hielt sich nicht lange auf. »Ich muss mit Ihnen über Ihren Bruder reden. Und den Hauser Viergesang. Ich bin in einer Stunde da.« Er schickte noch ein »Geht das?« hinterher.

»Wir wohnen in der Schechener Straße«, sagte sie. »Woher kommen Sie?«

»Von Weilheim?«

»Dann fahren Sie einfach nach Seeshaupt rein, immer geradeaus, am See entlang, und kurz nach dem Seerestaurant Lido geht es rechts weg. Vor der Kurve kommt das Haus.« Sie nannte ihm die Hausnummer.

Sie hatte ihm zwar keine Antwort auf das »Geht das?« gegeben, aber die Ortsbeschreibung schien eine Zustimmung zu sein. Als Gerhard losfuhr, war es 15 Uhr 30 und angesichts des Grau in Grau des Wetters auch schon dämmrig. Er fuhr schnell und unkonzentriert. Hinter Marnbach zog es ihm in der lang gestreckten Kurve die Reifen weg. Überfrierende Nässe. Sein Auto war wirklich keins für wilde Verfolgungsjagden, dachte Gerhard. Aber solche Jagden gab es eh nur in amerikanischen Filmen.

Er gab weniger Gas und durchfuhr Waldpassagen, in denen es schon richtig dunkel war. Als er durch Magnetried fuhr, hielt er sich an die fünfzig innerorts und ließ den Blick schweifen. Ein schmuckes gelbes Haus am Ortseingang, eine Wirtschaft am Ende, einfache Höfe und Häuser. Die Wirtschaft gefiel ihm. Auch in Deutenhausen hatte es schon eine gegeben, die ihm angenehm aufgefallen war. Einfach und ein bisschen verhaut und derdengelt. Zweierlei registrierte er: Er begann bayerisch zu denken und die Gegend wegen ihrer Wirtschaften zu mögen. So wie er das Oberwang früher geliebt hatte. Nichts von jenen Bayernklischees, die in seinem Allgäuer Hirn so fest eingemeißelt waren, erfüllte sich. Keine ausladenden Balkone, nichts von üppiger Lüftelei. Nein, das hier war nicht der schicke Tegernsee.

Als er Seeshaupt erreicht hatte, spürte er aber, dass das hier zwar nicht der Tegernsee war, aber doch ganz anders als Weilheim oder Peißenberg. Auch am Starnberger See war eine ungewohnte Noblesse zu spüren. Eine schicke Pizzeria, eine Seeresidenz und jene Villen, die sich hinter Hecken erstreckten und direkt ans Ufer schmiegten, unbezahlbare Lagen, die ihre Bewohner adelten und selbstbewusster machten als solche, die in Weilheim im Paradeis wohnten. Er sah auf die Uhr. Es war noch Zeit, und er beschloss, in die Weinbar einzukehren. Die Bedienung war eher rustikal, verfügte aber über ein verblüffendes Fachwissen über Wein, und Gerhard ließ sich einen empfehlen. Statt Weißbier, aber er war eben am Starnberger See, bei der Magst-an-Prosecco-Fraktion. Die Abzweigung fand er dann sofort, auch das Haus, und zum wiederholten Male heute spürte er den Bruch: einfache, unauffällige Häuser in großen ungeschminkten Gärten, den See der Schönen und Reichen so nahe und doch so weit entfernt. Er läutete.

Eine Frau öffnete ihm, bat ihn herein. Im Gang standen einige Koffer. Sie trug einen Ski-Unterziehrolli und eine Hose aus Fleece. Ihre Haare waren dunkelbraun und gewellt und saßen wie ein Helm. Gerhard entschuldigte sich für sein spätes Kommen, sie entschuldigte sich, dass es aussah wie bei Zigeunern. Sie seien gerade aus dem Urlaub gekommen. Sie schloss ihren Mann mit ein, der ebenfalls in den Gang getreten war. Er hatte noch blauere Augen als das Blauauge, die in einem wettergegerbten Gesicht saßen. Hätte Gerhard nicht sicher gewusst, dass Luis Trenker tot war, er hätte den Mann für den legendären Bergfex gehalten. Das Trenker-Double reichte Gerhard die Hand, ein fester Händedruck. »Albrecht. Matthias oder besser Hias Albrecht. Kommen Sie weiter, stolpern Sie nicht. Da stehen überall Taschen. Wir kommen gerade aus Arosa, wir haben da ein Chalet. Aber Sie hatten es ja eilig?!« Es war kein Vorwurf, eher eine Frage.

»Schön haben Sie es hier, ruhig, so wenig ...«

»Seeshaupterisch?« Albrecht lächelte. »Hat man Ihnen auch erzählt, dass wir hier alle Schönheitschirurgen sind und Yachten besitzen?«

»Nein, aber ich wurde über Ex-Bauern mit Hotel garni informiert.« Gerhard lächelte zurück.

»Na, dann wissen Sie ja schon das Wichtigste. Wir haben hier auch dritte und vierte Bürgermeister. Aber deshalb sind Sie nicht gekommen?«

Gerhard nickte. »Ja, ich muss Ihren Schwager sprechen.« In die Richtung von Anna Albrecht sagte er: »Ihren Bruder Karl.«

»Und das duldet keinen Aufschub?« Wieder keinerlei Unterton in der Stimme von Hias Albrecht.

»Nein! Es eilt wirklich. Ich habe Anlass zu glauben, dass Karl in ernsthafter Gefahr ist. Sie waren wie lange weg?«

»Seit dem 14. Dezember«, sagte er. »Gefahr, sagen Sie? Wir haben ehrlich gesagt keinerlei Kontakt zu Karl.« Es war das erste Mal, dass eine leise Unsicherheit in seiner Stimme lag. Gerhard beobachtete Anna Albrecht. Sie war ebenso gebräunt wie ihr Mann. Skibräune, Schneebräune, Winterbräune, anders als die Palmen-Sonne-Beach-Bräune. Dieses »Sie wurde blass unter ihrer Sonnenbräune« war der Sprachgebrauch bei Groschenromanen. Sie wurde natürlich nicht blass, aber in ihren Augen lag Angst.

Gerhard hatte sich inzwischen gesetzt. Mineralwasser stand vor ihm. Schweizer Wasser, Valser. Evi hatte das immer getrunken. Anna Albrecht hatte in einer Tasche gekramt und eilig einige Grissini und Kräcker zu Tage gefördert, Migros Hausmarke, auch die kannte Gerhard. Wie oft waren sie früher vom Allgäu in kleinen Hamsterfahrten in den Rheinpark von St. Margarethen gefahren. Kaffee, Tütensuppen, Hüttenkäse und jene Kräcker. Belvita, Jo war geradezu süchtig nach dem Zeug. Aber nur in Sesam. Evi, Jo – Gerhard konzentrierte sich. Noch mal hob er an. »Sie sind seit dem 14. weg? Sie haben keine Zeitungen gelesen?«

Beide schüttelten den Kopf, die Helmfrisur wich keinen Millimeter. Das irritierte Gerhard. Er begann zu erzählen. Von den drei Toten. »Sie alle waren Freunde ihres Bruders. Sie waren alle Mitglieder im Viergesang. Verstehen Sie, ich habe Angst, dass Ihr Bruder der Nächste ist.«

Als er aufsah, bereute er es, gekommen zu sein. Bereute seinen präzisen emotionslosen Bericht. Er war ein unsensibler Klotz. Anna Albrecht hatte die Jungen von damals ja wohl gekannt. Und er erzählte ihr so zwischen Tür und Angel vom Tod dreier alter Freunde. Sie begann zu husten, ganz entsetzlich zu husten. Hias Albrecht hatte etwas aus einem Fläschchen geschüttet und ihr zu trinken gegeben.

Gerhard wartete. Lange, wie ihm schien. Und auf einmal, eruptiv brach es aus ihr heraus: »Ohne das Mütterheim wäre das alles nicht passiert.«

Gerhard spürte, dass er nun nichts sagen durfte, nicht drängen. Auch Hias schwieg.

»Es gab von 50 an, glaub ich, bis in die späten Siebziger ein Mütterheim in Huglfing. Junge evangelische Mütter aus norddeutschen Städten durften sich dort erholen.« Das war jene Information, die er von Evi erhalten hatte.
Auf einmal brach sie in Tränen aus. Sie wurde regelrecht zerrissen vom Weinen. Nur der Helm bewegte sich nicht. Als sie sich etwas beruhigt hatte, registrierte sie seinen Blick. »Das ist ein Perücke. 1957 hatte ich eine merkwürdige Hautkrankheit. Wie Krätze. Die Haare sind mir ausgefallen. Es wurde immer schlimmer, bis ich eine Perücke tragen musste. Mit fünfundzwanzig!«

Wieder 1957!

Ihr Mann hatte ihre Hand genommen und küsste sie. Sie entriss ihm die Hand und stürmte aus dem Raum. Er hinterher. Gerhard hörte, wie zwei Menschen eine Treppe hinaufpolterten, dann war Stille. Er sah sich um. Das Zimmer war unaufwändig möbliert, es gab viele große Pflanzen und viele Bilder, die alle in den Bergen gemacht waren. Anna und Hias Albrecht vor Bergen: Matterhorn, Mont Blanc, auch der K2. Bilder einer glücklichen Bergfex-Ehe. Was um Himmels willen hatte er mit der Frage nach diesem Mütterheim angerichtet? Was war so verletzend an der Frage gewesen, dass er Anna Albrecht derart aus dem Raum getrieben hatte. Er war sich unsicher, was er tun sollte, und begann im Raum umherzugehen. Hinter ihm räusperte es sich. Es war Hias Albrecht. »Ich glaube, meine Frau ist gleich wieder bei Ihnen. So lange lassen Sie mich erzählen. Sozusagen aus zweiter Hand. Dieses Mütterheim war in der Fünfzigern eine Sensation. Evangelische junge Frauen mitten im erzkatholischen Oberhausen. Wie ich das aus allen Erzählungen herausfiltern konnte, war das aber nicht nur ein Erholungsheim, es war ein Zauberberg in einem Land außerhalb von Raum und Zeit. Dort herrschten andere Gesetze. Alles war möglich.«

»Und die junge Frau, die er ermordet hat, das war eine Frau aus dem Mütterheim?«, fragte Gerhard, obgleich er das ja längst wusste.

Albrecht nickte.

»Und Ihr Schwager hat sie ermordet?«

»Ich weiß es nicht. Meine Frau redet nicht darüber, und auch Johann, also Hans Draxl, den ich vom Alpenverein kenne, hat nicht viel erzählt. Aber er hat über dieses Heim gesprochen, so, dass ich spürte, dass dort eine Art Ausnahmezustand geherrscht hat.«

»Junge, hübsche und willige Frauen und junge Männer voller Leidenschaft?« Gerhard formulierte es vorsichtig.

»Ja. Leidenschaft ist ein Gefühl, das Leiden schafft«, sagte eine weibliche Stimme. Anna Albrecht war hereingekommen und ging langsam zur Terrassentür. Sie schaute hinaus und begann leise zu sprechen: »Es war dieser Sommer 1956. Ein heißer Sommer. Im Mütterheim waren wunderschöne Frauen angekommen. Moderne Frauen. Das Dorf stand Kopf. Den Männern von fünfzehn bis fünfundsiebzig war der Kamm geschwollen, und wir Frauen, wir waren wütend oder frustriert oder verwirrt.«

»Sehr unterschiedliche Gefühlslagen?«

»Ja, die Ehefrauen waren wütend auf die Weibsleute von draußen, die in ihre heilen – nein, heile Welten waren das nicht –, die in ihre festgefügten, klaren Welten eindrangen. Wir jungen Mädchen, ich war damals zwanzig, waren frustriert. Wir waren Bauerntrampel gegen diese Frauen. Kerndlgfuadert! Hitzblaserl waren wir. Rote Wangen, feste Schenkel, Ärsche wie Brauereirösser. Wir waren gesund und kräftig. Die anderen waren ätherische Wesen.«

»Und verwirrt?«

»Es gab eine Lesbe darunter. Heute sage ich das so dahin. Damals war das unglaublich. Eine Frau mit ganz kurzem Haar hat mich damals angesprochen. Stellen Sie sich das vor. Eine Frau, kantig wie ein Ziegenhirt, spricht mich an und fährt mit den Fingern durch meine langen blonden Locken. Und sie hat ein Kind zu Hause. Und trotzdem ... Sie verstehen, was ich meine.« Sie hatte sich umgedreht und lächelte, und Gerhard war versucht, den Blick als wehmütig zu deuten.

»Das Dorf stand Kopf in diesem Sommer 1956«, wiederholte sie. »Es war eine Frau dabei von klassischer Schönheit. Mein Bruder hat sie angebetet. Er hat ihr geschrieben, als sie abfuhr. Sie ihm auch.«

»Und sie war die Geliebte Ihres Bruders?«

»Sie soll die Geliebte meines Bruders gewesen sein. Ich weiß es nicht. Es hieß, dass sie es in diesem 56er Sommer schon war.«

Wieder dieses »soll«!

»Heute glaube ich eher, dass sie die Geliebte meines Vater gewesen ist. Es gab viel Gerede im Dorf damals. Alles war so verwirrend.«

»Aber sie hat Ihrem Bruder geschrieben, nicht Ihrem Vater. War sie die Geliebte von beiden? Und was hat Ihr Vater dann zu den Briefen gesagt?«

»Die Briefe gingen damals an Hansl, an Johann Draxl. Ich war sozusagen der Postillion d'Amour. Ich hab sie bei Hansl abgeholt. Ich gab vor, der Agi, das war Hansls bitterarme Mutter, zu helfen. Außerdem hab ich den Hansl damals ganz gerne gesehen.«

Sie schaute ihren Mann verunsichert an.

»Passt scho! Der Johann ist, war ein wunderbarer Mensch. Ich habe ihn sehr geschätzt«, sagte der.

Sie lächelte dankbar, und wieder schien das Wehmut zu sein. Es war nur eine leise Ahnung, die Gerhard beschlich. Eine Ahnung davon, was in diesen beiden Jahren 56 und 57 über das enge Dorf gekommen war. Er ahnte etwas von der Lava, die unter der Oberfläche von Wohlanstand gebrodelt haben musste. Auch die Anna von damals war wohl kein Kind von Traurigkeit gewesen. Wenn sie 1956 Hansl »gerne gesehen hatte«, war der gerade mal sechzehn gewesen und sie zwanzig. Was für eine Messalliance, der arme Fuizbua und die reiche Bauerstochter.

*

Fuizbuam Sommer 1956

»Diesmal sind ganz Junge dabei!« Schorschi flüsterte fast. Karli musste lachen. Der Schorschi war und blieb ein Weichei.

»Wer sagt's?«, fragte er.

»Beim Krenn haben sie es erzählt und beim Berger Wirt.«

»Wer?«

»Der alte Lehner, dem die Gummistiefel fast bis zum Bauchnabel reichen, der wo die Koffer mit der Schubkarre abholt, der hat's erzählt. Und der Schmid, der war am Kreiseln. Der hat seine Wiese gleich viermal gekreiselt, weil er schauen wollt. Und an der Tonerl-Hütte habens gleich mal geschnapselt. Ganz Junge sind's. Zwei sind erst neunzehn, und die anderen sind alle jung. Ganz jung, höchstens fünfundzwanzig redet man. Die eine hat einen Haarschnitt wie ein Mann, der aussieht, als wär sie in einen Sturm gekommen. Jawohl, das haben sie erzählt, und eine andere hat lange dunkle Haar bis zum Arsch.«

Hansl lachte. »Arsch! Das sagt man aber nicht.«

»So haben die alle gesagt. Und dass die alle ziemlich gut aussehen. Nicht bloß die mit den Haaren bis zum A… Po.« Schorschi riss die Augen auf. Allein diesen Teil der weiblichen Anatomie anzusprechen kam ihm ungeheuerlich vor.

»Dann schau mer halt moi selbst, oder, Schorschi? Karli, Pauli? Heut Nachmittag?«, fragte Hansl.

Zustimmendes Nicken. Erwartungsvolle Augen. Schauen bedeutete schleichen, robben, kriechen. Sie trafen sich am Bahnhof, rannten über die Straße, am Anzinger vorbei in den Wald. Sie pirschten sich durch das Dickicht, versuchten, nicht auf kleine Ästchen zu treten. Die Fahne bei der Tonerl-Hütte war gehisst. Der warme Sommerwind säuselte leise in der markanten Buche. Die Hütte war geschlossen. Nun hieß es robben. Langsam und stetig. Schließlich lagen sie bäuchlings auf der Erde, leicht erhöht auf einem Tuffvorkommen, Tuff, der Reichtum Huglfings. Die Hauser Burschen robbten auf Huglfinger Flur und blickten geradewegs in den Himmel auf Erden. Der Blick auf das Schwimmbad des Mütterheims war fast überirdisch, besser, als jedes Kino es je hätte sein können. Da lagen sie in Liegestühlen, sie dösten, sie trugen Badeanzüge. Nackte Haut, weiß wie Schnee, Haare, die glänzten im Sonnenlicht. Sie schliefen, dösten, plauderten. Eine löste sich aus ihrem Stuhl. Es war die Frau mit dem kurzen Haar. Sie zupfte am Träger des Badeanzugs. Ihre Brüste hüpften dabei. Quälend langsam erhob sie sich. Dann zog sie den bunten Stoff auch an den Hinterbacken zurecht. Sie war eher mager zu nennen, aber sie war den Jungen doch eine Göttin. Dann streckte sie sich wie eine Katze, pure Provokation, wenn sie gewusst hätte, dass sie beobachtet wurde. Oder wusste sie es? Die, die schon mal da gewesen waren, wussten es. Bayern, für junge Frauen aus deutschen Großstädten ein gelobtes Land. Ihre Mütter waren nach 45 Trümmerfrauen gewesen, sie selbst – vielleicht zehnjährig oder zwölfjährig –, hatten wenig Zeit zum Spielen. Mädchen hatten zu helfen, zu funktionieren, zu reagieren, nicht zu agieren. Zehn Jahre später hatten sie schon selbst Kinder, von Amis und Franzosen, und waren müde. Müde, lange vor der Zeit. Und dann Huglfing. Mitten in Wiesen, mitten in Wäldern, wo die Luft nicht nach Kohle roch, sondern eine war, die man schmecken und riechen konnte. Wo man durchatmen konnte, aber irgendwann – bald zumeist – wurde zu viel Klarheit zu Last und Langeweile. Vage Spielchen mit hohen Einsätzen wurden gespielt. Spiele, deren Ausgang ungewiss war. Spannung war gefragt, sie hatten etwas nachzuholen. Das alles erkannte Karli Jahre später, in jenen Jahren, in denen er viel Zeit hatte zum Nachdenken.

In jenem heißen Sommer gab es Männer zuhauf. Die staunten und denen der Kamm schwoll, die herumgockelten und balzten und durchaus Erfolge zu verzeichnen hatten. Karli wusste es genau: Die Frauen gingen den Fußweg nach

Berg hinauf zum Wirt, und dort wurde gebechert. Auf dem Rückweg fand sich ein Stadel, der großzügig und verschwiegen seine Pforte öffnete und sein Heubett zur Verfügung stellte. Er hatte es selbst gesehen, weil er hinterhergeschlichen war und durch die Tür gespäht hatte. Damals war er elf gewesen und hatte das rote Hinterteil eines Mannes, das über einer heruntergerutschten Krachledernen sich hektisch auf und ab bewegte, als lustig empfunden. Die Frau unter ihm war kaum zu sehen. Sie hatte spitze Schreie ausgestoßen, bis er ihr die Hand auf den Mund gelegt hatte. Er hatte das nicht verstanden. Heute war er sechzehn und verstand besser.

Lange lagen sie so, bis eine Glocke die Damen zum Essen rief. Ein Glückstag, weil sie alle aufstanden und die Leiber reckten. Da war das Mädchen mit den endlos langen Haaren. Sie nahm die endlosen Fäden und drehte einen Knoten daraus. Sie blickte in die Richtung der Jungen. Ihr Gesicht war fein geschnitten, sie sah jünger aus als Anna, die große Schwester von Karli. Sie war um so vieles zarter. Sie war schön. Es war das erste Mal, dass Karli spürte, was absolute weibliche Schönheit auslösen konnte. Ehrfurcht, die auch – und dann die Tatsache, dass das Liegen auf dem Bauch sehr unbequem wurde, drückend!

Als sie wieder beim Anzinger waren, seufzte Schorschi tief aus allertiefstem Seelengrund.

»Was ist los?« Hansl lachte.

»Ich würde so gerne mit so einem Mädchen einmal, einmal reden.« Schorschi flüsterte fast.

»Kannst du doch!«

»Ich? Nie.«

Da baute sich Hansl vor ihm auf. »Wir sind Musiker.

Frauen lieben Musiker, und morgen spuin wir beim Wirt auf, und die Frauen werden da sein.«

»Wir sind sechzehn Jahre alt. So ein Mädchen redet nicht mit Sechzehnjährigen.« Schorschi flüsterte immer noch.

»Wir sind Musiker. Damit alterslos. Außerdem sagen wir nicht, wie alt wir sind«, sagte Hansl altklug.

Pauli lächelte ihn gutmütig an. »Det glob icke nich.«

Hansl lachte lauthals. »Jetzt bist du schon so lange bei uns und kannst immer noch kein Bayerisch. Das kannst du schon glauben, Musiker haben einen Schlag bei Frauen. Wir sind der Hauser Viergesang.«

»Und die Bruderschaft der sprechenden Tiere«, rief Karli kämpferisch.

Sie musizierten am Abend. Die vier. Schorschi schaute stets irgendwohin, um bloß nicht einen Blick der Frauen zu kreuzen. Pauli wirkte fast grantig vor lauter Anspannung. Hansl hatte sein Pfiffikus-Lächeln aufgesetzt. Karli suchte mit seinen Augen die dunkle Schönheit. Und dann lächelte sie ihm zu. Jetzt hätte er Tenor sein wollen, himmelhochjauchzend jubilieren. Er war der Bass, aber auch das war gut so. Sie hatte gelächelt. Der Vater trat ein und mit ihm zwei andere Berger Bauern. Im Sonntagsstaat waren sie gekommen, der Vater sah erhitzt aus. Großspurig ließ er Bier kommen und hielt die ganze Wirtschaft frei. Man mochte ihn nicht, den Laberbauern, aber sein Bier tranken sie gerne. Es waren acht Frauen aus dem Mütterheim da, und auch die wurden zum Bier genötigt. Plötzlich setzte sich die Frau mit den kurzen Haaren zu Karli und legte ihm den Arm um die Schulter. »Ihr singt so schön. Könnt ihr das Kufsteinlied?« Sie lachte und lachte, und Karli war zum Eisblock erstarrt.

Hansl rettete ihn, Hansl, der kühne Spruchbeutel, sagte allen Ernstes: »Können wir, aber nur, wenn die Damen sich zu uns setzen.«

»Natürlich!« Sie winkte den anderen, und acht junge Frauen gruppierten sich um den Viergesang. Die dunkle Schöne kam neben Karli zu sitzen. Nun war er eingerahmt von zwei Mädchen, dem blonden Strubbelkopf und seiner Göttin. Durch ihr dünnes Sommerkleid war die Wärme ihres Oberschenkels zu spüren. Der Eisblock schmolz und wurde zum glühenden Feuerball. Dann sang sie mit in einer glockenhellen Stimme. Karli war schlagartig erwachsen. Er liebte.

Später in diesem Sommer wurden sie von der Heimleiterin ganz offiziell ins Mütterheim eingeladen, um dort zu singen. Mittags, zu einer Sonntagsmatinee. Karli wusste nicht, was eine Matinee war, aber sie brachte ihn näher an seine Göttin. Sie sangen und tranken Schnaps an der Tonerl-Hütte. Das Leben war leicht. Karli hatte von der Göttin erfahren, dass sie Magda hieß und aus Gelsenkirchen stammte. Sie erzählte von einer fremden Welt. Vom Bergbau, von Stahlkochern. In Peißenberg gab es Bergbau, Hansl und Schorschi arbeiteten dort, aber das, was sie erzählte, klang gewaltiger als alles, was Karli sich vorstellen konnte. Sie war zweiundzwanzig Jahre alt und hatte zwei Kinder, ihr Mann war bei einem Grubenunglück gestorben. Sie sprach davon, als gehöre diese Geschichte zu einem fremden Leben, nicht zu ihrem. Hansl hatte am Abend irgendwoher Bierflaschen mit Bügelverschluss aufgetrieben und verteilte die Literflaschen großzügig. Es dämmerte bereits, als die Göttin Karli fragte: »Krieg ich einen Schluck?«

Wortlos reichte er ihr die Flasche. Sie hakte sich bei ihm ein, und er ging los, mechanisch, aber doch so, als hätte er

Jahr und Tag nichts anderes getan als einer Dame den Arm gereicht. Sie schlenderten zur Turnhalle und retour, dann umrundeten sie das Rondell, eine Baumgruppe, die aus dem verwunschenen Garten einen gewollt geplanten Landschaftsgarten machte. Der Herbst kündigte sich an, Feuchtigkeit kroch aus dem Wald. Die Göttin fröstelte. Gewandt legte er ihr seinen Strickjanker um die Schulter, nun war er Herr der Lage. Er war ein Mann! Sie lächelte ihn dankbar an. »Es wird schnell frisch bei euch in Bayern.«

»Das liegt auch daran, dass der Grundwasserspiegel sehr hoch liegt. Der Schönsee war früher viel größer. Das hier war alles See.«

»Was du alles weißt!« Sie drückte sich fester an ihn.

Karlis Herz war am Zerbersten. Sie bewunderte ihn. »Ich zeig dir noch was.« Sie gingen auf dem Zufahrtsweg, und rechts des Weges deutete er auf einen kleinen Hügel. »Siehst du den?«

Sie nickte.

»Das ist ein keltisches Hügelgrab.«

»Wirklich?« Ihre braunen Augen waren rabenschwarz. »Woher weißt du das?«

»Ich weiß es. Die Kalten fressen da nicht. Sie spüren das. Ich spüre das auch.«

»Die Kalten?«

»Die Oberländer Rösser. Pferde sind sensibel.«

»Aber dann müsst ihr graben. Vielleicht sind Schätze darin.« Sie lachte glockenhell und herausfordernd.

»Es ist ein Grab. Man darf die Ruhe der Kelten nicht stören. Niemands Ruhe soll man stören!«

Da wandte sie sich plötzlich zu ihm um, schlang die Arme um seinen Hals und küsste ihn. Er küsste sie zurück. Seine

Zungenspitze fand die ihre. Die Welt hatte aufgehört, sich zu drehen.

Als sie sich von einander lösten, sagte sie: »Du bist so anders als er. Du bist so gut und so jung. Viel zu jung.«

Er verstand sie nicht, aber er wollte auch nur an den Kuss denken. Wenige Tage später reiste sie ab mit dem Versprechen zu schreiben. Sie schrieb tatsächlich, er auch. Kurze, seltsam distanzierte Briefe über Alltäglichkeiten, die ihm doch so intim vorkamen. Einen ganzen Winter lang. Die Briefe gingen an Hansls Adresse. Nach Hause hätten sie nie kommen dürfen.

Gerhard stammte selbst vom Lande. Aus einem kleinen Dorf. Schlagartig wurde ihm bewusst, dass er sich nie für die Vergangenheit interessiert hatte. Seine Eltern hatten auch nie etwas erzählt vom Leben in den fünfziger Jahren. Hier aber, im Wohnzimmer der Albrechts, spürte Gerhard zum ersten Mal, mit welcher gewalttätigen Macht die Vergangenheit ins Hier und Jetzt hereindrängte. Anna Albrecht hatte also Johann Draxl gern gesehen. Draxl, der tot war. Und ihr Bruder war ein Mörder? Es fiel Gerhard fast ein bisschen schwer, den Faden wiederzufinden. So viele Gedanken wirbelten unsortiert durch seinen Kopf.

»War sie nun die Geliebte von beiden?«, fragte Gerhard schließlich.

»Ich kann nur spekulieren. Ich glaube, sie hatte Sex mit meinem Vater und ein klares Ziel. Sie wollte Geld. Sie mochte meinen Bruder, glaube ich zumindest. Er hat sie geliebt. Ich denke, rein platonisch. Das war eine andere Zeit, schon Händchenhalten war der Gipfel aller erotischen Fantasie bei einem Sechzehnjährigen.«

Sie war aufgestanden und war zu einem schönen alten Bauernschrank gegangen. Sie kramte in einer Kiste und förderte ein Foto zu Tage. Ein Gruppenbild von 1956. Im Hintergrund stand das dreistöckige Gebäude. Aha, dieses Mütterheim. Davor junge Menschen, kecke Gesichter, hoffnungsfrohe Mienen.

Sie begann, die Personen zu erklären: hinten Paul Matzke, der sommersprossig gewesen war und dem eine dunkle Haarsträhne ins Gesicht hing. Daneben Georg Kölbl. Bleistiftdünn, mit einer spitzen Nase. Gerhard kam es wie Spannertum vor. Er hatte beide Männer im Angesicht des Todes gesehen. Schwere Männer, deren Augen vom Teufel erzählt hatten. Fünfzig Jahre waren zwischen den beiden Bildern vergangen, ein halbes Leben zwischen den hoffnungsvollen Jungs und dem grausamen Antlitz des Todes. In der Mitte war der Hausmeister des Mütterheims zu sehen, neben ihm Karl Laberbauer. Das war er also. Er sah älter aus als sechzehn Jahre, er war groß und muskulös und das, was man einen hübschen Burschen nannte. Er schaute auf dem Foto sehr grimmig. Neben ihm, das hätte Gerhard auch ohne Erklärung erkannt, war Johann Draxl auf das gelbliche Papier gebannt. Er hatte helle Haare und lustige Augen. Er machte Hasenohren über dem Kopf eines Mädchens, das vor ihm stand. Anna Albrecht, damals Laberbauer. Sie trug auf dem Bild ein Dirndl, sie hatte sicher nicht den Arsch eines Brauereirosses, im Gegenteil: Sie hatte eine sehr schöne frauliche Figur. Sie trug Zöpfe zu einem Krönchen gedreht. Aber Gerhard verstand, was sie gemeint hatte. Denn neben ihr, direkt vor ihrem Bruder, stand ein Wesen. Dünn, zerbrechlich, gleichsam nicht aus Fleisch und Blut. Es war augenscheinlich, wer das war. Und auch heute, fünfzig Jahre später, fühlte Gerhard diesen Stich: Das war die absolute Schönheit. Auf dem Foto war noch die Heimleiterin zu sehen, einige andere junge Frauen und eine, die sich vor den Füßen aller räkelte: die mit den kurzen Haaren. Auch sie ungewöhnlich dünn mit ihrer Wespentaille – und ungewöhnlich anziehend. Er verstand Anna Albrecht. Sie wirkte in diesem Kreis einfach zu gesund. Nicht mystisch, verführerisch, gefährlich. Nein, sie war wunderhübsch und gesund. Dorfhübsch und bauerngesund.

»Sie war wirklich sehr schön«, sagte Gerhard und betrachtete das Foto weiter wie gebannt.

*

Fuizbuam Sommer 1957

Karli saß auf dem neuen Schlüter-Bulldog, ein viel besserer als der, den sie in Achberg hatten. Ein besserer, als sie im ganzen Landkreis hatten, hatte sein Vater geprahlt. Gestern war es gewesen, als sie beim Berger Wirt gesessen waren. Zusammen mit den anderen Berger Bauern. Sein Vater nötigte ihn in letzter Zeit dazu mitzukommen. »Ich geh in den Austrag«, hatte er gegröhlt, »und der Karli macht weiter.«

»Austrag, haha, den Weiberröcken stellt er nach. Dei Voder ist a rechter Weiberer«, war es vom Nachbarn gekommen. »Und morgen kommen sie wieder, Laberbauer.« Sein Vater klopfte sich auf den Bauch. »Und das ist der Kompressor für den Hammer. Die sollen nur kommen.« Karli hasste dieses Gehabe. Dieses dreckige Lachen. Sein Vater war uralt. Er war zweiundvierzig. In so einem Alter sollte man keine solchen Reden führen.

Aber gleichzeitig hatte er verstanden, wer mit »sie« gemeint war. Die Mütter! Und die Göttin würde dabei sein, sie hatte geschrieben. Und nun saß er auf dem Bulldog und verrenkte sich den Kragen, weil er ständig auf die Bahnlinie schauen musste. Er hörte den Zug, natürlich konnte er aus dieser Entfernung nichts sehen, aber er fühlte die Anwesenheit der Göttin. Es blieb beim Fühlen, weil sie mitten in der Heuernte waren und einfahren mussten. Wie fast jedes Jahr war der zweite Schnitt ein Lotteriespiel. Die stabile Wetterlage wollte sich nicht einstellen, sie mussten schnell sein zwischen den Gewitterfronten, die heranrollten wie die Wogen des Meeres. Bevor sie den letzten Wagen drin hatten, begann es zu regnen. Das Grollen war aus der Ferne zu hören. Vom Hohen Peißenberg her kam es näher. Dann schlug es ganz in der Nähe ein, Blitze durchzuckten den Himmel. Der Vater gab hektisch Befehle, er brüllte und schrie. Die Knechte und Mägde wirbelten nur so durcheinander. Lotte und Zilly, die beiden Süddeutschen Kaltblutdamen, die sonst von stoischem Gemüt waren, wurden angesteckt von der Stimmung, die geladen war von einer bösen, gewalttätigen Energie. Karli hatte zu tun, die beiden Pferde am Durchgehen zu hindern. Dann hatten sie das Heu unter Dach. Karli spannte aus. Der Vater brummte so was wie »danke« und verzog sich ins Wirtshaus. Sagte er. Damit war Karli seinem strengen Auge entkommen und konnte sich davonstehlen.

Nach dem Gewitter war der Wind aufgekommen und mit ihm eine empfindliche Abkühlung. Es war kalt, aber Karli glühte. Es dämmerte, und Karli hatte keine Ahnung, wie er sie treffen sollte. Er nahm den bekannten Weg am Anzinger und der Turnhalle vorbei, vorbei an der Tonerl-Hütte, und drückte sich dann am Waldrand herum. Das Haus war hell erleuchtet. Leise Musik drang an sein Ohr, jemand spielte

Klavier, er hörte Gesang. Fieberhaft suchte Karli nach einem Vorwand, der ihn nach drinnen ins gelobte Land bringen würde. Aber er hatte keine Nachricht zu überbringen, wie sollte er da reinkommen? Wie er so dastand, öffnete sich die Haustür. Jemand schlüpfte heraus. Nur kurz stand die Person im Lichtschein. Es war Magda, die Göttin. Karli wollte sie rufen, aber seine Stimme erstarb. Die Göttin war am Haus entlanggeeilt und verschwand an der Nordseite plötzlich. Sie wurde gleichsam verschluckt. Karli war ihr gefolgt, sein Herz war lauter als der Donner des abziehenden Gewitters, das immer noch in Oberammergau in den Felswänden grummelte. Karli entdeckte eine Tür, dort also war sie verschwunden. Er drückte sie auf und fand sich in einem Keller wieder. Er hörte leise Stimmen. Er wandte sich nach rechts und stolperte über einen Absatz. Langsam gewöhnte sich sein Auge an das Dunkel. Vor ihm baute sich ein Riese auf, er war nahe daran zu schreien, bis er merkte, dass das ein gewaltiger, senkrechter Boiler war. Die Stimmen kamen von einem Raum noch weiter hinten. Wieder zwei Boiler, diesmal in der Waagerechten, in Brusthöhe montiert. Und von rechts hörte er es. Nein, sie. Er hörte sie.

»Sei nicht so grob. Wie sagt ihr? Du Lackl?« Sie lachte schrill. So lachte eine Göttin doch nicht.

»Du willst es doch, du Fluckn. Du brauchst es!«

Karli kannte die Stimme. Er war eine Stimme, die ihn sein Lebtag begleitet hatte. Eine Stimme, die ihn angebrummt hatte, ihn ausgeschimpft, eine Stimme, die ihn oft verspottet hatte. Eine Stimme, die ihn nie mit Worten liebkost hatte. Es war die Stimme seines Vaters. Karli musste sich fast zwingen, nach rechts zu sehen. Er kauerte nun unter den beiden Boilern und spähte nach rechts.

Eine halbblinde Laterne baumelte an einem Ventil und beleuchtete dicke Rohre und wieder seltsame Boiler. An so einen war die Göttin gelehnt. Nicht gelehnt, nein, genagelt, gezwungen! Der Mann vor ihr hatte mit einer Pranke ihre beide Handgelenke umfasst und hochgerissen, dass ihre Arme weit nach oben überstreckt waren. Gefesselt ohne Fesseln. Die andere Pranke hatte eine kleine weiße Brust umschlossen, walkte sie, und dann zogen Daumen und Zeigefinger an der Brustwarze. Karli konnte sehen, wie die Brustwarze sich dehnte. Die Frau schrie auf, der Mann lachte. »Halt's Maul Stadtschlampe«, lachte er. Plötzlich ließ seine Pranke von ihren Brüsten ab und löste seine Hose. Die Krachlederne sank zu Boden. Auch die zweite Hand löste sich nun. »Mach!«, herrschte er die Frau an, die langsam auf die Knie sank. Er hatte die Pranken nun in ihrem Haar, das den dreckigen Boden berührte. Dann riss er sie an diesem Haar hoch, packte sie an den Hinterbacken und drückte sie gegen den Boiler. Ihre langen Beine lagen um seine Hüfte. Ihrer beider Stöhnen vermischte sich, bis der Mann einen Urschrei ausstieß. Sie glitt an dem Boiler zu Boden. Beide zogen sich an, es war auf einmal grabesstill, bis sie sagte: »Wann sagst du es deiner Frau?«

»Ich habe nichts zu sagen.«

»Hast du, sonst sage ich es ihr.« Wieder dieses schrille Lachen. »Du wirst mich heiraten.«

Der Vater brummte etwas. Der Lichtschein bewegt sich. Er hatte die Lampe von einem der Ventile der Rohre genommen, an dem sie gehangen hatte. Sie schwenkte von dannen und mit ihr die beiden Menschen. Die Frau und der Mann. Aber das war nicht eine Frau, nicht ein Mann. Das war seine Göttin, das war sein Vater. Karli kauerte noch lange unter den waagerechten Boilern. So lange, bis seine Tränen ein Meer waren.

Am nächsten Tag kam Hansl vorbei. »Sie sind wieder da!«

»Und!« Karlis Stimme war aggressiv. Er wandte sich zum Gehen.

»Na, wir müssen sehen, dass wir beim Sommerfest aufspuin. Sie planen was am Wochenende«, rief Hansl und hielt ihn an der Schulter fest.

»Mir egal, was die planen!« Er gab Hansl einen Stoß, dass der fast gestürzt wäre.

»Spinnst du? Was ist los?«

»Nichts ist los!«

»Dann spui mer am Wochenende.«

Sie spielten. Wie hätte Karli auch erklären sollen, warum er nicht spielen wollte. Sie spielten, und diesmal war es an ihm, überallhin zu sehen, nur nicht dorthin, wo er in ihre dunkelbraunen Augen hätte eintauchen müssen. Sie erwischte ihn auf einem Gang, als er hinausgehen wollte, um sich zu erleichtern.

»Karli. Warum begrüßt du mich nicht?« Sie hüpfte neben ihm her, ihr Rock schwang um ihre dünnen gebräunten Knie. Hexen hatten dürre Knie. Sie versuchte sich bei ihm einzuhängen.

Er stieß sie weg. Sie taumelte und sah ihn entsetzt an. Und dann flackerte in ihren Augen etwas auf. Verstehen. Ein jähes Verstehen. Sie packte ihn am Arm und zog ihn in eine Nische.

»Du weißt?«

Karli schwieg und starrte zu Boden.

»Du weißt von deinem Vater und mir?«

Es bedurfte keiner Antwort.

»Karli«, sie hatte sein Gesicht in ihre Hände genommen

und zwang ihn, sie anzusehen. »Karli, das verstehst du nicht. Du bist so jung. Du dummer Bub, du.«

Als sie versuchte, ihn auf den Mund zu küssen, riss er sich los und rannte. Rannte Treppen hinunter, durch die Tür, über den Fußweg. Er zerriss sich am Tor sein Hemd. Er rannte nach Berg hinauf und vorbei an all den Höfen. Hinunter Richtung Etting, bis seine Muskeln versagten und sein Meer aus Tränen nur noch größer wurde. Nein, das verstand er nicht. Er war kein dummer Bub. Er liebte. Nein, er hatte geliebt, und nun begann er zu hassen.

Die nächsten Wochen folgte er ihnen, beobachtet sie in schmerzlichster Selbstverachtung. Er beobachtete, wie er sie am Berger Kreuz nahm, im fahlen Licht des abnehmenden Mondes. Er beobachtete sie noch zweimal unter den martialischen Rohren dieser dunklen Heizungsunterwelt. Er beobachtet, wie sie sich liebten. Sich liebten? Sah so Liebe aus? Er quälte sich mit jedem Mal mehr. Karli lernte, dass die schlimmsten Schmerzen die sind, die man sich selbst zufügt.

Karli war diesen Sommer kaum an der Ach gewesen, da wo sie immer badeten. Wo Hansl immer irgendwo ein Bier »organisiert« hatte. Wo sie sangen und ihre Zukunft erträumten. Karli hatte keine Zukunft mehr. Noch war es Mitte August, und doch ging es auf den Herbst zu, unmerklich erst, aber doch so, dass die kalte Feuchtigkeit schon gegen sieben aus den Filzböden kroch. Karli ersehnte den Herbst, er ersehnte den September, wo sie abreisen würden. Es war einer dieser ersten kühlen Abende, als er dem Vater wieder folgte. Aber er ging nicht ins Mütterheim, es zog ihn zum Krenn. Er war allein, bis ein Mann auftauchte. Er wirkte gealtert vor der Zeit. Er lief schon ein wenig gebückt, obgleich er doch auch nur Mitte vierzig war. Es war Schorschis Vater. Karlis Vater stieß ein »Habe die Ehre aus«, und das betonte er so widerwärtig, so sarkastisch, dass Karli zusammenzuckte. Wieso ließ sich Schorschis Vater das gefallen?

»Na Kölbl, bei dir steht das Mittelmeer?«, hörte Karli seinen Vater sagen.

Schorschis Vater konnte damit genauso wenig anfangen wie Karli.

»Na, du hast keine Mittel mehr! Haha.« Karlis Vater wollte sich ausschütten vor Lachen.

Schorschis Vater bewahrte immer noch eine eiserne Ruhe. Oder es war einfach Resignation. Jene Resignation über ein Leben, in dem es nichts mehr zu verlieren gab. Wo Anfechtungen und Spott abtropften, weil das alles schon einmal da gewesen war. Nur viel schlimmer. Viele Male viel schlimmer. Und genau das schien Karlis Vater zu spüren, die Tatsache, dass sein Gegenüber nichts mehr zu verlieren hatte. Er schob ihm ein dickes Geldbündel hinüber.

»Da, das wolltest du doch, du dreckiger, kleiner Erpresser.«

Schorschis Vater nahm das Geld. »Laberbauer, du bist nicht unverwundbar. Mich und mein Schweigen magst du gekauft haben, aber was machst du mit ihr? Glaubst du wirklich, sie reist einfach so ab. Laberbauer es trifft jeden. Manche spät, aber es trifft sie.«

»Kölbl! Das lass meine Sorge sein. Die Kleine wir mir keinen Ärger machen. Mir nicht. Dafür sorge ich schon.«

Ja, sein Vater sorgte immer für alles. Aufsässige Knechte hatte er verprügelt. Aufsässige Mägde hatte er abends in die Tenne geholt. Als kleiner Bub hatte Karli manchmal Schreie von Frauen gehört. Verzweifelt, flehend, sie hatten um Hilfe gefleht. Heute wusste er, welche Ursache diese Schreie gehabt hatten. Heute wusste er, warum seine Mutter so oft geweint hatte.

Das Bild ließ Gerhard nicht los. Karl Laberbauer sah auf dem Bild so jung aus und verletzlich, wie er da abgelichtet war mit seinem bewusst aufgesetzten grimmigen Blick Und das Zauberwesen? Gerhard versuchte, im Bild etwas über diese junge Schönheit zu ergründen. Sie war zweifellos überirdisch schön, aber mit ihren Augen stimmte etwas nicht. Ihr Blick war – leer. Los Bild, erzähle mir, was damals vorgefallen ist! Gerhard starrte noch immer das Stück Papier an. Über eines aber war er sich absolut sicher. Ein Sechzehnjähriger hätte niemals einfach so ein Verhältnis mit einer so schönen Frau anfangen können. Er erinnerte sich an seine Jugend. Je hübscher die Mädchen gewesen waren, desto schwerer war es ihm gefallen, sie anzusprechen. Und mit sechzehn hatte er noch Fußball und Eishockey gespielt, vielleicht mal bei einer Flaschendreh-Party geknutscht, aber Sex? Niemals! Und er war Ende der Siebziger jung gewesen, nicht in den fünfziger Jahren. Endlich löste Gerhard den Blick vom Foto und sah Frau Albrecht an.

»Glauben Sie, dass Ihr Bruder sie umgebracht hat?«

»Nein!«

»Sie sagen das mit solcher Gewissheit.«

»Er hat sie geliebt. Er hat sie unendlich geliebt, so wie man nur einmal im Leben liebt.«

»Wenn Sie so sicher sind: Wieso haben Sie nie Partei für Ihren Bruder ergriffen?«

»Ich war ein Mädchen, weniger als nichts. Das Larvenstadium nie verlassen. Es gibt ein Pech im Leben, als Mädchen geboren zu sein.«

»Aber Sie waren nicht immer ein Mädchen. Sie waren und sind eine erwachsene Frau.«

Gerhard war wütend. Wieso spannen alle Menschen immer an der Legende, nichts getan haben zu können. Wir waren nie Täter, immer nur Opfer. Tausend Gründe für das Verharren. Familie, Gesellschaft, schlechte Bedingungen, Krankheit, und heutzutage, wo die Determination durch die Gene wieder so »in« war, hatte Gerhard manchmal das Gefühl, dass seine Umgebung einfach fatalistisch mit den Schultern zuckte. Ich kann nicht anders. Er dachte an Jo. Sie hatte nie eingewilligt. Würde es nie tun, jetzt nicht und in Zukunft. In Jos Leben kam Mittelmäßigkeit nicht vor. Er hatte ihr das vorgeworfen. Das war falsch gewesen, so falsch. Plötzlich überflutete ihn eine Welle der Sehnsucht. *Bring back the good old days.* Er hatte Sehnsucht nach Jo, nach dem einfachen Leben in Kempten. Schule, cool sein, Nest, Willofs, Oberwang, Pegasus, noch cooler sein. Jo immer mittendrin, nie mittelmäßig. Immer die Königin der Nacht. Er rappelte sich auf aus seinen Gedanken.

»Warum haben Sie nichts unternommen?«, fragte er noch mal.

»Warten Sie, Herr Weinzirl, Sie sind noch jung. Ihre Wut ist die Wut der Jugend. Warten Sie, bis Sie siebzig sind wie ich. Und dann blicken Sie zurück. Wie viele Meinungen haben Sie kennen gelernt? Wie vielen falschen Ratgebern haben Sie zugehört? Wie vielen richtigen? Und konnten Sie das überhaupt unterscheiden? Erst in der Rückschau können wir Bilanz ziehen. Wie oft wurde alles auf den Kopf gestellt, an was Sie einmal fest geglaubt haben. Durch wie viele Stürme haben Sie Ihr Boot manövriert, und wie oft hing das Überleben von etwas ab, an das sie vor dem Sturm nicht mal gedacht haben. Glauben Sie nicht, dass ich mir keine Vorwürfe mache! Jeden Tag meines Lebens. Ich sage heute nicht, ich konnte nicht anders. Ich hätte anders gekonnt mit meinem Wissen von heute. Aber das hatte ich nicht.«

Sie saß wieder neben ihrem Mann, der erneut ihre Hand ergriffen hatte. »Und dann war da der Herr Pfarrer, der sogar von der Kanzel predigte, was für eine Schlange wir da im Dorf an unserer Brust genährt haben. Er hatte unsere Familie öffentlich angeprangert. Und genauso öffentlich hat sich mein Vater von Karl distanziert.«

»Hat er denn nicht Partei für seinen Sohn ergriffen?«

Sie gab ein Schnauben von sich. Angewidert. »Er stand nie hinter uns. Wir haben nie etwas richtig gemacht. Vater hat gesagt, er sei Karli und Magda gefolgt. Er hätte geahnt, dass Karli einen Bastard zu verantworten habe. Er sei ihnen gefolgt, bis auf den Gipfel, und Karli habe sie hinuntergestoßen. Er hätte noch versucht, ihn zu hindern. Aber er sei zu spät gekommen. Wieder und wieder hat er es erzählt. Am Ende habe ich es geglaubt. Er hat dem Pfarrer großzügige Spenden zukommen lassen, und schließlich hat der Pfarrer wieder von der Kanzel gepredigt. Dass wir nichts für den Verderbten in unserer Mitte könnten. Dass wir Buße getan hätten und das Dorf uns wieder aufnehmen möge.«

»Aber warum hatte der Pfarrer solche Macht?«

»Er war der Pfarrer.« Sie sah Gerhard überrascht an. »Er war der Pfarrer!«, wiederholte sie. »Gottes Vertreter auf Erden! Es war 1957. Der Pfarrer und der Doktor, die hatten etwas zu sagen. Und der Vater. Er war der reiche Laberbauer. Der Pfarrer hat das sehr wohl gewusst und ausgenutzt. Meine Mutter hat das Spiel nie durchschaut. Sie war der Meinung, dass die Anwesenheit des Pfarrers in unserem Haus sie gleichsam heiliger macht.«

»Aber wäre es nicht die Aufgabe des Pfarrers gewesen, seinem Schäfchen zu helfen. Dem armen Karli in seiner Verirrung die Hand zu reichen? Es gibt Protokolle vom Prozess.

Den Ausschlag für die harte Strafe hat der Pfarrer gegeben.«

»Er war ein schwacher Mann, voller Selbsthass. Es ist ja nicht gesagt, dass ein Mann Gottes ein gütiger, kluger Mann sein muss. Wir waren Kinder. Ängstliche Kinder. Andere Kinder als heutige Kinder. Wir waren wirklich nur Larven in den Augen der Erwachsenen. Uns wurde Denken und Fühlen abgesprochen. Wir hatten ja Glück, Grund zu haben und immer genug zu essen. Die Maxlrieder, die Fuizbuam, die hatten damit zu tun, jeden Tag ihren Hunger zu stillen. Da war wenig Zeit für philosophische Gedanken, fürs Aufbegehren.«

»Aber Ihr Bruder hat aufbegehrt?«

»Ja, aber sein vergleichsweise gutes Leben hat ihm Raum dazu gelassen. Und das hat den Pfarrer so provoziert. Er sah eine Welt auf sich zukommen, die sich nicht mehr mit Macht und körperlicher und seelischer Gewalt unterjochen ließ. Mein Bruder war ein erster Vertreter. Trotzig und mutig. Solche Kinder würden heranwachsen, seine Welt würde zerbrechen. Er hat ihn gehasst, mehr noch das, was er verkörpert hat.«

»Diese Macht der Kirche, dieser Machtmissbrauch …« Gerhards Worte verklangen. Er rang um Formulierungen und hatte doch keine Worte. Er war eine andere Generation, aber auch er hatte irgendwo in seiner Seele noch die Erinnerung an das Gefühl, wenn es zum Beichten ging. Dieses Unwohlsein, das die Kehle überflutet hatte, das Sprechblockaden im Angesicht des Pfarrers hervorgerufen hatte. Obwohl seine Eltern alles andere als bigott gewesen waren. Seine Mutter hatte ihn eher immer ermuntert: »Beicht halt irgendeabbas, damit gredt isch.« Trotzdem, das Gefühl war da. Die Kühle des Rosenkranzes in seinen Händen. Der Geruch nach Weihrauch. Die Dunkelheit. Das Flackern der Kerzen. Verführerisch und bedrohlich zugleich.

»Nicht der Kirche! Einzelner! Was soll eine Kirche denn sein? Ein schlingerndes Boot? Sie braucht klare Werte, auch wenn das manchen zu reaktionär ist. Wenn alles relativ ist und das Ego als der einzige Maßstab gilt, wo finden wir dann noch Halt?«

Gerhard war versucht, eine hitzige Diskussion zu beginnen, aber er hielt inne. Hatte sie nicht Recht? Was wäre das für eine Kirche, wenn sie nicht Regeln aufstellen würde. Strenge Regeln. Ein Korsett gab eben auch Halt. Es stützte.

»Als er verurteilt war, was haben Ihre Eltern gemacht?«

»Bei uns gab es ihn nicht mehr. Mein Vater sagte nur einmal: Dieser ist nicht mein Sohn. Es war klar, dass wir keine Widerworte zu geben hatten.«

»Aber Ihre Mutter?«

»Sie starb im Frühjahr 1958.« Mehr sagte sie nicht. Mehr wollte Gerhard auch nicht wissen.

»Und die Freunde? Johann Draxl, der war doch ein gewitzter Junge, nehme ich an. Hat er das so hingenommen?«

»Nein, er hat auch versucht, Karli in der Anstalt zu schreiben. Die Briefe kamen alle retour. Aber selbst ein Hansl wurde zermürbt. Der Pfarrer hat die Auftritte des Viergesangs, der nun ja ein Dreigesang war, verboten. Er nannte sie Mörderbande. Ich glaube, Hansl hätte weiter gekämpft. Aber dann starb sein kleiner Bruder Hermann. Auch im Frühjahr 58, an Diphterie. Agi, seine Mutter, wäre fast daran zerbrochen. Hansl hatte andere Sorgen. Ich auch, auch wir trafen uns nicht mehr. Und Paul war inzwischen in Berlin und Schorschi in Oberammergau. Schorschi hat 1962 geheiratet, das habe ich erfahren, aber da lebte er schon in einer anderen

Welt. Hansl war in Weilheim, er hat 63 geheiratet, auch das habe ich nur aus der Zeitung erfahren.«

Erneut spürte Gerhard, welche Tragödie da das Leben junger Menschen durchkreuzt hatte. Was Anna Albrecht da so emotionslos berichtete, war der Zusammenbruch eines Gefüges, das so überschaubar gewesen war. Nicht immer leicht, aber voller Klarheit, voller klarer Grenzen. Es war klar, dass ein Mädchen standesgemäß zu heiraten hatte, die reichen, schlitzohrigen Bauerngeschlechter den Wohlstand vermehrten und die im Sumpf, im Moos, im Fuiz, froh zu sein hatten, dass es ausreichend Essen gab. Sie hatten die Regeln verletzt, sie hatten die Grenzen überschritten, ohne zu wissen, dass im Niemandsland dahinter Gefahren lauerten, die sie nicht mal erahnen konnten.

»Frau Albrecht, damit ich ein besseres Bild von Ihrem Bruder bekomme: Er war also ein Trotzkopf und Revoluzzer auf der einen Seite und extrem sensitiv auf der anderen?«

»Ja. Ist das nicht oft so? Großen inneren Schmerz und große Leidenschaft empfinden nur feinfühlige Menschen. Was sie dann für Filter dazwischenschalten und was dann an der Oberfläche ankommt, ist eine ganz andere Sache. Karl war seiner Zeit voraus. Ich glaube sogar, dass er so was wie das zweite Gesicht hatte. Er besaß Intuition, er war mystischen Dingen und Zeremonien sehr aufgeschlossen. Er hat sich als Bub unheimlich für die Kelten interessiert. Er kannte Hügelgräber, die bis heute noch kein Archäologe gefunden hat.«

»Die Kelten?« Gerhards Stimme vibrierte.

»Ja, selbst auf dem Gelände des Mütterheims hat er ein Keltengrab entdeckt. Er hat es ihr mal gezeigt. Ja, er war sensitiv und intuitiv. Ich denke, er hat sie geliebt. Unendlich.«

»Und er hat sie nicht umgebracht?«, fragte Gerhard noch mal.

Sie schüttelte den Kopf.

»Aber dann war es Ihr Vater!« Gerhard war wütend, sein ganzer Körper war verspannt.

»Ich weiß es nicht, wirklich nicht!«

»Wissen es nicht oder wollen es nicht wissen?«

»Wir waren alle nicht dabei. Nur Karli und mein Vater waren dabei. Es kann mein Vater gewesen sein. Es kann ein Unfall gewesen sein. Nur Gott ist Zeuge.«

»Ja, und der lässt uns bekanntlich gerne allein! Verdammt!«

Gerhard fragte nicht weiter. Er wusste, was kommen würde. Dass sie als Mädchen nichts hatte tun können, gegen Macht und Gewalt von Vater und Kirche. Er würde die Wahrheit nicht erfahren, höchstens von Karl Laberbauer selbst, wenn er ihn denn fand. Er musste ihn finden. Gerhard wurde zunehmend unruhiger, versuchte aber, die Albrechts seine innere Anspannung nicht spüren zu lassen. Er kam auf das Wesentliche zurück. »Und als Ihr Bruder entlassen wurde? 1967?«

»Er stand vor der Tür. Abgemagert. Er war siebenundzwanzig und sah viel älter aus. Ich kam gerade aus dem Stall, da stand er einfach so da. Er sagte nichts. Ich auch nicht. In dem Moment trat der Vater vor die Tür. Er hatte den Vorderlader im Anschlag. Er schoss vor Karli in den Boden. Karli drehte sich um. Ich dachte für eine Sekunde, er würde ihm in den Rücken schießen. Karli ging einfach, die Sonne ging gerade unter …«

»Hat er sich denn noch mal gemeldet? Oder bei den anderen?«

»Ich weiß es nicht. Nichts, was sich damals reimte, hat heute noch einen guten Klang. Ich habe einen unserer Knechte nach Weilheim geschickt. Zu Hansl. Er kam wieder mit der Botschaft, dass Hansl Karli nicht getroffen habe. Er habe sich nicht mehr gemeldet.«

»Und Sie haben es auf sich beruhen lassen?«

»Ich hatte genug zu tun mit dem Hof. Vor allem, als der Vater gestorben ist.«

»Wann war das?«

»Auch 1967.«

»Nach der Entlassung Ihres Bruders?«

»Ja, zwei Wochen später.«

»Wie ist er ums Leben gekommen?«

»Ins Hochsilo gefallen. Damals gab es die noch.«

»Wenige Wochen nach der Entlassung Ihres Bruders! Einfach so gefallen?« Gerhard war aufgesprungen.

»Ja!«, und auf einmal wirkte sie kämpferisch. »Keiner hat bezweifelt, dass es ein Unfall war. Es war ein Unfall. Mein Vater trank gerne mal ein paar Schnäpse zu viel. Es war am Abend, er ist vom Anzinger gekommen. Tragisch!« Sie wechselte schnell das Thema. »Ja, also Paul ist ab und zu noch aufgetaucht. In Berg. Ich habe ja erst 1970 den Hof verkauft. Als ich Matthias kennen gelernt habe. Da war ich dreiunddreißig, eine alte Schachtel«.

»Eine wunderschöne Schachtel. Eine Geschenkschachtel für mich!«, sagte Hias Albrecht lächelnd.

Nun drückte sie seine Hand. »Ja, also der Paul. Er berlinerte wieder sehr stark. Er war auch noch ein paar Mal in Seeshaupt. Geschäftlich, wie er sagte. Er hat uns sogar mal eingeladen, als die drei bei einem Bekannten von Schorschi als Dreigesang aufgetreten sind. Das wollte ich aber nicht. Ich war froh, dass das Buch Oberhausen geschlossen war. Mit all den Kapiteln darin. Auch den fröhlichen, aber das waren gar nicht so viele.«

Gerhards ganzer Körper war verspannt. Es war ihm, als stünden alle Körperhärchen senkrecht. »Ein geschlossenes Buch, aha. Und das Kapitel über Ihren Bruder? Ist das auch geschlossen? Wo ist Ihr Bruder jetzt?«

»Ich weiß es nicht. Ich habe ihn seit jenem Tage, als Vater ihn hinausgeworfen hat, nicht mehr gesehen.«

Gab es so etwas? Wie hatte Evi gesagt. Das war doch alles damals nicht normal! Konnte man wirklich den geliebten Bruder einfach so streichen aus den Annalen, begraben, lebendig begraben?

Gerhard verabschiedete sich und stieg in seinen Bus. Er fuhr einfach geradeaus, auf dem schmalen Sträßchen hinein in einen Wald, der gesäumt war von mageren Fichten. Seine Gedanken fuhren Karussell: eines dieser modernen Exemplare, die einen in die Höhe katapultieren und wieder fallen lassen und verwirbeln. Die Raunächte sind ja auch eine Zeit der Wiederkehr, Tote tauchen wieder auf – oft in einer andern Gestalt. Das hatte Kassandra gesagt. Und er hatte geantwortet: ›Wiederkehr? Mein Mörder ist also ein Untoter, ein Zombie, der die drei Männer heimgesucht hat?‹ Was, wenn sein Untoter Karl war? Was, wenn er statt des nächsten Opfers der Täter war? Was, wenn er schon vorher zum Täter geworden war? Gerhard war sich fast sicher, dass er den Vater ins Silo gestoßen hatte. Und er war sich noch sicherer, dass er das nicht wirklich wissen wollte.

Er fuhr wie im Trance durch Schechen und eine Ansiedlung, die Sanimoor hieß. Und jäh, so dass er fast das Steuer verriss, fiel ihm etwas ein. Er ließ seinen Bus am Waldrand in einer Ausbuchtung ausrollen und rief noch mal bei Albrechts an.

»Was wurde eigentlich aus dem Pfarrer?!«

»Er ist in den Sechzigern aus dem Dorf verschwunden. Er hatte ein Alkoholproblem. Man hat ihm nahegelegt zu gehen. Er war dann plötzlich weg.«

»Einfach so? Der Mann, der ein ganzes Dorf im Griff gehabt hat?« Gerhards Stimme kippte.

»Ja, mehr und mehr formierte sich Widerstand.«

»Widerstand?«

»Ja, die angesehenen Familien befanden, es sei kein Zustand mehr für das Dorf. Sie sagten, es ginge nicht an, dass ein Pfarrer säuft wie ein Bürstenbinder. Und als er dann wirklich so getrunken hat, dass er die Messen versäumte und Hochzeiten verschlief, hatte man einen guten Grund, ihn loszuwerden.«

»Kein Zustand mehr? Und sie befanden das so einfach? Bloß weil er soff. Die haben doch sicher alle gesoffen.«

»Ja, aber er hat etwas Unglaubliches getan«

»Ja?«

»Er hatte vor Jahren heimlich geheiratet, standesamtlich, irgendwo in Württemberg draußen. So was passiert wohl immer mal wieder. Auch dass Pfarrer das geheim halten. Diese Verbindung hat wohl nicht lange bestanden, und er hat den Fauxpas natürlich geheim gehalten und einfach ganz normal seinen Dienst absolviert. Aber irgendjemand hat das damals rausgefunden und ihn bei der Kirche verpfiffen. Mein Vater war einer der Rädelsführer und andere reiche Berger und Hauser. Die Kirche hat ihn natürlich sofort suspendiert.«

Das saubere Dorf! Die Dorfseele, die gesunde Volksseele, die ausgerechnet in jenen schlummerte, die ihn vorher gestützt und von ihm profitiert hatten. Der Laberbauer, der selbst soff, prangerte ausgerechnet den Pfarrer an? Der wahrscheinlich diese Magda Alsbeck geschwängert und umgebracht hatte! Gerhard war so angewidert.

»Damit ich Sie jetzt richtig verstehe: Er war einfach so weg?«

»Ja, eines Tages, ich weiß das, weil eine Tante von mir bei ihm Haushälterin war, war er weg. Sie kam in der Frühe, und da war das Auto weg und sein Gepäck.«

»Ein Auto hatte er auch?«

»Ja, eine Isetta.«

»Aha!« Mehr konnte Gerhard nicht sagen. Nicht mehr als dieses gedehnte fassungslose Aha. So war das also – wie schnell wurden Günstlinge zur Persona non grata! Da war sie wieder, die christliche Nächstenliebe. Das devote Dorf, das rückwärts katzbuckelnd den Hut vor dem Herrn Pfarrer gezogen hatte, hatte begonnen, sich aufzurichten zu gerader Festigkeit. Mit zunehmender Schwäche des Pfarrers erstarkte das Dorf. Hätte man nicht Mitleid haben müssen mit dem Mann, mit dem man doch jahrelang gezecht, geprasst, gekartelt, schwadroniert und intrigiert hatte? Heute nannte man es Mobbing, wenn Kirchengemeinderäte ihre Pfarrer wegmobbten. Die Gründe waren heute andere als früher. Heute waren diese katholischen Seelen und mahnenden Gewissen solcher Dörfer vielleicht nicht einverstanden damit, dass der Pfarrer zu viel administrative Aufgaben an den Pfarrgemeinderat abgab. Heute verbrämte man seine Antipathien geschickter, aber im Kern wiederholte sich das Spiel, ein böses Spiel. Ein Alle-gegen-einen-Spiel. Hatte man das nicht schon als Kind gelernt, dass so was unfair war. Das Leben ist nicht fair. All diese Taten unter dem Deckmantel, nur das Gute zu wollen und doch das Fieseste zu tun. Gerhard versuchte, den Gesprächsfaden wiederzufinden.

»Und wann ist der Pfarrer verschwunden?«

»1967.«

Gerhard schluckte. »1967, kurz nach dem Tod Ihres Vaters?«

»Ja, ungefähr eine Woche später. Es gab schon einen Übergangspfarrer. Der wohnte in Weilheim. Unserer durfte die Beerdigung für meinen Vater ja nicht mehr abhalten, er sollte aus dem Pfarrhaus ausziehen. Das zog sich hin. Aber er war ja suspendiert, er musste raus. Und dann kam er auf die Leich und war sturzbetrunken. Es war grauenhaft und unwürdig.«

»Sagen Sie, diese Tante, die Haushälterin war, die lebt nicht noch zufällig?«

»Nein. Herr Weinzirl, entschuldigen Sie mich jetzt bitte. Ich muss unbedingt auspacken.« Sie hatte aufgelegt.

Gerhard saß in seinem Bus und im Licht seiner Scheinwerfer, die, altersschwach wie sie waren, mehr Dunkelheit als Licht verbreiteten. Er starrte auf seine Scheibe, wo sich nasser Schnee sammelte. Lange saß er so. Dann wählte er Evis Nummer. »Evi, *amore*, ich hab noch etwas für dich: Pfarrer Egon Weiß, von 1948–1967 Pfarrer in Oberhausen. 67 hat er den Dienst in Oberhausen quittiert. Kannst du feststellen, wo er danach hingegangen ist?«

»Ja, das kann ja nicht so schwer sein. Der katholischen Kirche geht doch keiner durch die Lappen? Er muss ja eine neue Gemeinde bekommen haben.«

»Das ist das Problem. Er wurde suspendiert. Er hat heimlich geheiratet, so wie ich das verstanden habe, war das vor seiner Zeit in Oberhausen, aber natürlich für die Kirche untragbar. Die werden ihm keine Träne nachgeweint haben.«

»Oh, das ist ja mal eine spezielle Konstellation. Ich schau aber trotzdem, was ich machen kann.«

Gerhard bedankte sich und fuhr weiter, bis er auf eine Hauptstraße traf. Er hatte keine Ahnung, wo er war, als er nach links abbog. Erst eine Autobahnauffahrt brachte ihm die Orientierung wieder. Und obwohl er Autobahnen hasste, war sie wie ein Leitstrahl in der Dunkelheit. Eine Ausfahrt später verließ er die Autobahn wieder und erreichte schließlich Peißenberg. Bei Toni war fast nichts los, und das war gut. Er wollte nicht reden. Es war nach sieben, als er sein erstes Weißbier trank. Es war halb acht beim zweiten, um acht rief er Baier an und erstattete Bericht. Baier war besonnen wie immer und schickte Gerhard ins Bett.

Aber der furchtbare Verdacht, der ihn beschlichen hatte, ließ ihn nicht los. Er war um fünf in der Frühe im Büro und tat etwas, was er hasste. Er begab sich in die Wirrnis des Web, hinein in die Datenstränge und Verzweigungen, wo die Informationen einer ganzen Weltkugel dahinrasten. Man musste sie nur erhaschen. Um sieben rief er Evi an, ohne ihre Hilfe wäre er auch diesmal nicht ausgekommen.

»Evi, *bella*, du kluges Geschöpf! Hast du den Pfarrer gefunden?«

»Nein, und wie du sagst, ausgelöscht aus den Annalen der Kirche. Das Problem ist, dass die Frau, die er 46 geheiratet hat, 47 gestorben ist. Sie hatte also auch keinen Grund, ihren wieder in die Arme der Kirche zurückgekehrten Ehemann zu suchen.«

»Evi, glaub jetzt nicht, dass ich spinne. Aber ich denke, dass der Pfarrer von Karl Laberbauer ermordet wurde. So wie er seinen Vater ermordet hat, indem er ihn ins Silo gestoßen hat. Rache für ein verlorenes Leben, Rache für den Verlust der Heimat, der inneren und der äußeren. Ich kann ihn sogar verstehen. Ich bin mir sicher, dass er den Pfarrer ermordet hat. Wir müssen alle unidentifizierten Toten checken, die ungefähr 1967 ums Leben gekommen sind. Die Fundstelle kann nicht allzu weit von Oberhausen entfernt gewesen sein, ungefähr in der Reichweite einer Isetta. Wir müssen den Verbleib dieser Isetta klären. Am schönsten wäre es, wenn wir eine Wasserleiche in einer Isetta fänden. Verflucht, wenn das nur nicht so lange zurückläge!« Gerhard fühlte wieder einen kalten Kloß in seinem Magen, obwohl er nichts gegessen hatte. Der Kloß war eiskalt und wurde größer und begann in Richtung Speisröhre aufzusteigen. So kalt!

Er hatte Baier gar nicht gehört, der in der Tür lehnte. »Ist das Ihr Ernst, Weinzirl? Ihr voller?«

»Todernst«, sagte Gerhard düster.

Es war Evi, die gegen Mittag anrief und fast schon in gewohnter »Runde« über Lautsprecher ihre Ergebnisse mitteilte. »Keine nicht identifizierte männliche Leiche, die auch nur ansatzweise euer Pfarrer sein könnte. Aber eine Isetta oder das, was davon übrig ist. Sie wurde 1989 aus dem Schwaigsee bei Wildsteig gezogen. Völlig verrostet, veralgt, keiner hat sich die Mühe gemacht, einen Besitzer zu ermitteln. Warum auch? Bevor wir *political correct* wurden und allen Müll in zwanzig Einzelteile und in millimetergroße Fragmente trennten, waren illegale Mülldeponien doch gang und gäbe. Ich möchte nicht wissen, wie viele alte Fahrräder, Autos und Traktoren sonst noch in Seen liegen! Meint ihr, dass der Pfarrer da auch noch liegt?«

Gerhard sah Baier an, der grimmig blickte. Er schüttelte fast unmerklich den Kopf. »Nein, du doch auch nicht, oder? Würdest du Taucher anfordern?«

»Ich bin mir nicht sicher. Ich habe das alles hundertmal im Kopf hin und her geschoben. Ein junger, zutiefst vom Leben enttäuschter Mann kommt aus dem Gefängnis. Sein eigener Vater wirft ihn raus. Er ermordet den Vater. Die Verzweiflung wird Wut, sie wird Hass. Er sucht den Hauptverantwortlichen auf …«

Gerhard fuhr fort: »… einen verheirateten Pfarrer mit Alkoholproblem. Der vom Dorf vertrieben wurde wegen der Schande und der wahrscheinlich gerade dabei war, das Haus zu räumen. Er wird ihn im Pfarrhaus angetroffen haben. Wo sonst. Es wird Nacht gewesen sein. Er wird ihn kaum ins Auto gelockt haben. Wieso hätte der Pfarrer ihm auch folgen sollen?«

»Ja wieso? Nein, ich glaube eher, dass er den Mann im Haus ermordet hat. Wenn er es denn getan hat!«

»Er könnte die Leiche dann natürlich wegtransportiert haben. Und dann liegt sie wahrscheinlich im See.«

»Das ist mehr ein Tümpel, Wasserleichen tendieren dazu, sich unangenehm aufzublasen und spielende Kinder, stöbernde Hunde, nichts ahnende Angler zu erschrecken und ihnen fürderhin Alpträume zu bescheren. Wenn er das Auto samt der Leiche so beschwert hat, dass es erst 89 gefunden wurde, hätte das Skelett noch drinsitzen müssen.«

»Komm, das ist makaber.«

»Aber wahr! Im Schwaigsee sind keine Piranhas, die einen mit Stumpf und Stil auffressen.«

Baier hatte die Unterhaltung amüsiert verfolgt. »Habe eine Vorstellung, wie Ihre Ermittlungen früher gelaufen sind. Bin aber eher Weinzirls Ansicht. Im See ist die Leiche nicht.«

»Und wo ist dann die Leiche?« Gerhards Frage war rhetorisch.

»Im Haus?«, sagte Evi mit bebender Stimme.

»Unentdeckt in all den Jahren?« Gerhard wollte das Unglaubliche nicht wahrhaben. Das war doch Wahnsinn!

Es war still, bis Evis Stimme erneut zu hören war. »Und kein verräterisches Herz, kein *tell tale heart.*«

Baier schaltete schnell: »Ich mag Edgar Allan Poe nicht. Sie schon, Frau Kollegin?«

»Sodann hob ich drei Bretter des Fußbodens aus und verstaute alles in der Fütterung. Dann brachte ich die Bretter so geschickt und kunstfertig wieder an Ort und Stelle, dass kein menschliches Auge, nicht mal seins, Verdacht geschöpft haben würde.« Evi machte eine Pause. »Ich kann fast den ganzen Text auswendig. Wir hatten in der Schule im Englisch-LK ein Poe-Projekt. Mit Theater und der Musik von Allan Parson.«

»Und dann beginnt das verräterische Herz zu klopfen«, sagte Baier.

»Es war ein leiser, stumpfer, rasch pochender Laut, etwa wie eine in Stoff gewickelte Uhr tickt«, zitierte Evi, und Baier beendete die Geschichte: »Und dann wird es lauter und lauter, bis der Mörder schließlich die Tat bekennt.«

»Da, da – da schlägt sein Herz, das grässliche Herz.« Evis Stimme war theatralisch.

»Ja, liebe Frau Straßgütl, werte Kollegin. In unserem Fall schlägt wohl kein grässliches Herz mehr. Schon lange nicht mehr«, sagte Baier.

»Der Untergang des Hauses Laberbauer«, fügte Evi noch an und verabschiedete sich mit der Bitte, sie auf dem Laufenden zu halten, und dem Versprechen, dass sie weiter versuchen würde, Karl Laberbauer aufzutreiben.

Gerhard war der Unterhaltung mit wachsender Irritation gefolgt, Literatur war nun wirklich nicht seine Stärke.

»Liegt er da wirklich, seit fast vierzig Jahren?«

»Widerstrebt mir, das zu glauben. Wir spekulieren nur. Nichts Handfestes. Eine Isetta ohne Baujahr, längst verschrottet. Basteln da eine Geschichte ohne echte Beweise zusammen. Schlimmer als Poe.« Baier griff zum Hörer und hatte augenscheinlich die Gemeinde Oberhausen dran. Er plauderte ein wenig, ließ sich Zahlen und Fakten zum Pfarrer durchgeben, bis Gerhard ihn fragen hörte: »Und das Haus wurde wann renoviert?«

Die Antwort stand in Baiers Gesicht eingegraben.

»1967«, sagte er in Gerhards Richtung, hielt die Hand über den Hörer und sah den Kollegen fragend an.

Gerhard nickte und verließ den Raum. Als er wiederkam, fand er Baier mit zerfurchter Mine vor. »Hasse es, ich hasse es!«

Gerhard setzte sich wieder ihm gegenüber hin. »Ich habe die Staatsanwaltschaft informiert, sie sind einverstanden. Herr Baier, das ist verdammt dünnes Eis, auf dem wir uns da bewegen. Was, wenn wir nichts finden?«

»Stellen Sie sich vor, wir reißen da Wände auf und rücken mit schwerer Hilti an und finden nichts.«

»Weinzirl, mir wäre es lieber, wir fänden nichts.« Baier knurrte.

»Wenn wir aber was finden, dann geht es um eine ganz andere Geschichte. Dann geht es irgendwie um diesen Viergesang, nicht um Hareither und seine betrogenen Schnitzerfreunde. Wenn wir das Skelett des Pfarrers finden ...«, Gerhard sprach es erstmals aus. Aus dem »was« wurde ein konkretes Skelett, die Überreste eines Mannes, der spurlos verschwunden schien und den niemand wirklich lange gesucht hatte. Das Dorf nicht, die Kirche nicht, »... dann spricht viel dafür, dass Karl Laberbauer, der vierte Mann, seine ehemaligen Freunde ermordet hat. Warum aber, nach all den Jahren?«

»Wenn, wenn, wenn!« Baier bellte und knurrte, als schnüre ihm eine Kette den Hals ab. »Verrennen wir uns da nicht? Was ist mit den erpresserischen Schnitzern? Auch wenn sich Hareithers Fingerabdrücke nicht decken?«

»Wir verfolgen beide Spuren«, sagte Gerhard, als sein Apparat klingelte. Es war der Nachfolger jenes Mannes, der die Besserungsanstalt geleitet hatte, in der Karl Laberbauer zehn Jahre eingesessen hatte. Gerhard hatte um Rückruf gebeten, und der Mann hatte in alten Akten gewühlt und war fündig geworden: Karl Laberbauer war der gewesen, der fast nur geschwiegen hatte und gelesen. Unendlich viel gelesen.

»Was hat er denn so gelesen?«, fragte Gerhard.

»Geschichtsbücher und Volkskunde. Viel über die Kelten. Den Keltenforscher haben sie ihn genannt. Er muss ein gewaltiges Wissen angehäuft haben. Er soll ein kluger Bursche gewesen sein. Intelligenz kann eine Bürde sein. Er muss manchmal sehr aufbrausend gewesen sein, aber meistens hat er anscheinend gar nicht geredet. Das haben Sie ja oft: junge Menschen, in denen es brodelt und tost, aber er hat nichts rausgelassen. Seine Art, damit umzugehen.«

Die männliche Art, damit umzugehen, dachte Gerhard. Verdrängen. Aber Lava, die brodelt, dringt irgendwann doch an die Oberfläche. Bei Vulkanen konnten Erdzeitalter vergehen, aber bei Menschen? Wie viel Zeit musste da vergehen?

Auf einmal durchfuhr Gerhard eine Idee. »Haben Sie

Fingerabdrücke von damals? War es üblich, von jugendlichen Tätern Fingerabdrücke zu nehmen?«

Der Mann war sich unsicher, versprach aber, nachzuforschen und sich zu melden.

Gerhard erzählte das eben Gehörte Baier. »Was machen wir jetzt mit dem Pfarrhaus?«

»Weinzirl, ich weiß nicht, ob ich das Okay geben kann. Ist doch Irrsinn. Wir entscheiden morgen! Ich versuche jetzt mal, mehr über Lutz und Korntheurer rauszukriegen.«

Gerhard nickte und sah Baier hinterher, der den Raum verließ. Ein Gedanke hatte sich in seinem Kopf festgesetzt. Männliches Verdrängen, die Lava unter der Oberfläche. Was für eine Tragödie, wenn ein junger Mann wirklich unschuldig verurteilt worden war und dann den Vater und den Pfarrer umgebracht hatte. Und was hatte das mit seinem aktuellen Fall zu tun? Er brauchte Hilfe, Hilfe von außen. Gerhard griff zum Hörer.

»Marakala!«, sagte die Stimme.

»Hallo!«

»Heh, du rufst ja wirklich an?«

»Ja, hab ich doch gesagt. Kannst du dich mit mir in Huglfing beim Anzinger treffen, gegenüber vom Bahnhof?«

»Sicher. Wann?«

»Jetzt?«

»Bis gleich.«

Sie kam kurz nach Gerhard an. Sie stellte keine Fragen. Gerhard war froh, sie zu sehen, ohne erklären zu können warum. Aber er war froh. Er küsste sie auf beide Wangen.

»Kannst du einfach mitkommen und mir erzählen, was du fühlst?«

»Sicher.«

Sie ließen ihre Autos beim Anzinger stehen. Plinius war ordentlich angeleint. Auch eine Kneipe, die ihm Baier ans Herz gelegt hatte. »Sensationelle Frau, die Wirtin. Eine gute Haut«, hatte er gesagt.

Sie gingen über einen Feldweg auf das Evangelische Gemeindezentrum zu und linsten durch die Glasfenster. Parkettboden, ein schmuckloser Altar auf der einen Seite, ein Klavier auf der anderen. Bilder drängten sich heran von drittklassigen Ballettschulen, wo ein abgetakelter Pianist in die Tasten des verstimmten Schimmel griff und eine russisch anmutende verhärmte dürre Ballerina in den hohen Siebzigern kleine Balletteleviinnen triezte. In dem Raum dort fehlten nur die Stangen an den Wänden. Gerhard wusste, dass das einst die Turnhalle des Mütterheims gewesen war, und diesen Charme versprühte sie heute als Kirche noch immer. So sehr er noch vom Gespräch mit Anna Albrecht aufgewühlt war, so sehr er den Popanz der katholischen Kirche zu hassen meinte, so sehr war er doch auch von deren Seelenfängertricks beeinflusst. Zum Himmel strebende Architektur, kühne Statik, all der Stuck in Rosé und Gelb, Säulen, die abtrennten und doch verbanden, die trügerische Räume schufen. Lichtspiele in bunten Fenstern, goldene Kanzeln, Schnitzwerk, Fresken so opulent, all diese mittelalterlichen Comics an Wänden und Kuppeln – Kirchen waren große Verführer. Und gerade hier im Pfaffenwinkel war es umso greifbarer. Klar, Kempten hatte die St.-Lorenz-Basilika, aber alles in allem waren Allgäuer Dorfkirchen eher bescheiden. Hier im Pfaffenwinkel prunkte und protzte der Katholizismus. Wessobrunn, Polling, Ettal, Wessobrunner Stuck, Matthäus Günther, all diese Männer, die sich auf Gott berufen hatten in ihrem Schaffen. Er, der ihnen diese Gabe in die Wiege gelegt hatte, er war zu preisen mit Bauwerken und Gemälden. Er dachte an Hareither, auch der war überzeugt, ohne Gottes Hilfe nicht schnitzen zu können. Es waren vage Gefühle, die Gerhard heimsuchten, er blickte Anastasia-Kassandra fragend an.

»Irgendetwas ist nicht richtig an einer Turnhalle, die eine Kirche sein will. Mir scheint das unwürdig, unheilig. Ich bin nicht gläubig, aber ich bin doch als Katholikin sozialisiert? Es ist eingebrannt in meinem Denken und meinem Herzen. In deinem auch?«

Gerhard hatte nie darüber nachgedacht. Bisher. Aber sie hatte Recht. Auch er war ein Kind des ländlichen Lebens, das ohne Kirche nicht denkbar war. Anastasia-Kassandra hatte Recht. Die Turnhallen-Kirche war unwürdig.

Sie gingen weiter durch den Schnee. Ein Schild warnte sie vor Bienen. Nun, an diesem Wintertag würden sie wohl schlafen. Wieder so eine jähe Frage: Wie verbrachten Bienen den Winter? Winterschlaf? Starre? Als er aus dem Wald trat, lag das gelbe Haus vor ihm. Er hatte eine alte Postkarte gesehen. Damals war es dreistöckig gewesen, heute war es kleiner. Er hatte recherchiert übers Mütterheim, das heute vermietet war. Der Besitzer hatte irgendwann einmal genervt vom Terror der Transistorradios den Vertrag mit den Verantwortlichen gekündigt. Der ehemalige Swimmingpool war mit Abraum zugeschüttet worden. Das Haus war einfach nur noch ein Haus in idyllischer Lage. Es war durch einige Hände gegangen, hatte neue Bestimmungen erlebt. Nun war es in der Obhut des Bienenzüchters. Gerhard horchte in sich hinein. Seine Gedanken hatten von Obhut gesprochen. Obhut für ein Haus? Er blickte seine Begleiterin an, die seine Gefühle teilte. Er sah es ihr an. Das war nicht einfach ein Haus, das, was hier ganz unmittelbar auf ihn einströmte, war eine Ahnung vom Genius Loci.

Anastasia-Kassandra war stehen geblieben. »Ich höre außerhalb des parkähnlichen Grundstücks die Autos fahren, aber die haben hier keine Bedeutung. Es ist ein ungewöhnliches Haus, es redet, es plaudert, der ganze Garten spricht. Es ist ein Zaubergarten, die Welt ist draußen.« Sie hielt inne. »Im ersten Moment dachte ich, es müsse ein Traum sein, hier zu wohnen. Aber es erzählt auch von dunklen Stunden, dieses Haus. Man muss sehr stark sein, um hier zu wohnen, oder gar nicht empfänglich für Schwingungen. Es ist ein ungewöhnlicher Platz.«

Gerhard spürte dasselbe, vage, fließend, als wäre Anastasia-Kassandra sein Sprachrohr. Er hätte es nur nie in Worte fassen können. Er nickte ihr zu. Er wusste, dass die Bewohner im Urlaub waren, und das war gut so. Er wollte nicht reden. Sie umrundeten das Haus, sie entdeckten einen betonierten Eingang in den Berghang. Eine Kammer lag dahinter, die groß genug war für einen Rasenmäher. Gerhard war sich sicher, dass dahinter ein weit größerer Bunker lag, so vieles lag hier verborgen.

»Wenn du hier in den fünfziger Jahren zur Erholung hergekommen wärst, eine junge Mutter aus einer namenlosen deutschen Großstadt, was hättest du gedacht?«

Anastasia-Kassandra überlegte. »Dass ich im Paradies bin? Dort wo die Realität draußenbleibt, wo alles schwebt und nicht mehr zählt, was belastet und bleiern erdwärts zieht. Ein Zauberberg?«

Wieder war das Wort »Zauberberg« gefallen, das auch Hias Albrecht verwendet hatte. Die Straße war so nahe und doch so weit weg. Heute war heute, und die Magie wirkte noch immer. Wie stark musste sie erst 1957 gewesen sein? In diesem verdammten Jahr 1957. Was hatte das Haus gesehen? Sie schlenderten über den Fahrweg, als Anastasia-Kassandra plötzlich innehielt. Sie beobachtete Plinius, der die Ohren ganz eng an den Kopf geklappt hatte und winselte. Sie selbst stand ganz still, wie ein Tier, das Witterung aufnimmt. Dann kniete sie sich vor einem Hügelchen, einer fast unmerklichen Erhebung in der Wiese, nieder.

»Das ist ein Hügelgrab. Plinius weiß das auch. Wusstest du das? Hast du mich deshalb mitgenommen?«

»Jemand hat mir davon erzählt. Ich konnte das nicht einordnen. Aber das ist nicht der einzige Grund. Ich habe dich mitgenommen, weil ich meinen Gefühlen nicht traue.«

»Meinen schon?«, fragte sie und schüttelte die Locken.

»Ja, deinen schon.«

Sie gingen schweigend an der Straße entlang, wo immer wieder Autos Schneematsch über ihre Waden spien. Als sie beim Anzinger angekommen waren, sah sie ihn fragend an. »Hat dir das etwas geholfen?«

»Ja, ich muss entscheiden, ob ich ein Haus auf den Kopf stelle. Ob ich Böden herausreißen lasse und Wände.«

»Dieses Haus?«

»Nein, ein altes Pfarrhaus.«

»Was glaubst du da zu finden?«

»Ein Skelett.«

»Oh!«

»Ich war mir nicht sicher, ob ich das tun soll, tun kann.«

»Und jetzt bist du dir sicher, und warum auf einmal?«

»Ja, ich bin mir sicher. Warum, ist schwerer zu beantworten. Weil du Zauberberg gesagt hast. Weil es wirklich ein Keltengrab gibt. Weil du Recht hast mit der Magie, aber auch der Bürde des Katholizismus.«

»Ein bisschen wirr, Herr Kommissar!« Sie lachte.

»Ja, ich weiß, aber mehr kann ich nicht sagen.«

»Musst du nicht. Toni?«

Gerhard lachte. »Schon wieder Hunger?«

»Immer. Ich hab immer Hunger. Unterzucker und so!«

»Wunderbar, ich liebe Frauen, die richtig essen und nicht bloß am Salat knabbern und Wasser trinken. Ich muss noch ein paar Telefonate erledigen. Fährst du vor?«

Sie fuhr davon in ihrem verrosteten Polo, und Gerhard rief Baier an. »Ich veranlasse, dass morgen der Erkennungsdienst kommt. Mit schwerem Gerät. Baier, ich bin mir sicher, dass der Pfarrer da liegt.«

»Warum auf einmal?«

»Reicht es Ihnen, dass ich mir sicher bin?«

Schweigen. »Reicht mir! Morgen um neun im alten Pfarrhaus. Ein bisschen zurückgesetzt an der Bahnhofsstraße. Sie werden es sehen, ein ungewöhnliches Haus. Sieht aus, als sei es abgeschnitten. Ich komm direkt hin, bin vorher noch mit Steigenberger in Ogau.«

Baier wehrte sich mit Händen und Füßen gegen die Pfarrersleiche. Er wollte unbedingt bei den Schnitzern fündig werden. Er hoffte fast, nun wenigstens bei Korntheurer oder Lutz etwas zu entdecken. Er wollte den jungen Steigenberger bei der Vernehmung dabeihaben, weil er sehr wohl spürte, dass Gerhard die Fronten gewechselt hatte. Gerhard konnte den Kollegen verstehen. Auch ihm erschien das Motiv der betrogenen Schnitzer nur allzu einleuchtend. Wenn da nicht sein Besuch bei Anna Albrecht gewesen wäre, das Foto, das Hügelgrab und immer wieder dieses: Tote kehren wieder in anderer Gestalt. Dieser Raunachtsspuk hatte sich eingebrannt in seinem Herzen.

Anastasia-Kassandra saß bereits vor einem riesigen Gyros, als Gerhard kam. Plinius durfte auf der Bank sitzen und hatte eine Schüssel vor seiner Nase. Toni hockte bei den beiden, der Eiermann auch und das Blauauge. Niemand wollte etwas über seinen Job wissen, und als er mit seiner Schamanin draußen vor der Tür stand, sagte sie: »Du musst jetzt nicht mitkommen. Ich mag keine Männer, die nicht bei der Sache sind.« Sie gab ihm einen Kuss auf die Wange und ging zu ihrer Rostlaube, ohne sich umzusehen.

Am nächsten Morgen fand sich Gerhard in Oberhausen wieder. Das alte Pfarrhaus wurde eingerahmt von einem Gebilde, das er angesichts der Rolltore im ersten Moment für den Bauhof hielt. Schien aber privat zu sein und der Fantasie eines jener Architekten entsprungen, die Baufurunkel in die Welt setzten und mehrfach schon der Steinigung entgangen sein mussten. Auch das Haus auf der anderen Seite hatte so gar nichts von der Behäbigkeit bayerischer Dörfer. Gerhard konnte mit diesen Holz-Glas-Strukturen nichts anfangen, er hätte keine Lust gehabt, im hell erleuchteten Wohnzimmer das ganze Dorf an seinem Leben, Fernsehprogramm und Abendessen teilhaben zu lassen. Aber die Bewohner hatten wohl in calvinistischer Wohlanständigkeit nichts zu verbergen. Auch Gerhard hatte nichts zu verbergen, trotzdem waren ihm Bauernstuben mit dicken Mauern und Sprossenfenstern lieber. Wer im Glashaus sitzt, geht mal besser zum Scheißen in den Keller, das hatte Baier doch erst kürzlich gesagt. Wie Recht er hatte.

Baier und Steigenberger fuhren vor, und Baier sah grimmiger aus als je zuvor. »Korntheurer derwürgt nicht mal 'ne

Fliege, und Lutz war lückenlos in Mi-Ammi. Fragen Sie sonst nichts.«

Die beiden Spezialisten waren auch angekommen und unterzogen das Haus einer ersten Sichtung. Sie waren übereingekommen, dass eigentlich nur der Keller in Frage kam. Langsam gingen die fünf Männer durch die kühlen, feuchten Kellerräume und leuchteten die Wände aus, bis einer sagte: »Diese Mauer wurde später eingezogen, würde ich sagen. Fragt sich, was dahinter ist.«

»Weg damit«, knurrte Baier.

Die Hilti bohrte sich ins Gedärm des Hauses, nach einiger Zeit verebbte der Lärm. Ein Loch war entstanden, einer der Männer strahlte mit einer starken Akkulampe hinein. »Die haben da Bauschutt, Gerümpel und alte Eisenteile reingeworfen, auch eine Art, Material zu entsorgen, wenn man es nicht wegfahren will.«

Hatten sie auch sonst was entsorgt? Hatte Karl Laberbauer hier jemanden entsorgt? Gerhards Puls donnerte gegen seine Schläfen, ihm war, als müsse man das hören in der Stille, die rundum herrschte. Alle sahen starr auf Baier, die beiden Spezialisten hatten ihre Lampen sinken lassen, sie schickten Lichtkegel über den grauen, unebenen Boden. Gerhards Kopf dröhnte.

»Geht rein!«, kam es von Baier. Er sah irgendwohin, nicht zur Wand, die nun offen klaffte wie eine Wunde.

Die beiden Erkennungsdienstler kraxelten über die Mauer, leuchteten den kleinen Raum aus und begannen vorsichtig Stein und andere Gebilde abzutragen. Ein alter Fahrradreifen, Steine, Scherben.

»Hauts mir bloß die Scherben weg, sonst haben wir den Ortschronisten da. Der entdeckt römische Spuren auch noch im All, wenn's sein muss. Der blockiert uns hier alles.« Baier hatte seinen Brummbär-Knurrhahn-Ton wiedergefunden. Er grantelte an gegen das Unwohlsein.

Mehr Steine türmten sich auf einer Seite, die Männer arbeiteten konzentriert und vorsichtig. Der kalte Klumpen in Gerhards Magen verdichtete sich. Er musste schlucken, sein Hals war verengt. Er rang nach Luft. Noch mehr Steine folgten, ein Puppenwagen, ein Holzzuber, und dann stakte plötzlich eine Hand heraus. Bleiche Knochen. Gerhard atmete tief durch, Baier ließ Luft ab wie ein Blasebalg.

»Vorsicht Jungs.«

Sie waren vorsichtig, und am Ende lag da ein Skelett mit verdrehten Gliedmaßen.

»Lässt sich heute noch sagen, ob er tot war, als er hierhergebracht wurde?«, fragte Baier.

Lebendig begraben, das verräterische Herz, das grässliche Herz, Gerhard fühlte Schauer den Rücken hinunterrieseln, immer schneller, immer kälter.

»Was ich so auf den ersten Blick sagen kann: Ja, er war tot. Keine Anzeichen, dass er versucht hätte, zu kratzen, zu scharren, sich zu befreien.« Er leuchtet den Schädel ab. »Er dürfte erschlagen worden sein, der Schädel weist deutliche Spuren auf.«

Baier hieß Gerhard und Steigenberger mit einer unwirschen Bewegung aus dem Keller zu kommen. »Wir wissen nicht, ob das Egon Weiß ist. Keine DNS, keine Fingerabdrücke. Steigenberger, Sie kümmern sich auf die altmodische Weise. Zahnmuster und so weiter. Wir müssen sicher sein, dass es sich um Weiß handelt.«

Steigenberger schien froh zu sein, der Szene zu entkommen. Gerhard wäre ihm gerne gefolgt. Er hatte so oft tote

Menschen gesehen, entstellte Gesichter, Menschen, die Schmerzen gelitten hatten, unvorstellbare Schmerzen. Das hier war ein Sensenmann, ein Skelett, wie es in der Medizinischen Fakultät die Erstsemester in Anatomie sahen. Bleiche Knochen, mehr nicht. Und doch packte Gerhard ein Grauen, das er vorher nicht gekannt hatte. Er und Baier standen vor dem Haus, hätte Gerhard geraucht, wäre das der Moment gewesen, eine nach der anderen anzustecken. Natürlich war das Egon Weiß. Wer sonst hätte das sein sollen. Was war passiert damals? Wieder gab es nur einen, der Antworten geben konnte: Karl Laberbauer.

*

Fuizbuam Sommer 1967

Es war dunkel. Frösche quakten im Schönsee, Grillen zirpten. Leise ging Karli die Außentreppe hinauf. Die Tür war nur angelehnt. Er folgte dem Lichtschein, der auf den Gang hinausstrahlte. Der helle Schein kam von der Küche. Da saß der Pfarrer und trank. Gerade leerte er Wein aus einer goldenen Karaffe in einen Becher, der besetzt war mit Edelsteinen.

»Sie trinken aus dem Allerheiligsten?« Karl lehnte im Türrahmen.

Der Pfarrer fuhr herum. Er war magerer als vor zehn Jahren, seine Augen lagen tief in den Höhlen und waren rot umrändert. Seine Hände zitterten.

»Laberbauer?«

»Ja, Herr Pfarrer. Zehn Jahre vergehen. Auch zehn Jahre vergehen irgendwann. Viele Leben später, viele Tode später vergehen sie.«

»Laberbauer«, er versuchte sich aufzurichten, schwankte aber so, dass er auf die Bank zurückknallte. »Ich wollte das damals nicht, ich musste.«

»Sie mussten einen unschuldigen Siebzehnjährigen verleumden? Sein Leben zerstören? Das mussten Sie?«

»Dein Vater, Laberbauer, er hat mich unter Druck gesetzt.«

»Nun, der hat seine Strafe bekommen«, sagte Karli leise.

Erkennen huschte über das kaputte, vom Alkohol zerstörte Gesicht des Pfarrers.

»Du hast ihn ins Silo gestoßen? Du? Du, Laberbauer? Keiner wusste, dass du da bist.«

»Ja, Herr Pfarrer, das ist das Gute, wenn man für die Familie und die Freunde tot ist. Auch wenn man nach zehn Jahren wieder auftaucht, wird weiter geschwiegen. Das konnten sie alle am besten: schweigen, lügen, Fakten verdrehen und noch mehr schweigen. Das können Sie heute noch gut, oder, Herr Pfarrer?«

»Laberbauer, Karli, ich wollte das nicht. Ich war ein Opfer. Auch bloß ein Opfer.«

Es war armselig, wie er winselte, dachte Karli. So armselig! »Ein Opfer? Sie?«

»Schau mich an, Laberbauer, sie vertreiben mich aus dem Dorf, sie haben sich im Bistum beschwert. Sie haben rausgefunden, dass ich 48 heimlich geheiratet habe. Ich wollte aufhören mit der Kirche, aber dann ist meine Frau gestorben. Einfach so.«

»Und da haben Sie beschlossen, doch lieber in den Schoß der Kirche zurückzukehren. Sehr praktisch.«

»Laberbauer, du bist eiskalt. Weißt du, was es bedeutet, einen geliebten Menschen zu verlieren.«

Karli starrte ihn an, dann begann er böse zu lachen. »Ich,

ich, nein, ich weiß das nicht, wie sollte gerade ich das wissen?«

»Laberbauer. Ich bin suspendiert. Wo soll ich denn hin? Sie wollen mich loshaben. Sie sind wie Tiere.«

»Tiere sind nicht so. Sie sind wie Menschen.« Karli lehnte immer noch im Türrahmen.

»Laberbauer, trink was!« Er hielt ihm den Becher entgegen, der doch bei der Wandlung sein sollte und nicht in der Küche.

»Ihnen ist nichts heilig, was? Saufen den Messwein aus dem geweihten Kelch.«

Der Pfarrer kicherte, dann lachte er wie irr, immer lauter. Er verschüttete den Wein, der Kelch fiel scheppernd zu Boden. Einer der Edelsteine hatte sich gelöst und kollerte über den Boden. Rubinrot war er, so rot wie die Bluse, die Magda getragen hatte, als sie stürzte. So rot wie das Blut, das aus ihrer Schläfe gesickert war. Karl war in den Raum hineingegangen und hatte den Kelch aufgehoben. Er drehte ihn in den Händen. Erneut versuchte der Pfarrer aufzustehen, und diesmal gelang es ihm, sich aufzurichten, sich auf der Tischplatte abzustützen und schwankend auf Karl zuzukommen.

»Laberbauer, du hast dein Leben vor dir. Hast du wirklich deinen Vater umgebracht? Laberbauer, das glaub ich nicht.« Er kicherte wieder und versuchte ihm den Kelch abzunehmen. »Gib her, ich will trinken. Ja, trinken wir auf deinen Vater, die Sau. Die tote Sau.«

Karli fühlte Abscheu. Nichts sonst. Keinen Hass. Nein, eher sogar Mitleid mit dieser zerstörten Kreatur da vor ihm. Was wollte er hier? Eine Abrechnung? Mit diesem Wrack, diesem ungleichen Gegner gab es nichts mehr auszufechten.

»Laberbauer, wir machen alle Fehler. Es ging doch nur um

das Weib, das kleine Luder. Das soll uns Männer doch nicht auseinanderbringen. Die hat für alle die Beine breit gemacht, auch für mich, in der Sakristei. Er kicherte, und Karl schlug zu. Karl – es war die Nacht, als aus Karli endgültig Karl wurde. Es war nur ein Schlag, noch ein Edelstein kollerte. Blau wie das Wasser im Pool, vor dem sich Magda geräkelt hatte. Aus der Kopfwunde des Pfarrers troff Blut, rot. Rot wie der Messwein, rot wie Magdas Bluse. Rot und blau ist dem Kasperle sei Frau …

Karl war ganz ruhig. Er sah sich um. Dann ging er langsam durch das Haus und die Kellertreppe hinunter. Er war seit drei Wochen unsichtbar durch Oberhausen geschlichen. Er war ein Geschöpf der Dunkelheit, immer in perfekter Tarnung. Aber seine Ohren waren überall gewesen. Er hatte gehört, dass das Haus renoviert werden sollte. Sie hatten schon begonnen im Keller. Der Betonmischer stand dort, sie waren im Begriff, ihn zu vergrößern und mit dem Abraum ein nutzlos kleines Kammerl aufzufüllen und das zuzumauern. Es fehlte nur noch eine Reihe. Ein Lächeln ging über Karls Lippen. Es war mehr Wehmut als Triumph. Er entfernte vier Reihen Ziegel und ging wieder nach oben, packte den Pfarrer, der leichter war als erwartet, und schleppte ihn in den Keller. Er hiefte ihn über das Mauerstück und hörte das Geräusch, wie er auf der andern Seite zu Boden fiel. Es war ein gutes Geräusch. Sorgfältig mauerte er die vier Reihen wieder zu. Er hinterließ alles genau so, wie er es vorgefunden hatte, wobei er gewahr war, dass der Paule und der Bene, die hier mauerten, das nicht gemerkt hätten. Sie hatten in der Frühe um acht schon ihre fünf Halbe.

Dann ging er hinauf und betrachtete die Tischplatte. Blut und Wein! Er kippte den ganzen Messwein aus, ließ die Karaffe und den Kelch über den Tisch kollern, bis sie zu Boden fielen. Rote Spuren, kein Mensch würde das Blut vom Wein unterscheiden wollen. Die beiden Edelsteine ließ er extra fallen: rot und blau. Trinken wir auf deinen Vater, die tote Sau. Rot und blau, die tote Sau. Auch das reimte sich. Und was sich reimt, ist gut. Es war klar, was sie denken würden: Der sturztrunkene Pfarrer hatte den Wein verschüttet, und dann war er davon. Karl warf die Kleidungsstücke und Bücher des Pfarrers in einige Koffer, trug diese zum Auto. Er versperrte das Haus und legte den Schlüssel in einen Blumentopf. Dann fuhr er los, bis zum Schwaigsee, wo er das Auto mit Steinen beschwerte und versenkte.

Das Entsetzen stand immer noch zwischen Baier und Gerhard. Gottlob kam ihm das Handy zu Hilfe. Er war so dankbar, etwas tun zu können, zu sprechen, um den Bann dieser kalten Gruft zu brechen. Es war der Mann von der Erziehungsanstalt, der berichtete, dass es tatsächlich Fingerabdrücke von damals gegeben hatte, er sie gefunden und rübergeschickt hatte.

»Danke!«, sagte Gerhard, und er und Baier waren begierig, ins Büro zu eilen, zu den Fingerabdrücken, zur täglichen Polizeiarbeit, nur weg von hier. Als sie dort ankamen, wurde ihnen berichtet, dass ein Ehepaar und eine Frau warten würden. Es war die Hareithers und eine kleine, ältere blonde Frau. Hareither gab an, dass er zwei Tage auf der Kolbensattelhütte gewesen sei. Schon an Silvester sei er dort gewesen. Die Zeugin hatte er gleich mitgebracht, diese Lisa, eine Frau, die Baier sehr wohl bekannt war. Eine wilde Hummel, wie Baier ihm später erzählte, Jahrgang 35, eine glühende Verehrerin von Ludwig II. und bis vor kurzem noch alleine mit dem Fahrrad in Ländern wie dem Jemen oder Madagaskar unterwegs gewesen. Heute malte sie – den Kini natürlich.

»Bei mir dürfen eigentlich keine Männer übernachten, nur Notfälle und sehr gute Freunde. Der Hubert war ein Notfall und ein guter Freund. Völlig durch den Wind, da hab ich gesagt: Bleib da, iss an Kaiserschmarrn, denk ned, red ned, komm zu dir.« Sie lachte Gerhard an und fuhr fort: »Sie sind a Netter. Sie kannten au mal übernachten.« Sie ließ offen, ob als Notfall oder Freund. Die Standpauke, die Baier Hareither hielt, weil er einfach so verschwunden war, bekam Gerhard nicht mehr mit, weil er ins Nebenzimmer gerufen wurde. Die Abdrücke waren identisch mit denen, die sie von den Augenlidern und dem Schnitztierchen hatten.

Hektisch wählte Gerhard Evis Nummer. »Evi, meine Schöne, stell dir vor: Die Fingerabdrücke, die von Karl Laberbauer im Jugendarrest genommen wurden, sind identisch mit denen auf den Augenlidern von Draxl und auf dem Schnitzlamm von Matzke. Was sagst du dazu, kannst du da mithalten mit einer sensationell guten Nachricht?«

»Ja, ich denke, das kann ich.« Sie machte eine Kunstpause.

»Ja, sag schon.«

»Dein Laberbauer heißt Filleböck. Er hat den Namen seiner Frau angenommen.«

»Wie hast du das herausgefunden?«

»Gerhard, jetzt kennen wir uns so lange, und du hast immer noch nicht verstanden, dass du mir und meinen Freunden diese kompromittierenden Fragen nicht stellen sollst!«

»Gut, bewahre deine Geheimnisse und schütze deine Informanten. Und was ist jetzt die schlechte Nachricht? Er lebt in Santiago de Chile, bewohnt ein Haus in Montevideo oder hat nur einen Briefkasten auf den Cayman Islands?«

»Nein, er wohnt in Zaumberg.«

Gott sei Dank war er allein im Raum, denn der grenzdebile Gesichtsausdruck, den Gerhard aufgesetzt hatte, hätte zumindest zu einer intensiven Überprüfung seiner Diensttauglichkeit geführt. »Zaumberg? Zaumberg bei Immenstadt?«

»Tja, mein Lieber, das Allgäu lässt dich nicht los, was?«

»Evi, ich komme, sofort, ich bin schon unterwegs.«

»Stichwort: Amtshilfeabkommen, Dienstreisegenehmigung? Sagt dir das was?« Evi lachte.

»Das kann Baier unterzeichnen, außerdem wird er mitkommen wollen. Wir bringen den Haftbefehl mit, könnt ihr das Haus observieren?«

»Sicher, wir warten mit dem Zugriff, bis ihr da seid.«

»Falls Filleböck überhaupt da ist, der Mann hat fünf Menschen ermordet. Der wird kaum warten, bis wir kommen.«

»Gerhard, du wirst nachlässig, du hast genau genommen gar nichts. Er hat einem armen alten Freund nach dem Herzinfarkt pietätvoll die Augen zugedrückt. Seine Anwesenheit an diesem Döttenbichl ist nicht nachzuweisen, an eurem Berliner hat er nichts hinterlassen als Fingerabdrücke an diesem Schnitzvieh. Die könnten auch anders da hingekommen sein. Der skelettierte Pfarrer, wenn er es denn ist, muss nicht auf sein Konto gehen, und die Sache mit dem Silounfall ist pure Spekulation.«

»Verdammt, Evi, du bist nicht sein Anwalt.«

»Nein, aber du solltest dich nicht verrennen. Bewahre deinen klaren Blick. *Kill your ideals.* Hat mir mein früherer Chef mal beigebracht. So ein blonder Chaot, arbeitet jetzt in Weilheim.«

»Schön, dass du was gelernt hast von deinem alten Trottelinspektor. Muss ja ein kluger Typ gewesen sein. Ich glaube, er hätte darauf bestanden mit Filleböck zu reden.«

»Ma muas bloß allat schwätza mit de Leit«, äffte Evi ihn nach. »Also schwätzen wir mit ihm. Ich versuche in der Zwischenzeit, noch mehr über ihn herauszubekommen. Wann seid ihr da?«

»In eineinhalb Stunden?«

»Wo in Zaumberg?«

»Du weißt, wo Baldaufs wohnen?«

»Ja.«

»Gleich nebenan.«

*

Fuizbuam Sommer 1967

Karl ging nach Wildsteig hinein und hielt ein Auto an. Er hätte überall hinfahren können. Aber der Mann im Auto fuhr ins Allgäu. Auch gut, sehr gut sogar, denn er fragte nichts und sagte nichts, bis sie in Lechbruck über die Brücke gescheppert waren.

»Was duasch im Allgei?«, fragte er.

Karl zuckte die Schultern. In der Anstalt hatte es einen Allgäuer Jungen gegeben, aus »Fiasa«, wie er das betont hatte. Von dem hatte er Nützliches gelernt. Taschendiebstahl, mit Dietrichen umzugehen und Allgäuerisch.

»Schaffa?«

Karl zuckte wieder mit der Schulter.

»Wöttsch eabbas schaffa?«

Karl nickte.

»Guat. Kennsch di mit Maschina aus?«

Karl nickte. »Ich bin Landwirt, wir hatten schon sehr früh moderne Maschinen.« Das war zehn Jahre her, aber er hatte nichts mehr zu verlieren.

»Guat. Kommsch am Mondäg in d' Sonthofner Straß. Ehemals Riedel Motorenwerke. Hosch mi? Froagsch nach em Sepp Filleböck.«

Karl nickte. Als er sich am Montag gegen sechs Uhr am Tor herumdrückte, hatte er Zeit, zu erfassen, worum es hier ging. Das Gespräch mit einem sehr redseligen Pförtner eröffnete ihm das Wichtigste. Das hier war Kunert, der Socken- und Strumpfhersteller. Der Held der Damenwelt, dessen hochelastisches Garn »Chinchillan« 1965 patentiert wurde. »Mir hond Fabrika in Fischa, Staufa, St. Mang«, erklärte der Pförtner. Der Filleböck war laut seinen Aussagen ein hohes Tier. »So mim Filleböck hosch du zum dua, Reschpekt!«

Der Filleböck, der Herr Maximilian Filleböck, holte Karl gegen acht Uhr höchstselbst beim Pförtner ab. »Mir hond do Italener, Griecha, alls hond mir. Do kasch du au bei is schaffa.« Er gab ihm einen Job als Maschineneinsteller, ohne nach Karls Geschichte zu fragen. Arbeitskräfte waren knapp, Gastarbeiter kamen in Scharen, deren Geschichte interessierte ja auch niemanden. Es war Filleböck, der Karl nach einem Jahr Bewährungsfrist nach St. Mang schickte, wo er nach einem weiteren Jahr Vorarbeiter und bald die rechte Hand der Ingenieure wurde. Karl wurde zu einer Integrationsfigur zwischen den Akademikern und den Arbeitern. Er redete sehr wenig, aber wenn er sprach, ging etwas Starkes von ihm aus.

Es war 1970, als er Maria Filleböck, die »kleine« Schwester seines Mentors, kennen lernte. Karl war dreißig, Maria war einunddreißig und arbeitete bei Kunert in der Werbeabteilung. Sie war nicht schön, sie hatte Aknenarben im Gesicht.

Sie war gezeichnet, und genau deshalb hatte Karl Zutrauen zu ihr. Sie war leise, ganz anders als ihr umtriebiger Bruder. Karl erinnerte sich sein Leben lang an ein Gespräch, geführt auf einer Gartenparty bei keinem Geringeren als Julius Kunert. Sie saß neben ihm auf einer Hollywoodschaukel und trank Bowle.

»Sie sind so distanziert-kühl und professionell. Sie inszenieren sich so, als ob das Leben keine Spuren hinterlassen hätte. Ich habe Sie beobachtet. Das Leben hat Spuren hinterlassen, an Ihnen eine ganze Menge. Aber Sie zeigen wohl nie, wo die Narben sind. Nun gibt es zwei Zugänge: Manche Menschen zeigen ihre Narben und Wunden offen, sie sind ruppig, sie kaspern rum und sind Meister der Selbstverstümmelung. Mein Bruder gehört dazu. Er hat den Tod unserer Eltern nie verwunden. Das Haus ist abgebrannt, nur wir Kinder haben überlebt. Andere sind immer verbindlich und glatt. So wie Sie! Beides ist Selbstschutz, beides hilft nicht wirklich weiter.«

Karl hatte sie angesehen. »Warum denken Sie über mich nach?«

»Weil Sie hier ein Gesprächsthema sind!«, hatte sie lächelnd gesagt.

»Ich?« Karl war überrascht gewesen.

»Natürlich. Sie können Menschen manipulieren, Sie verstecken sich hinter der Kontrolle. Sie wirken auf Frauen verführerisch, weil Sie diese absolute Gewissheit Ihrer selbst verströmen. Es gibt hier Frauen, die haben versucht, bei Ihnen Eindruck zu schinden. Haben Sie das nie bemerkt?«

Karl hatte den Kopf geschüttelt. Sie hatte gelächelt. »Erzählen Sie mir irgendwann einmal, welche Narben Sie davongetragen haben?«

Er nickte, er wusste nicht, warum er das tat. Sie heirateten

1971, 1979 gingen sie nach Tunesien in das dortige Werk, 1982 nach Marokko. Es war in Marokko, als Karl seine Geschichte erzählte. Der Frau, mit der er nun seit elf Jahren verheiratet war. Der Frau, die er nicht liebte, die er aber verteidigt hätte mit Blut und Waffen und mit seinen Händen. Sie war sein Freund, sein einziger. Sie hatte seine Geschichte angehört, als sie auf der Terrasse gesessen hatten, heißen Pfefferminztee in den kleinen Tassen. Sie hatte ihn auf die Stirn geküsst und gesagt: »Lassen wir sie ruhen.«

Sie kamen 1985 aus Marokko zurück, Karl arbeitete noch bis 1995 in Immenstadt, bis er frühverrentet wurde. Die Filleböcks lebten ein kleines stilles Leben, und das war so viel mehr, als sich Karl je erträumt hatte. Karl begann dann auch eine ehrenamtliche Tätigkeit in der Hofmühle als Museumsführer und später im Bergbauernmuseum in Diepolz. Dort blühte er auf. Seine Gesten wurden größer, seine Augen hatten den Glanz der Jugend, wenn er erzählte von all dem, was er wusste über die Natur und ihre verborgenen Geheimnisse. Die Kinder liebten ihn. Sie selber hatten keine Kinder. Karl hätte nie welche gewollt, weil Eltern sich ihren Kinder zumuteten. Das wollte er nicht. Maria hatte er nie gefragt, aber sie hatte auch nie den Wunsch geäußert.

Gerhard setzte Baier ins Bild, der nur noch den Kopf schüttelte. Immer nur den Kopf schüttelte. Baier fuhr und musste sich voll konzentrieren, weil die Straßenverhältnisse mit Schneematsch und überfrierender Nässe nicht gerade zum Rasen einluden. Sie schwiegen die gesamte Strecke, die einzigen Laute im Wageninneren kamen von der quäkendscharrende Stimme des Polizeifunks. Sie brauchten genau eine Stunde und zweiundvierzig Minuten, bis sie in Zaumberg waren. Es wurde eine kurze und leise Vorstellung zwischen Baier und Evi. Dann gingen sie alle aufs Haus zu. Baier läutete. Gerhard, Baier und Evi standen aufgefächert vor der Tür, weitere Beamten sicherten das Haus, als Frau Filleböck öffnete. Sie hatte Teig an den Fingern, trug eine Schürze und hatte die Stirn gerunzelt.

»Was ist denn hier los?« Sie wirkte ruhig, höchstens gestört in ihrer Tätigkeit.

»Kriminalpolizei. Ist Ihr Mann da?«

Sie wischte die Hände an der Schürze ab, und Gerhard beobachtete sie sehr genau.

»Nein.« Sie sah nicht wirklich überrascht aus. »Er ist oben im Museum. Kommen Sie rein.«

Sie führte die drei Ermittler in einen großzügigen Raum mit Dielenboden, auf dem bunte marokkanische Teppiche lagen und einige exotische Dekorationsstücke in schönster Eintracht mit Bierkrügen und Trockenblumen lebten. Feine Backgerüche durchzogen das Haus. Sie setzten sich auf bunte Sessel.

Die Frau war nicht der Typ, der Schonung bedurfte. Sie hatte kluge, wache Augen, und auch die alten Aknenarben machten sie nicht unansehnlich, eher interessant.

»Ihr Mann steht unter Mordverdacht!«, fiel Baier mit der Tür ins Haus. »Wo war er am 21., am 26. und an Neujahr?«

»Das soll ich mir alles gemerkt haben und wissen?« Noch immer war ihre Stimme neutral.

»Sie sollten bitte versuchen, sich daran zu erinnern«, sagte Evi.

»Mein Mann ist viel unterwegs, er hat ein Faible für Orte der Kraft. Er arbeitet an einem Buch darüber. Ich nehme an, er hat dafür recherchiert.«

»Im Eibenwald bei Weilheim? Am Döttenbichl und in Peißenberg, alles in der Nähe der ehemaligen Heimat Ihres Mannes?«, sagte Baier knurrend.

»Mein Mann hat keine Heimat«, sagte Frau Filleböck leise.

»Kennen Sie die Vergangenheit Ihres Mannes? Dass er für den Mord an Magda Alsbeck im Gefängnis saß? Hat er sie überhaupt umgebracht? Hat er seinen Vater ins Silo gestürzt und den Pfarrer ermordet?«

Gerhard setzte auf den Überraschungsangriff, doch wieder kam nur ein distanziert-freundliches »Das sind recht viele Fragen auf einmal«. Sie hatte sich auch auf die Lehne eines Ledersessels gesetzt.

»Als mein Mann ins Allgäu kam, hatte er jeden Glauben verloren. Jede Hoffnung war dahin, er hatte seine Illusionen begraben. Seine Seele und sein Herz waren tot. Ist die Seele tot, ist nur noch Materie übrig: Fleisch, Blut, Knochen, Gene. Nichts von dem, was ein Leben ausmacht.«

»Aber er hat doch hier ein Leben, ein neues Leben, und Sie haben doch sein Herz gewonnen.«

»Nicht sein Herz, seine Freundschaft, und die musste ich mir lange Jahre erkämpfen.«

»Sie kennen also seine Vergangenheit?« Gerhard begann von neuem.

»Ja, und er war unschuldig in dieser Besserungsanstalt, wo es nichts zu bessern gab, nur zu verschlimmern.«

»Er hat Ihnen also davon erzählt?«

»Ja. Er hat sie nicht umgebracht, aber er war das Bauernopfer.« Sie lachte bitter. »Ein schönes Wortspiel, nicht wahr? Der junge Laberbauer, das Bauernopfer.«

*

Fuizbuam Spätsommer 1957

Es war früh, als er das Knarzen hörte. Früh für einen Sonntag. Den letzten im August. Vorsichtig schlüpfte er aus dem Bett. Der Vater schlich die Treppe hinunter, in der Hand hatte er die schweren Bergschuhe.

Es war ein Impuls, dem Karli gehorchte. Er sprang in seine Kleidung, packte die festen Schuhe und folgte dem Vater. Der war in der Küche und warf Lebensmittel in einen Rucksack und eilte davon. Karli hinterher über die morgenfeuchten Wiesen. Der Vater hielt auf den Bahnhof zu. Wollte er verreisen? Karli folgte ihm, suchte immer wieder Deckung, aber sein grimmig dreinblickender Vater hätte ihn wohl nicht bemerkt, selbst wenn er laut pfeifend hinter ihm hergehüpft wäre. Am Bahnhof stand sie. Karlis Vater schob sie regelrecht in den ankommenden Zug. Es war wieder nur ein Sekundenbruchteil, in dem Karli wusste, dass er in ein Abteil schlüpfen würde. Als die Eisenbahn losruckelte, saß er nur einen Wagen von den beiden getrennt. Wohin wollten sie? Die Antwort ließ länger auf sich warten, denn die Fahrt dauerte an. Mit Wartezeiten und umsteigen. In Oberammergau stiegen sie aus.

Vom Bahnhof marschierten sie dorfeinwärts und an der Großen Laine entlang Richtung Berge. Sie waren zügig auf dem Almweg bergan unterwegs, und bis zur Soile-Alm gingen sie schweigend. Auch noch bis zum Soile-See.

Sie hatte ihr Haar in zwei lange Zöpfe geflochten, eine Strähne hatte sich gelöst, und sie strich das Haar aus der verschwitzten Stirn. Sie atmete schwer. Der Vater reichte ihr eine Flasche. Der Wind wehte ihre Worte herüber. »Das ist ja Bier?«

»Wir sind in Bayern, Wasser kannst zu Hause saufen.« Sie nahm einen ordentlichen Schluck und wischte sich mit dem Handrücken über den Mund. Wieder ein tiefer Atemzug.

Er reichte ihr ein Brot und eine dicke Scheibe G'räucherts. Sie schlang gierig und nahm wieder einen großen Schluck aus der Bügelflasche. »Hab ich einen Hunger.«

»Ja, Madl. So ist das im Gebirge. Du wolltest doch eine echte Bergtour machen«, hörte Karli den Vater sagen.

»Ich wollte einen Ausflug machen. An den Staffelsee, davon haben sie so viel erzählt. Von den Inseln. Wir hätten ein Picknick machen können am Ufer. Ich wollte keine Bergtour machen.« Der Blick, den sie talwärts schickte, war eher verzweifelt. »Ich bin nicht schwindelfrei. Ich kehre um.«

Plötzlich ging eine merkwürdige Veränderung im Vater vor. Er zog sie an sich, küsste sie, flüsterte ihr etwa ins Ohr. Dann machte er eine großspurige Handbewegung und begann ganz laut und auch für Karli gut hörbar eine krude Geschichte zusammenzufabulieren. Sie lauschte gebannt. Es ging darum, dass der Name Laberbauer vom Laber stamme und ein Erstbesteiger des Ettaler Manndls einer der Vorfahren gewesen sei. »Du bist die erste Frau, die ich dahin mitnehme.«

Karli war versucht loszustürmen, den Vater zur Rede zu stellen. Was redete er da? Das war doch alles erstunken und erlogen! Das musste sie doch merken! Aber sie gab ihm die Flasche zurück und sagte: »Das ist lieb!«

»Und einen See hast du hier auch«, fügte er noch an und machte noch so eine Handbewegung über den See hinweg, so als sei der runde Bergsaphir sein Verdienst. Als wäre er der Schöpfer. Sie waren weitergegangen, bis sie am Fuße des Ettaler Manndls standen. Wolken schoben sich immer wieder vor die Sonne, trotz der Höhenlage war es drückend schwül. Licht- und Schattenflecken reisten über die Wände. Wie ein zerfurchter faltiger Elefantenrücken hob sich der steinerne Gipfelbereich gegen den Himmel ab.

»Da hinauf?« Magdas Blick war dem seinen gefolgt.

»Natürlich. Zu einer Bergtour gehört ein Gipfel.«

»Das schaffe ich nie.« Karli vernahm die Angst und die Entkräftung. »Außerdem habe ich Blasen.« Sie trug braune Halbschuhe, die sich wahrscheinlich in Gelsenkirchen als praktisch erwiesen, aber nicht im Fels.

»Du kleines liederliches Mensch! Stadtluder. Und du willst hier bei mir bleiben, wenn du nicht mal auf so einen lächerlichen Hügel kommst?« Karli fror auf einmal. Diesen Tonfall kannte er nur zu gut. Wie oft hatte ihn der Vater so verspottet. Und er hatte versucht ihm zu gefallen, vor allem, damit der Spott aufhörte. Das hatte immer funktioniert. Es war eine Falle, eine heimtückische Falle, aus der es kein Entrinnen gab. Jetzt, wo er nicht selbst betroffen war, war das sonnenklar. Es war beschämend, dass Magda genauso reagierte, wie der Vater es vorhergesehen hatte. Sie bettelte um Anerkennung und kletterte los. Der Vater war hinter ihr, ab und zu schob er sie weiter, die Hände zwischen ihren Beinen. Karli gab ihnen einen Vorsprung, dann glitt er hinterher. Behände wie eine Katze, vorsichtig, um keine Steinchen loszutreten. Inzwischen weinte sie, immer wieder wehte der Wind ihr Schluchzen herüber. Karli kletterte, und er war fast gleichzeitig mit den beiden oben. Nun war ihm alles egal.

»Vater!«, er schrie regelrecht. »Was jagst du Magda hier herauf, du siehst doch, dass sie nicht mehr kann.«

Der Vater fuhr herum. Seine Augen waren zu Schlitzen verengt. »Magda, so so! Seids es per Du? Das kleine Stadtluder und der Karli, was mein Sohn sein will. Hättest sie wohl gerne, die Magda? Aber da war dein Voder schneller.« Er lachte und lachte, und es war, als würde sich das Lachen wie Donnergrollen über den Gipfeln fortsetzen. An den Wänden abprallen und weiterlachen. Es war, als würde die ganze Bergwelt Karli auslachen.

»Lass ihn!« Madga stolperte einen Schritt auf ihn zu. »Was machst du hier, Karli?«

Da packte der Vater sie am Handgelenk und riss sie zurück. »Was er macht? Spionieren tut er, mein sauberer Herr Sohn! Spionieren!«

»Jetzt lass ihn doch«, sagte Madga. »Wir müssen ihm doch sowieso sagen, dass wir heiraten.«

»Wir müssen gar nichts. Heiraten, was glaubst du denn, du Fluckn? Ein Laberbauer und ein kleines Luder aus der Stadt. Ich habe eine Frau, die anpacken kann.«

»Aber du hast doch gesagt, du liebst sie nicht.« Magdas Augen waren riesig groß, sie war sehr blass und hatte hektische rote Flecken auf den Wangen.

»Liebe! Weiberkram! Du sollst die Beine breit machen, mehr nicht. Und das Maul halten.«

Sie begann hemmungslos zu schluchzen und trommelte auf seine Brust ein. Er hatte sie gepackt und lachte. Ihre Stimme, verzerrt vom Weinen, war schrill. »Dann sag ich es deiner Frau und dem ganzen Dorf. Und dass das Kind von dir ist. Ich hab es meiner Freundin erzählt.«

»Das wirst du nicht tun. Niemals. Du wirst keine Gelegenheit dazu haben.« Er hatte sie gepackt und riss sie herum, direkt an die Felskante.

»Vater! Vater! Um Himmels willen!« Karli stürzte auf die beiden zu. Doch bevor er sie noch erreichte, gab der Vater ihr einen Stoß. Karli sah den Ausdruck in ihren Augen. Erstaunen. Sie überschlug sich, ihre Gliedmaßen wirbelten durcheinander wie bei einer Strohpuppe. Ihr Kopf schlug gegen Felsen, und dann blieb sie liegen. Weit unten. Karli starrte hinunter. Ein Schrei wie tausend Schreie entfuhr seiner Brust. »Vater! Du hast sie gestoßen!«

»Wer sagt das?« Die Miene des Vaters war versteinert.

»Vater, du hast sie gestoßen! Ich hab es gesehen.«

»Du hast das gesehen? Du? Was willst du gesehen haben? Es sind nur wir zwei hier heroben. Du und ich? Wem werden sie wohl glauben? Mir, dem Laberbauer, oder dir Rotzlöffel?«

Da hob Karli die Hand und schlug dem Vater ins Gesicht. Er hatte keine Chance, eine Deckung hochzureißen. Die Augenbraue platzte, und Blut rann heraus. Der Vater stand nur da.

»Das wirst du bereuen.«

Karli kletterte eilends hinunter. Sie lag da wie eine Puppe mit verrenkten Gliedmaßen. Ihre Nase war gebrochen und blutverschmiert. Auf ihrer Stirn klaffte ein Loch. Einer ihrer Zöpfe war blutgetränkt und kringelte sich neben ihrem geschundenen Körper wie eine blutende Schlange. Karli wusste nicht, wie lange er da gestanden hatte. Bergsteiger kamen aus dem Tal herauf.

»Was ist geschehen?«, fragte einer. Da vernahm Karli eine Stimme in seinem Rücken.

»Mein Sohn hat diese Frau vom Manndl gestoßen. Sie wollte ihm ein Kind anhängen.«

Alles lief in Zeitlupe ab. Karli drehte sich ganz langsam um. Er sah nur noch das Gesicht seines Vaters. Riesengroß. Es erfüllte alles. Die Augen waren eiskalt. Nur ein Tick von Spott lag in den Augenwinkeln. Jemand sagte etwas, noch jemand. Es mussten diese Bergsteiger sein. Karli spürte eine Hand auf seinem Arm. Die Zeit begann wieder zu laufen, zu rennen, und mit ihr riss er sich los und rannte bergab. Er stürzte, schlug sich das Knie auf und rannte, den Teufel im Nacken.

Erst oberhalb des Klosters Ettal hielt er inne. Und weinte, und mit seinem Weinen begann der Sturm. Das Gewitter kam schnell, der Donner hallte wider an den Wänden, die Blitze zuckten in einer wilden entfesselten Ekstase. Gebirgsgewitter. Das Grollen der Berggötter. Karli reckte die Hände himmelwärts, machte sich groß, balancierte auf den Zehenspitzen und flehte zum Himmel, der Blitz möge ihn treffen. Diese Gnade wurde ihm nicht gewährt. Er blieb drei Tage draußen, war wie erstarrt. Saß an einen Baum gelehnt, nur ein Bild vor Augen. Unfähig, sich zu bewegen, nun auch unfähig, noch mal zu weinen. Die Tränen für ein ganzes Leben waren mit dem Regen des Gewitterinfernos davongeflossen, ein Strom von Tränen. Er lief in der Nacht. Über Oberammergau und Saulgrub, weiter nach Baiersoien und in die Schöffau. Immer in den Wäldern. Als er Grasleiten sah, gab er sich einen Ruck und marschierte weiter. Es war am vierten Tag, als er in Maxlried an Hansls Fenster klopfte. Agi öffnete, und ein spitzer Schrei entfuhr ihr. »Jesus Maria, Bub!« Sie zog ihn schnell herein. Hansl kam aus seiner Kammer.

»Karli, die suchen dich seit Tagen!«

Karli sank auf einen Hocker, Agi drückte ihm Brot in die Hand und Käse, ihre ganzen Kostbarkeiten. Sie goss ihm Milch ein. Er verschlang alles und schwieg.

Hansl wartete. »Karli, die suchen dich. Hörst du?«

Karli nickte.

»Dein Vater hat gesagt, du hättest die Magda vom Manndl

gestoßen, sie haben ihre Leiche gebracht. Ich hab sie gesehen. Sie sah schrecklich aus. Karli!« Hansl starrte ihn angstvoll an.

Karli brachte so etwas wie ein verzerrtes Lachen hervor, nur ein Lachen. »Ich wusste, dass der Voder das tut. Er war's, er war's. Ich doch nicht!«

Agi hatte die Hand vor den Mund gepresst. Ihre Augen waren riesengroß. »Bub, weißt du, was du da sagst. Du beschuldigst deinen Vater, deinen eigenen Vater?«

»Meinen Vater, den großen Laberbauer. O ja! Er hat ihr ein Kind gemacht. Er hat sie gestoßen. Ich habe es gesehen. Gott ist mein Zeuge.«

»Aber der wird nicht für dich aussagen, Bub«, sagte Agi leise. Hansl schaute seine Mutter überrascht an, auch Karli betrachtete sie, als sähe er sie zum ersten Mal im Leben. Die abgearbeitete Frau, die höchstens vierzig sein konnte und doch so viel älter aussah. Die grauen Strähnen, die schwieligen Hände, die magere Gestalt, die immer ein bisschen gebückt ging und zu Boden sah. Jetzt stand sie ganz gerade und schaute dem Jungen fest in die Augen. »Gott legt kein Zeugnis für dich ab. Das ganze Dorf denkt eh längst, dass du es warst. Der Pfarrer predigt es von der Kanzel, dass wir einen Mörder unter uns haben. Was bist auch so lange ausgeblieben. Der Pfarrer sagt, das sei ein Schuldeingeständnis.«

»Ich konnte einfach nicht zurückkommen. Ich, ich, ich war wie gelähmt. Aber ich war es nicht!«

»Und wenn!«

»Glaubt ihr mir denn?« Aus Karlis Stimme sprach pure Angst.

Agi schaute ihn lange an. »Ja, ich glaube dir.« Und Hansl. »Ja, ich glaube dir. Ich habe gestern den Pfarrer und deinen Vater am Heim gesehen. Sie haben mit der Frau mit den kurzen Haaren getuschelt. Hinten bei der Turnhalle, es war schon dunkel. Ich hab gesehen, dass dein Vater ihr Geld gegeben hat.«

»Schweigegeld!«, sagte Agi düster.

»Aber das musst du erzählen!«, rief Karli.

Agi legte ihre Hand auf seinen Arm. »Bub, wir sind Tagelöhner, Hansl ist ein Fuizbua ohne Vater. Seine Mutter lebt von Gelegenheitsarbeit und Almosen aus Achberg.« Sie lachte bitter. »Wir können erzählen, was wir wollen. Die lassen uns nicht mal vor. Ungeziefer lässt man nicht vor beim Laberbauer und beim Pfarrer.«

In dem Moment hörte man schwere Stiefel, dann wurde die Tür aufgerissen. Der Laberbauer stürmte herein, andere Berger im Gefolge. »Dachte ich es mir doch, dass du bei diesem Gschwerl Unterschlupf suchst.« Er packte Karli am Arm, riss ihn hoch und zerrte ihn zur Tür.

Da stand Agi auf. »Karl, du musst mitgehen, sei stark. Und du Laberbauer, schleich di samt deinen Schergen. Und vergiss nie: Dir wird's vergolten, irgendwann. Tausendfach schlimmer.«

Für einen Moment war es so still, dass man das Knacken des nassen Holzes im Herd wie Explosionen hören konnte. Dann polterten die Männer hinaus.

Die nächsten Tage erlebte Karli, als wäre er tief versunken in ein Buch. Eine grausame Geschichte, eine ungerechte Geschichte wurde erzählt. Es war seine Geschichte da zwischen den Buchdeckeln, aber das konnte er nicht begreifen. Es traten Zeugen auf. Die Frau mit den kurzen Haaren. Sie erzählte, dass Karli mit Magda zusammen gewesen wäre. Schon im vorigen Sommer. Dass Magda ein Kind erwarte, von Karli. Sie hätte es ihr erzählt.

Der Pfarrer machte Aussagen. »Der Junge hatte immer schon kriminelle Neigungen. Trotz seines hervorragenden Elternhauses«, er nickte Karlis Vater zu, »und unser aller Bemühungen hat er sich immer als widerspenstig erwiesen. Es ist in ihm, das Böse.«

Der Vater wurde mehrfach befragt. Er sagte stets dasselbe. »Der Bub ist durchgedreht, weil die Frau ihm ein Kind anhängen wollte.« Dann hat er immer besorgt ausgesehen und gesagt: »Gott sei ihm gnädig.« Einmal hatte Karli nicht zu Boden gesehen bei seiner Aussage. Und da war dieser Spott in den Augenwinkeln des Vaters. Nur für Karli sichtbar.

Nach einigen Prozesstagen gestand Karli den Mord. Der Pfarrer schaute triumphierend drein. Es war wie immer! Alles war gut! Er hatte in der Schule die Gebote gelernt, aber am Ende zugegeben, es nicht getan zu haben. Er hatte nicht gemordet und am Ende zugegeben, es getan zu haben. Alle waren zufrieden. Damals waren sie zufrieden gewesen und hatten von ihm abgelassen. Heute waren sie zufrieden. Nur Gott war sein Zeuge, und der schwieg, wie immer.

Gerhard sah Frau Filleböck unverwandt an. »Er hat sie also nicht umgebracht, diese Magda Alsbeck?«

»Nein, aber keiner wollte ihm glauben.«

»*Das* sagt *Ihr* Mann.«

»Ja, das sagt mein Mann.«

»Und was sagt er über seinen Vater und den Pfarrer?«

»Er sprach von deren Feigheit und Falschheit und bauernschlauer Arroganz.«

»Hat er sie umgebracht, nach seiner Entlassung?«

»Fragen Sie ihn.« Frau Filleböck war immer noch ganz ruhig und gefasst.

»Frau Filleböck, das werde ich tun, und wir werden ihn auch fragen, weshalb er die alten Freunde umgebracht hat. Warum nach all den Jahren? Wieso diese späte Rache? Es muss einen Auslöser gegeben haben. Ich verstehe das nicht, Sie?«

»Man muss nicht alles verstehen wollen, einfach nur tolerieren«, sagte Maria Filleböck.

Gerhard sah sie überrascht an. Das war wohl das Geheimnis ihrer Ehe, jeder Ehe, jeder Beziehung. »Frau Filleböck, da tun wir uns schwer, Mord können und dürfen wir nicht tolerieren! Hat sich etwas verändert die letzte Zeit?«

Sie war zur Terrassentür gegangen und sah hinaus. »Verändert?«

»Ja, verändert! Ist Ihr Mann aggressiver, depressiver, was weiß ich.«

»Mein Mann ist weder aggressiv noch depressiv. Er ist meist sehr beherrscht.«

»Meist?« Evi hatte sich eingeschaltet. »Frau Filleböck, Sie haben sicher einen hohen Preise bezahlt in einer Beziehung, die immer nur auf Freundschaft, aber nie auf Liebe gefußt hat. Sie sind sicher oftmals auf heißen Kohlen gegangen und auf Scherben balanciert. Gerade Sie haben bemerkt, wenn sich Ihr Mann verändert hat!«

Das war als unumstößliche Feststellung formuliert. Evi war gut, verdammt gut, dachte Gerhard.

»Wenn verändert, dann nicht in der letzten Zeit. Es war letzten Februar. Er hatte irgendetwas im Fernsehen gesehen. Ich weiß nicht, was es war. Ich war oben und habe gelesen. Aber als ich runterkam, saß er wie versteinert da. Starrte auf den ausgeschalteten Apparat. Als habe er Gespenster gesehen. Nein, er hat Gespenster gesehen.«

»Wie bitte?«

»Nun, er hat gesagt: ›Die Schattengestalten sind wieder da.‹ Und dann hat er unentwegt gemurmelt. ›Es geht nicht ohne Bass. Es geht einfach nicht ohne Bass.‹«

*

Fuizbuam Frühjahr

Plötzlich hörte Karl das Lied. Es war diese Stimme, die er heraushörte. Dieser erste Tenor! Dieser Tick, die andern zu übersingen, nur ein Hauch und für weniger musikalische Zuhörer nicht hörbar. Es war wie gestern, er war schon versucht, in die Hände zu klatschen und zu rufen: Herrgott Hansl, reiß di zam, du bist scho wieder zu laut. Es war wie immer und doch Jahrzehnte her. Er hätte nie gedacht, dass die Erinnerung so machtvoll heranzustürmen vermochte, wie sie, einem Orkan gleich, jetzt in seinen Ohren brauste. Für einige Sekunden war es, als hätte er die Orientierung in seiner eigenen Wohnung verloren, sein Kopf ruckte umher, um das Singen zu orten. Dann erst wandte er seinen Kopf dem Fernseher zu.

Die Kamera hatte eine Messehalle im Bild. Natürlich, es war die Grüne Woche, die gerade in Berlin begonnen hatte. Die Kamera zoomte ein Kunstrasenstück heran, aus dem Plastikblumen stakten, darauf war ein Holztisch platziert. Dazu eine Bank, im Hintergrund sollte ein ebenfalls mit Plastikblumen umranktes Gitter die Illusion von Gartenlaube vermitteln. Drei Männer saßen da, einer mit Hackbrett, der andere mit Ziehharmonika, und sangen. Im Vordergrund stand Ministerin Künast neben einer Moderatorin in einem engen Schlauchkleid, das viel Dekolleté und ein wenig spitzes Knie frei ließ. Dann kamen Stiefel, die in merkwürdig geformten Absätzen endeten. Beide Frauen schauten fast gerührt den Männern zu. »Bin i da boarisch Hiasl, koa Jaaga hat a Schneid ...« Wieder dieser Tenor! Aber hörten die das denn nicht? Der Bass fehlte, der Bass, der doch alles abrundet, auffängt, umschmeichelt. Als die Männer schließlich verstummten, begann Frau Künast zu klatschen, die Moderatorin trat einen Schritt auf die Männer zu und rief frenetisch:

»Ist das nicht wunderbar, echtes bayerisches Brauchtum hier beim Hauser Dreigesang. Eine Komposition vom legendären Pauli Kiem.«

Die Kamera schwenkte weg von der Szene, hinein in den Gang, wo zwei Mädchen in Dirndln mit Krönchen geschmückt entlangschritten. Die eine trug eine Käseplatte, die andere einen Bocksbeutel. Die Bestiefelte lud sie mit einer Handbewegung ein, sich neben Frau Künast zu stellen. Shakehands, Komplimente für die Damen, die sich als Milch- und Weinkönigin zu erkennen gaben und brav ihre einstudierten PR-Reden über die Authentizität – Frau Milchwirtschaft brach sich an dem Wort fast die Zunge ab – der bayerischen Regionen und ihrer Landwirtschaft herunterleierten. Von dem folgenden Gespräch, in dem die Ministerin irgendwas versprach und die Mädels artig nickten, bekam Karl wenig mit.

Denn sein Blick war auf die drei Männer geheftet, die wieder zu singen begonnen hatten. Leise nur, sozusagen als Hintergrundmusik. »Juhe, frisch auf zum Schiaßen frei ...« Der Bass, wo war der Bass? Wieder rauschten Orkanstürme durch seinen Kopf, er blinzelte, lauschte: Es klang wie immer, aber der Bass! Spürten die das wirklich nicht? Als würde ein Loch klaffen, ein tiefes!

Da saßen sie: der Hansl in einem karierten Hemd, braun

gebrannt, und noch immer war viel übrig von seiner zähen Vitalität. Der Schorschi in einer Walkweste sah zwar so richtig rausgefressen aus, er, der früher so ein zaunrackendürrer Bub gewesen war, aber er wirkte immer noch unbedarft, wie ein liebes Schaf, das keinem was zuleide tun kann. Pauli trug einen Lederjanker, Nase und Augen zeugten von Alkoholgenuss. Rote Augen, als hätte er Heuschnupfen, saßen über einer fein durchäderten knollige Nase in Rotlila, die man sich nicht bloß mit Bier ersaufen kann. Da müssen einige Kurze mit einhergehen.

Die Übelkeit kam nun in einer weiteren, viel stärkeren Welle. Gedanken, Gedankenfetzen tanzten einen Veitstanz in seinem Kopf. Worte formten sich, Worte, Vorwürfe, die er rausschreien wollte, aber irgendwie gelang es ihm, diese runterzuschlucken. Dorthin, wo sein Magen sowieso schon revoltierte. Er fixierte den Bildschirm.

Die beiden Mädel hatten inzwischen ihre Ware abgestellt, Stühle wurden gerückt, Weingläser arrangiert. Nun verkostete man in fröhlicher Runde und unter nicht enden wollenden Lobeshymnen Käse und Wein, bis die Kamera die Moderatorin voll erfasste. Sie prostete den drei Männern zu und wandte sich verschwörerisch an Schorschi.

»Herr Kölbl, Sie haben mir vorher hinter den Kulissen eine reizende Geschichte erzählt.«

Schorschi, noch nie der Schnelleste, schaute erschreckt.

»Dass Sie sich so lange kennen«, half ihm die Moderatorin auf die Sprünge.

»Ja, seit der Schul, immer schon.«

Hansl mischte sich ein. »Ja, wir waren so ein Trio Infernale, wir haben uns zwar ein bisschen aus den Augen verloren ...«

»Ja?«, flötete die TV-Lady.

»Ja, aber so eine Kameradschaft ist doch heilig, und unser Dreigesang darf nicht sterben, fanden wir! Wir sind eigentlich schon ewig nicht mehr aufgetreten, aber für die Grüne Woche haben wir eine Ausnahme gemacht.«

Die Moderatorin gab sich frenetisch. »Das find ich so schön, so schön! Ich hoffe, wir hören Sie jetzt wieder öfter.« Sie zwinkerte. »Und da haben Sie mir noch was erzählt.«

»Ja, wir haben als dumme Buben mal eine Blutsbrüderschaft der sprechenden Tiere gegründet. Jeder hatte ein Erkennungszeichen ...« Und wie auf Kommando legten die drei ihre geschnitzten Tiere auf den Tisch. Ochs, Esel, Schaf.

»Wunderbar, so schön!«, rief die Moderatorin noch mal und ohne Übergang: »Das war das echte Bayern mit dem Hauser Dreigesang.« Cut, plötzlich ging es um einen Bauern, der angab, seine Kühe mit homöopathischen Globuli zu behandeln.

Der Hauser Dreigesang! Ochs, Esel und Schaf. Drei. Das Brausen in seinen Ohren wurde wieder stärker, schwoll an, ebbte ab, schwoll an. Drei, Dreigesang, drei Freunde. Kein Bass! Er war aufgesprungen, es war ihm, als müsse er in den Fernseher kriechen und sie alle schütteln. Die drei Freunde, die Moderatorin. In den Fernseher kriechen, so wie das junge Katzen tun, die erstmals im TV eine Tiersendung sehen und einfach nicht verstehen, wo der kleine Vogel abgeblieben ist in dem Kasten. Wo das Känguru hingehüpft ist. Dann sank er wieder auf seinen Sessel und starrte auf den Bildschirm, wo der Globuli-Bauer mit Frau Künast plauderte. Drei! Was für eine geschmeidige Zahl! Anders als die kantige Vier! Drei, was für eine falsche Zahl! Eine Zahl ohne Bass!

Er packte ein paar Dinge zusammen, legte Maria, die unterwegs war, einen Zettel hin. Dass er bald wieder da sein würde. Das war das erste Mal, dass er begann, Hansl, Johann Draxl, zu verfolgen. Mehrere Male folgten, immer war er nahe dran, Hansl anzusprechen. Aber er traute sich nicht. Was hätte er sagen sollen: Wieso habt ihr den Bass vergessen? Hätte er das fragen sollen?

Dieser Laberbauer-Filleböck wurde Gerhard immer unheimlicher. Und es beunruhigte ihn immer mehr, dass dieser Mann der Einzige zu sein schien, der endlich Auskunft darüber geben konnte, ob er all diese Menschen ermordet hatte. Und was, wenn die ganze Ermittlung ins Leere führen sollte. Evi hatte ihn am Telefon wirklich ziemlich auf den Boden der Tatsachen zurückgeholt. Sie hatten nichts in der Hand. Gerhard verfolgte das Gespräch momentan nur als Zuhörer. Evi war wieder am Zug.

»Und da haben Sie nicht nachgefragt, was das bedeuten sollte mit dem Bass?«

»Nein. «

Evi schluckte. Diese Frau war nicht aus der Reserve zu locken. Gerhard hätte auch nicht gewusst, wie.

»Und was ist dann passiert?«, fragte Evi.

»Passiert? Nichts, er war viel unterwegs und hat an seinem Buch fast manisch gearbeitet.«

»Und wo war er? Im Eibenwald? Am Döttenbichl? In Peißenberg?« Die Frage kam von Baier.

»Ich habe es Ihnen doch schon erklärt: Er war unterwegs, einfach nur unterwegs. Er hat mir immer Zettel hingelegt, wann er wieder da sei. Er war immer pünklich zurück. Karl war immer sehr zuverlässig und präzise.« Übergangslos sagte sie: »Moment bitte, ich muss nach meinem Kuchen sehen.«

Sie ging durch eine Tür, die wohl zur Küche führte. Evi und Gerhard fiel es gleichzeitig auf: Sie hatte noch Teig an den Fingern gehabt, da konnte noch gar kein Kuchen im Ofen sein. Beide stürzten in die Küche. Die Terrassentür war offen, und sie sahen den Mercedes-Jeep noch, mit dem sie um die Ecke schoss.

»Hinterher!«, brüllte Gerhard. Hektisch rannten sie durcheinander, Gerhard hieb sich die Kante der Anrichte schmerzhaft in den Oberschenkel. Sie sprangen in ihre Autos, diesmal fuhr Gerhard und peitschte den Polizeiwagen durch die Kurven. Plötzlich war der Schnee da.

»Aus diesem Sibirien stammen Sie also.« So wie Baier das sagte, war das ein Versuch, der aufkommenden Angst zu begegnen. Das war alles andere als ein Ruhmesblatt. Sich von der Frau des Mörders – war Filleböck überhaupt der Mörder? – so ausmanövrieren zu lassen. Am Ortseingang Knottenried hatte der Wind die Straße zugeweht, nach dem mörderisch glatten Waldstück mit seinen engen Kurven kam noch mehr Schnee. Diepolz lag inmitten einer weißen Hölle. Auch wenn auf den Feldern bisher noch vergleichsweise wenig Schnee lag, die Wächten hatten schon die Fräse gefordert, die scharfe Ränder hinterlassen hatte. Eine Straße wie eine Bobbahn mit hohen Wänden. Noch vor dem Ortseingang war jemand mit einem Bulldog dabei, die Straße zu räumen. Er verstellte den Weg, sie hatten Frau Filleböck eingeholt.

»Da ist sie!«, schrie Gerhard. In dem Moment verschwand der Bulldog in einer Einfahrt, Frau Filleböck jagte wieder los, Gerhard hinterher. Seine Reifen drehten durch, er rutschte zur Seite. Es blieb ihm nur, ein Stück zurückzurollen und es erneut auf griffigem Pressschnee zu versuchen: kaum Gas, Fußspitzengefühl – der Wagen bekam wieder Bodenhaftung.

Gerhard schleuderte regelrecht vor den Eingang des Museums.

Der Mercedes-Jeep stand da, Frau Filleböck war verschwunden. Gerhard und Baier stürzten in den Eingangsbereich, wo sich ihnen Richard, der Museumbauer, in den Weg stellte: »Des geht etzt it. Mir hond a ekschtra Führung für Bürgermeischter aus Frankreich, die in Bayern a Partnergmuind hond.«

»Weg!«, Gerhard schubste Richard regelrecht zur Seite und rannte die Treppe hinauf. Natürlich: Filleböck konnte seit dem marokkanischen Intermezzo sicher perfekt Französisch. Gerhard stoppte jäh am Modell einer Kuh ohne Hörner. Filleböck stand da, seine Frau redete auf ihn ein und versenkte etwas in seiner Jackentasche. Sie waren umrahmt von etwa fünfzehn Leuten. Unter ihnen waren Immenstadts Bürgermeister und Jo. Jo!? Aber natürlich. Jo, die Tourismusdirektorin, Jo, die auch sehr gut Französisch konnte, Jo in ihrer Welt, in ihrer Arbeit, in ihrer Heimat. Was überraschte ihn das so, dachte Gerhard noch, sie müsste überrascht sein. Aber bevor er Jos Blick suchen konnte, hatte Baier einen Schritt auf Filleböck zugemacht. »Herr Filleböck, wir würden gerne mit Ihnen reden.«

Filleböck nickte und bat die Delegation, seine Frau und den Bürgermeister vorzugehen ins Freigelände. Jo stand da noch immer, eingeklemmt zwischen der hornlosen Kuh und Filleböck. Sie sah irritiert zur Treppe, wo nun auch Markus Holzapfel und Evi standen, und sie blickte in den Raum hinein, wo Baier und Gerhard sich aufgebaut hatten. Gerhard wollte Jo gerade zu sich her winken, als Filleböck sie wie ein Kavalier am Arm nahm und sagte: »Da geben wir nun aber kein positives Bild für den Allgäutourismus ab, was, Frau

Kennerknecht? Wir bemühen uns, den Franzosen die Schönheit dieser Gegend zu präsentieren, und da taucht hier die Polizei auf.«

Jo lachte und hängte sich ihrerseits bei ihm ein. »Ja, genau, was ist los? Evi? Gerhard? Ihr dürft uns doch nicht den besten Touristenführer, den wir haben, verprellen.«

Sie hatte zuerst Evi genannt, das notierte Gerhard, und dass sie leicht angetrunken war, angesichts des Champagners und der vielen leeren Gläser im Eingangsbereich war das leicht zu erklären.

Baier versuchte näher an Filleböck heranzukommen. »Herr Filleböck, wir hätten gerne gewusst, was Sie am 21. im Eibenwald, am 26. am Döttenbichl und am 1. in Peißenberg gemacht haben?«

»Warum, war ich dort?«

»Ja!«, rief Gerhard.

»Wurde ich gesehen?«

»Nein, aber wir haben Ihre Fingerabdrücke«, pokerte Gerhard.

»Das glaube ich nicht. Ich habe gelernt, ein Phantom zu sein«, sagte Filleböck leise. »Ich hatte viel Gelegenheit, das zu trainieren.«

Jo versuchte den Arm zu lösen, aber Filleböck hatte sie fest umfasst. Sie schickte flehende Blicke zu Gerhard, der ihr seinerseits versuchte zu vermitteln, dass sie stillhalten solle und er da sei.

»Geben Sie die Morde an Georg Kölbl und Paul Matzke zu?«, fragte Baier. Jo entfuhr ein kleiner Schrei, Gerhard wurde immer mulmiger zumute.

Filleböck lächelte Jo an. »Frau Kennerknecht, Sie haben mir gar nicht gesagt, dass Sie hier ein spontanes Theaterstück proben. Da will ich mal mitspielen.« Er wandte sich Baier zu. »Ich gebe gar nichts zu. Ich habe übrigens mehrmals in meinem Leben etwas zugegeben, an dem ich keine Schuld trug. Daraus habe ich gelernt.«

»Dann können Sie ja diesen Bann durchbrechen und etwas zugeben, das Sie tatsächlich getan haben«, sagte Baier.

Karl Filleböck lächelte nachsichtig. Er schenkte seiner Frau ein kurzes aufmunterndes Lächelnt. Und dann plötzlich riss er ein Messer aus seiner Tasche und hielt es Jo an die Gurgel. Evi, Gerhard und Baier hatten ihre Waffen entsichert, zu spät.

Filleböck sagte leise. »Verzeihen Sie, Frau Kennerknecht. Ich wiederhole mich nur ungern. Aber ich gebe gar nichts zu. Niemals. Sie werden gar nichts beweisen können. Ich habe wirklich aus meinem Leben gelernt.«

Langsam dirigierte er Jo zur Treppe, die Polizisten wichen zurück. Gerhard sah den Ausdruck in Jos Augen und wusste, dass er den niemals mehr vergessen würde. Filleböck blieb stehen. »Ich gehe jetzt hier hinaus, und Frau Kennerknecht wird mich begleiten.«

»Herr Filleböck, das ist Wahnsinn. Sie haben keine Chance, und wenn Sie unschuldig sind, dann machen Sie sich erst jetzt schuldig«, sagte Evi.

»Erzählen Sie mir nichts von Schuld und Unschuld.« Er drückte das Messer etwas fester an Jos Kehle, die aufstöhnte. Baier machte eine Handbewegung. Alle ließen die Waffen sinken und mussten zusehen, wie Filleböck Jo zum Mercedes-Geländewagen dirigierte. Er nahm den Schlüssel aus seiner Jackentasche, das war es also gewesen, was seine Frau ihm zugesteckt hatte. Gerhard verfluchte seine Naivität. Sie hatte ihm also ein Fluchtfahrzeug beschafft. Nur deshalb war sie nach Diepolz gerast. Filleböck zwang Jo, auf dem Fahrersitz Platz zu nehmen, und nötigte sie mit gezücktem Messer loszufahren.

Jo schoss rückwärts, die anderen sprangen in ihre Autos. Baier hatte schon alle Streifenwagen alarmiert und durchgegeben, Filleböck auf keinen Fall aufzuhalten, um das Leben der Geisel nicht zu gefährden. Baier war ruhig, völlig ruhig, er hatte sogar seinen Pitbull-Ton abgelegt.

Sie donnerten hinter dem Mercedes-Jeep durch Freundpolz und Rieggis, das Dienstfahrzeug schleuderte, der Mercedes ruckte nicht mal. Auch Evi und Markus Holzapfel, die hinter ihnen waren, hatten Probleme.

»Wo will er hin? Um Himmels willen, was tut er Jo an? Wir müssen etwas tun. Straßensperren, wir müssen …«

»Gar nichts müssen wir.« Baier hatte wieder diesen Ton angeschlagen, den Gerhard einmal erlebt hatte. Der ihn hatte verstummen lassen. »Herr Weinzirl, auch und gerade wenn Sie die Dame kennen, wir sind Profis. Wir folgen ihm. Wir dürfen das Leben Ihrer Freundin nicht gefährden.« Er sah zu Gerhard hinüber, und es war Mitgefühl in Baiers Augen. »Reiß di zamm.« Er hatte das ganz leise gesagt. Dann ging er wieder zum Sie über. »Er kann nicht ewig fahren, jedes Auto braucht mal Benzin. Wir müssen abwarten.«

Sie waren durch Niedersonthofen gejagt, Jo fuhr wie Kimi Raikönnen. Was tat dieser Filleböck mit ihr? Aber so lange sie fuhr, lebte sie schließlich noch. Das Leben, das verdammte Leben. Irgendwann gab es einen Punkt, wo nur noch das Überleben zählte. Nichts sonst mehr.

Der Mercedes fuhr Richtung Autobahn und nahm die Ausfahrt nach Füssen.

»Wo will er hin?«, fragte Baier. »Verdammich.« Baier war

ständig über Funk mit den Streifenwagen in Kontakt. Als sie das Autobahnende erreicht hatten, konnte er gerade noch einen Ostallgäuer Kollegen davon abhalten, eine Wagenkolonne am Attlesee quer zu stellen. Jo raste den Hügel beim Haflingerhof hinauf, sie slidete durch Rosshaupten und raus auf die Schnellstraße. Dann schoss der Mercedes rechts weg. Evi war über Funk zu hören: »Es ist Wahnsinn, was der macht. Gerhard, Jo geht es gut. Jo kann Autofahren.«

O ja, Jo konnte Autofahren, besser als er, besser als alle Männer, die er kannte. Aber wie fuhr man mit einem Messer an der Schläfe? Auf der Brücke in Lechbruck war es eisig, Baier kam wieder ins Trudeln und konnte den Wagen gerade noch abfangen. In der Höhe Steingädele zeigte der Tacho 170. »Das ist Wahnsinn«, sagte nun auch Baier. Er war grau im Gesicht und schrie Befehle in den Funk. Sie jagten durch Steingaden und durch den dunklen Wald mit seinen fiesen Kurven, die so unangenehm zumachten.

»Er fährt heim. Jo fährt ihn heim. Wo will er bloß hin?« Gerhard spürte auf einmal, was Panik war. In einer Kurve brach das Heck des Mercedes aus, er kam gefährlich nah an den Waldrand. Wenn sie verunglücken, erfahren wir nie, ob er es war, dachte Gerhard und hasste sich. Es ging nur noch um Jo. Er spürte den Drang zu reden.

»War er es? Hat er die Männer ermordet? Was ist mit Draxl passiert? Was? Diese wilde Flucht ist doch ein Schuldeingeständnis, oder?«

»Wir werden es erfahren, wenn er anhält. Wenn er anhält …« Baier klang nicht gut. So hatte ihn Gerhard noch nicht erlebt. Brummig, ja. Knorzig, ja. Ironisch, sarkastisch, ja. Aber nicht so.

Der Wagen vor ihnen schlitterte plötzlich rechts weg Richtung Wieskirche. Baier hatte alle Mühe, sein Auto auf Spur zu halten. Der Tacho zeigte immer noch 85. Es war Wahnsinn, mehr als das.

»Er kennt sich aus. Der will nach Unternogg!« Baiers Stimme brach. Die Straße war schneebedeckt, Blätter mischten sich mit dem Schnee. Baier verriss das Steuer, lenkte gegen, drehte sich um 360 Grad und blieb stehen. Hinter ihm kam Evi zum Halten.

»Wir verlieren ihn«, schrie Gerhard und rief in den Funk: »Straße sperren bei Altenau! Er kommt von Unternogg!«

Baier sah ihn nur an. Nichts sonst. Und gab Gas. In Altenau sahen sie den Streifenwagen mit Blaulicht. Der Kollege deutete hektisch nach links. Natürlich, er war die Nebenstrecke nach Saulgrub gefahren. Dort, an der Einfahrt nach Kohlgrub, war wieder ein Streifenwagen postiert, Kollege Fischer stand halb auf der Straße und brüllte: »Er musste an der Bahn halten. Wir wussten nicht, was wir tun sollten.«

Baier gab Gas, kurz vor Baiersoien sahen sie den Jeep. Er raste weiter. Von vorne kam Blaulicht, Jo riss anscheinend das Steuer herum, der Wagen kreiselte und blieb mitten auf der Echelsbacher Brücke stehen. Er war gefangen zwischen dem Blaulicht und Baier. Gerhard und Baier hatten die Waffen gezückt. Der Mercedes stand ganz still. Dann ging die Tür auf. Jo kam heraus, das Messer lag an ihrer Kehle. Urplötzlich stieß Filleböck sie zu Boden und schwang sich athletisch auf das Geländer. Es war zwar angeschrägt und neuerdings so gebaut, dass es nicht gerade einlud zum Sprung, aber für einen großen sportlichen Mann kein Hindernis war.

»Bleiben Sie stehen!« Gerhard schrie und zielte auf Filleböcks Knie. Er wollte die Geschichte. Er wollte die Geschichte hinter Draxl, den Augen von Kölbl und dem Entsetzen über Matzke. Er wollte die Wahrheit über den Pfarrer. Er wollte ein Warum! »Warum!« Das schrie er an gegen den Wind. »Warum, Filleböck?«

»Ein Baum stirbt im Stehen«, brüllte der zurück. »Ich bin nun lange genug gestanden.« Er blickte zum Himmel, wo graue Wolken sich türmten. Er reckte den mittleren Finger nach oben und lachte, lachte, dass es in der Schlucht hallte wie das Kampfesgebrüll eines Drachen aus der Unterwelt. »Fragen Sie den da oben, der weiß doch alles, der sieht alles. Der erzählt Ihnen sicher die Geschichten, die Sie hören wollen. Urplötzlich löste er die zweite Hand und sprang. Und fiel und fiel hinein in den Nebel, der heraufzüngelte aus dem tiefen, furchterregenden Schluchtengrund.

Gerhard stürzte zum Geländer und brüllte hinunter in den Orkus: »*Du* bist mir die Geschichte schuldig, *du,* Filleböck!« Gerhard starrte hinunter. Der Hand des Stürzenden war etwas entglitten. Gerhard konnte es genau sehen, wie es seinem Besitzer folgte. Es war ein Kamel aus Holz.

*

Fuizbuam Winter

Die Frage nach dem Bass brannte so sehr auf Karls Seele, dass er Hansl immer wieder aufspürte. Er hatte eigentlich einfach so an der Tür klingeln wollen, aber das konnte er nicht. Er wollte versuchen, Hansl irgendwo alleine zu treffen. Das war gar nicht so einfach. Er war immer auf dem Weg zu Bekannten, in Kneipen, zu Sportveranstaltungen. Hansl war beliebt.

Dann kam der 21. Dezember. Kalt und nass, die Schneefallgrenze lag etwa bei elfhundert Metern. Er war in der Morgendämmerung hinaufgestiegen zur Höfele Alp, und mit jedem Meter wurde der Regen pappiger, bis er schließlich weiß wurde. Rein, Schneewittchenweiß. Frau-Holle-Weiß, Frau Holle, die nun mit der wilden Jagd über das Firmament jagte. Es war der 21. Dezember, plötzlich und jäh wurde er dessen gewahr. Die Losnächte begannen, das Wetter in diesen Nächten würde sich auf die darauffolgenden Monate auswirken. Er würde Mohn unter die Obstbäume legen müssen für Frau Holle. Das Schicksal des Lebens entschied sich jetzt. Und er musste mit Hansl reden. Jetzt, unbedingt jetzt. Nur jetzt konnte eine Entscheidung fallen, ob das Licht gewinnen konnte gegen die Finsternis. Er bezweifelte das. Eine große schwarze Krähe landete auf dem schmiedeeisernen Kreuz, das Diepolz überblickte. Kra, kra, kra – der Tod ist nah. Tiere konnten sprechen in diesen Tagen. Nein, die Vorzeichen standen nicht gut.

An diesem späten Vormittag war er noch vorsichtiger als sonst. Er hatte gespürt, dass Hansl bemerkt hatte, dass er verfolgt wurde. Hansl, das kleine Schlitzohr, dem entging eben nichts. Diesmal verschluckte der Waldboden Karls Schritte. Hansl war im Eibenwald umhergestreift und saß nun auf einer kleinen Bank. Er hatte einen Flachmann zum Mund geführt, als Karl hinter einem Baum hervortrat.

»Gibst du mir auch einen Schluck? Es ist kalt.«

Hansl fuhr herum, seine Augen waren starr auf Karl gerichtet.

»Ja, es ist lange her.«

»Karl, Karl!« Es war eher Freude in Hansls Augen zu entdecken. »Setz dich doch!« Er klopfte mit der Hand auf den Platz neben sich.

Karl setzte sich an die äußerste Kante. Hansl hatte ihm den Flachmann gereicht. Karl schüttelte ablehnend den Kopf.

»Es ist kein Zufall, dass du hier bist, oder?« Hansl sah ihn offen an, und dann huschte ein Ausdruck des Erkennens über sein Gesicht. »Du hast mich verfolgt? Du?«

»Ja.«

»Warum?«

»Ich wollte mit dir reden.«

»Ja, aber warum hast du das nicht getan?« Hansl sah ihn an mit diesen Augen, die nichts von ihrem jugendlichen Schalk eingebüßt hatten.

»Ich wollte allein mit dir reden.«

»Warum nach all den Jahren? Du hast dich nie gemeldet.«

»*Du* hast dich nicht gemeldet. *Ihr* habt euch nicht gemeldet.« Karl sah zu Boden.

»Karl, ich habe es versucht. Aber du warst verschwunden. Und glaub mir: Ich hatte zeitlebens ein schlechtes Gewissen. Aber du kennst das sicher auch: das Tagesgeschäft, das Leben, die Familie, die Freunde ...!«

»Ich habe keine Freunde ...« Karls Blick war noch immer starr auf den Boden gerichtet.

»Komm, du siehst gut aus. Natürlich hast du Freunde. Wo lebst du denn?«

Ja, das war Hansl. So wie früher. Immer optimistisch. Der Wolkengucker, der immer die schönsten und größten Fabelwesen gesehen hatte. Es war so etwas wie Zärtlichkeit, das Karl überschwemmte. Er erschrak. Er wollte keinen Schlüssel zum Wolkenkuckucksheim. Er wollte es endlich wissen.

»Im Allgäu«, beantwortete er die Frage, und da brach es aus ihm heraus. »Ich habe euch im Fernsehen gesehen. Bei der Grünen Woche. Als Dreigesang. Warum habt ihr das getan? Warum den Bass verschwiegen? Warum das Kamel? Exotisch, nicht von hier! Was, Hansl! Du hast damals schon die Wahrheit gesagt, ohne ihre Bedeutung zu kennen. Ich habe nie zu euch gehört.«

»Karl, es ist so lange her. Natürlich hast du zu uns gehört. Zu mir. Viel mehr als Schorschi, der kleine Feigling. Vielmehr als Paul. Aber was hätten wir sagen sollen im Fernsehen? Wie erklären, dass unser Bass uns abhandengekommen ist?«

»Abhandengekommen ist gut. Habt ihr überhaupt an mich gedacht?« Karl lachte bitter.

»In jeder Zeile, die ich gesungen habe. Es war nicht recht ohne dich. Wir haben vorher geprobt. Ich hatte vorgeschlagen, dass wir dich suchen sollten.« Hansl sah ihn offen an.

»Und Schorschi und Pauli?«

»Du kennst doch Schorschi. Der laviert sich durch. Er hat ziemlich viel Ärger in Oberammergau. Er steht unter Druck, den Anforderungen seiner Familie zu genügen. Er ist ein Bedenkenträger. Heute mehr als früher.«

Ja, der kleine Schorschi. Leicht zu beeinflussen. Aber da gab es noch einen!

»Und Pauli?« Paul, jener Pauli, der bei ihm gewohnt hatte. Dem er seine Hosen geschenkt hatte, den er getröstet hatte bei Gewittern. Jener Paul, dem er das Hackbrettspielen gelernt hatte. Sein Bruder?

»Pauli, ach Pauli, der ist halt jetzt in Berlin. Großer Geschäftsmann, trinkt zu viel, prasst mit dem Geld …«

»Pauli! Was hat Pauli gesagt?« Karl sah Hansl direkt in die Augen.

»Dass wir dich nicht suchen sollen, hat er gesagt.« Das kam gepresst. »Weil man ja nicht weiß, ob du …«

»Ob ich was? Ob ich immer noch ein Mädchenmörder bin? Hat er das gedacht, gesagt?«

»Nein, er ...«

»O doch, ihr habt alle nicht an mich geglaubt.«

»Doch! Ich schon. Ich hab dir in die Anstalt geschrieben.«

Karl stutzte.

»Ja, viele Briefe. Sie kamen alle zurück. Ich habe immer an deine Unschuld geglaubt. Aber dann ist der Hermann gestorben, Karl, das Leben rennt dahin, wir rennen hinterher. Wir haben uns aus den Augen verloren. Aber das macht doch nichts, nun bist du ja da! Karl, ich freu mich!«

Er glaubte ihm das sogar, dass er ihm geschrieben hatte. Aber eins war unwahr. Es machte eben schon etwas. Es machte alles aus, die Zeit ließ sich nicht zurückdrehen. Und wenn. Wohin hätte er sie zurückdrehen wollen? Weit vor seine Geburt, dahin, wo er gar nicht geboren worden wäre.

»Soso, dann glaubt der Pauli also bis heute, dass ich der Mädchenmörder bin? Dabei bin ich doch kein Mädchenmörder ...« Sein Tonfall war so, dass er genau wusste, dass Hansl nachfragen würde. Er glaubte fest an eine Maxime. Erwischt wird man nur, wenn man's wirklich will. Und jetzt hier so kurz vor Weihnachten wollte er. Er wollte eine Absolution.

»Was bist du dann für ein Mörder?« Hansl starrte ihn an.

»Kein Mädchenmörder. Ich hab nur den Vater ins Silo gestoßen und den Pfarrer erschlagen!«

Das »nur« hing in der Luft. In dem Moment griff sich Hansl ans Herz, schrie auf, sein Körper zuckte. Wenig später war er zur Seite gekippt. Es war, als lehnte er an Karlis Schulter. Es hatte leicht zu schneien begonnen, die Kälte kroch nass und schwer über den Boden. Schade, er hätte Hansl noch so viel erklären müssen. Auch über die Raunächte und deren reinigende Wirkung. Warum er gerade jetzt so kurz vor Weihnachten gekommen war. Schade, nun gab es wieder keinen, der gesagt hätte: »Karl, du hast Recht gehandelt. Der Vater und der Pfarrer haben den Tod verdient.« Es schneite. So konnte er Hansl doch nicht zurücklassen! So nicht. Er schleifte ihn zu dem hohlen Baum, den er vorher gesehen hatte. Er setzte ihn ab, vorsichtig. Dann holte er den Rucksack und das Fahrrad. Er zog nur einmal seine Handschuhe aus, als er ihm die Augen zudrückte. Dann ging er und weinte. Zum ersten Mal, seit 1967, als der Vater vor ihm in den Boden geschossen hatte.

Für ihn gab es keine Absolution. Aber es musste eine geben. Er beschloss, Schorschi aufzusuchen. Er hatte ihn zum Döttenbichl bestellt. Er wollte ein Orakel, und gab es einen besseren Platz als den Döttenbichl, diesen beredten Ort, wenn man bereit war, den Steinen zuzuhören? Er wollte ein Orakel. Wer pfeift, der hat ein Unglück zu erwarten. Als Schorschi kam, hatte er gepfiffen. Aus Unwohlsein, das war Karl klar. Das hatte er früher auch getan. Aus Angst. Als Karl auf ihn zutrat, begann Schorschi zu reden. Falsche Worte, Beteuerungen, was er alles hätte tun wollen, wie oft er versucht hätte, ihn zu finden. Karl wollte diese Reden nicht mehr hören. Nein, er hatte zu viele falsche Worte gehört, zu viele hatten falsches Zeugnis abgelegt gegen ihn.

»Warum habt ihr ohne mich in Berlin gespielt?«, fragte Karl.

»Na, weil wir dich doch nicht gefunden haben.«

»Ihr habt es nie versucht, gib das wenigstens zu.«

»Lass mich in Ruhe, was willst du eigentlich von mir?«

»Wissen, ob du mich für einen Mädchenmörder hältst?«

»Das ist doch alles so lang her. Karl, du warst früher schon immer so aggressiv und eiskalt. Gegen den Pfarrer, auch gegen uns. Ich weiß noch, wie du dich lustig gemacht hast über mich wegen meiner Platzangst.«

Ein jäher Stich fuhr in Karls Herz. Er sich lustig gemacht? Er, der er Schorschi getröstet hatte, als sie ihn aus dem Bergwerk geworfen hatten. Er wollte etwas sagen, aber da redete Schorschi schon weiter: »Und diese dummen Sommer im Mütterheim. Du wolltest doch immer diese Frauen anschauen, du warst doch ganz irr wegen dieser Schlampe. Alle wussten es, dass die es mit jedem gemacht hat, damals.«

Auf einmal war Schorschi still. Nein, er hatte diese Reden einfach nicht mehr hören wollen. Ein für alle Mal. Er war eben immer das Kamel gewesen, der Außenseiter, der Irre … Dann sollte auch Schorschi spüren, wie irr er war. Was hatte der noch gefleht, als er ihm die Gurgel zudrückte? Er müsse rechtzeitig zur Gans kommen. Wer beim Weihnachtsessen fehlt, der stirbt im nächsten Jahr. Manchmal waren die Orakel schneller.

Am 29. klingelte bei Karl Filleböck das Telefon. Es war Pauli! Er hatte also ihn gefunden – Karl fühlte sich sekundenlang, als hätte er an einen Elektrozaun gegriffen und könnte nicht mehr loslassen. Pauli sagte ihm, dass Hansl und Schorschi tot seien. Dass er Schorschi habe treffen wollen nach Weihnachten und es so erfahren habe. Ob er, Karli, etwas damit zu tun hätte, fragte er. Wie kam er drauf? Pauli, Paule, Paulchen, gar nicht so dumm sein Bruder, sein Blutsbruder. Der hatte ihn ausfindig gemacht. Als Karl Filleböck, vormals Laberbauer. Ein Name aus einer verlorenen Welt. Aber dem Dritten im Bunde der sprechenden Tiere war der Name noch präsent. Dem Ochsen! Ochsen sind stur und vergessen nichts. Pauli wollte ihn im Allgäu aufsuchen, weil er an Silvester in Bayern sei. Karl konnte ihn überzeugen, sich mit ihm in Peißenberg zu treffen. Dort, wo sie früher öfter gegessen waren mit Schorschi und Hansl, als die beiden im Bergwerk gearbeitet hatten. Ein Bier hatten sie getrunken und gesungen.

Karl hätte sich gewünscht, dass er nicht käme. War doch auch der Zeitpunkt am Neujahrsmorgen so merkwürdig! Aber er kam. Karl war längst da, das Auto hatte er oben auf der Bergehalde verborgen abgestellt. Er war schon lange da und hatte den Gefühlen nachgespürt, als die beiden Freunde gerade mal sechzehnjährig aus den Stollen kamen. Er war jedes Mal froh gewesen, dass sie lebten. Es war eine gefährliche Arbeit gewesen, vor allem für Schorschi mit seiner Platzangst. Der Schorschi, nun er hatte ja bald aufgegeben, auch aus Angst um seine Finger. Künstlerfingerchen, zart und fein.

Dann kam das Auto. Pauli stieg aus. Er war fett geworden. Seine Augen suchten hektisch in der morgendlichen Dämmerung nach seiner Verabredung. Karl ließ sich Zeit, bis er plötzlich auftauchte. Er brauchte nur eine Sekunde, um zu spüren, dass von Pauli, Paulchen, seinem Bruder, nichts mehr übrig war. Paul redete wie ein Wasserfall, ohne dass Karl etwas gefragt hätte. Er rechtfertigte sich für früher und dafür, gefälschte Schnitzereien zu verkaufen. Interessant, dachte Karl. Davon hatte er nichts gewusst. Der Sprechdurchfall seines Gegenübers hielt an, und mehr und mehr begriff Karl, dass Paul eine Absolution erhoffte. Paul, wo doch er, Karl, so dringend einer solchen bedurft hätte. Auf die Frage, warum sie den Bass vergessen hatten, hatte Paul gleich eine Ausrede. Hansl und Schorschi hätten nicht gewollt, dass sie ihn kontaktieren würden. Als er ihm verbrüdernd auf die Schulter hieb und polternd lachte, zuckte Karl zurück. In dem Moment lief ein getigerter Kater über den Weg und schickte einen langen nachdenklichen Blick zu den beiden Männern hinüber.

»Ein Knochen vom Rückgrat eines in der Neujahrsnacht gesottenen Katers verleiht Zauberkraft«, sagte Karl.

Paul starrte ihn an und lachte lauter. »Glaubst du immer noch an Zauberkram und deine dämlichen Kelten. Ja, wirst wohl nie erwachsen!«

O doch, er war erwachsen geworden. An einem Tag Ende August, als eine junge Frau einen Berghang hinuntergestürzt war. Er war erwachsen gewesen, nach jenen vier Tagen und Nächten in den Wäldern. Und erst recht, als sein Urteil verkündet worden war. O ja, er war früh erwachsen geworden. Karl sah sich um und ging langsam zu einem Hagebuttenstrauch. Er brockte eine Hagebutte und reichte sie Paul. Der schlug sie ihm aus der Hand.

»Du bist doch völlig irr! Hast du Irrer Hansl und Schorsch getötet? So wie du diese Alsbeck-Schlampe, dieses liederliche Mensch, das für jeden den Rock gehoben hat, getötet hast? Du warst doch schon früher total irr. Ein irrer Idiot. Ein irrer bayerischer Bauernschädel.«

Da stach Karl zu. Liederliches Mensch, das hätte er nicht sagen dürfen. Das nicht. Karl hievte Paul auf den Stein, so wie die Druiden ein Opfer bringen. Er legte Mistel und Eichenblatt auf seine Brust. Dann zog er seine Handschuhe aus und wollte gehen. Im Umdrehen hörte er ein Geräusch, etwas war auf den kiesigen Boden gefallen. Aus dem Mantel war es gefallen, ein Tier, ein geschnitzter Ochs. Er hob es auf, und auf einmal sah er die Gesichter der Jungs von damals vor sich, und es raunte überm Guggenberg: »Blutsbrüder der redenden Tiere. Die Unzertrennlichen, Ochs, Esel, Schaf und Kamel. Wir sind Ochs, Esel, Schaf und Kamel. Wir haben magische Fähigkeiten. Wir sind die Unzertrennlichen und unbesiegbar.«

Voller Wut hieb er sein zweites Messer in den Ochs und warf das geschnitzte Etwas weg. Dann hob er die Hagebutte auf und ging. Wer an Neujahr eine Hagebutte isst, ohne ein Wort zu reden, wird gesund. Noch ein Orakel, Orakel hatten immer Recht. Nein, Paul würde nicht mehr gesund werden. Ein schwacher Lichtstrahl kam durch die feinen Wolken, wie ein Zeigefinger aus Licht wirkte er. Karl sah nach oben: »Drohst du mir, oder stimmst du mir zu?«

ZUM SCHLUSS

Ich danke Heini Schwinghammer und Karl Waibel für die G'schichten, die eine Zeit plastisch werden ließen, die sicher nicht nur die gute alte war. Ich danke Herrn Rischbeck ganz herzlich für die Führung durch Gebäude und Gelände des ehemaligen Mütterheims. Besonderer Dank gilt Schnitzermeister Tobias Haseidl, ohne dessen Fachwissen der Kriminalfall gar nicht hätte entstehen können. Danke an die unvergleichliche Lisa Kreitmaier für ihr »Gastspiel«. Ein dickes Dankeschön an die ganze Familie Dirschowski und Wirt Toni, die mich für Peißenberg sehr inspiriert haben, und an Franz Fischer vom Knappenverein. Danke auch an Diakon Reichhart. Natürlich auch besten Dank an Hanna und die Adligen-mit-dem-von-im-Namen, dass ich mir ihr Anwesen als Gerhard Weinzirls Wohnung ausleihen durfte. Ganz lieben Dank an Petra für ihre Seeshaupter Anekdoten und an Maxi für seine Recherchen zur Rechtswirklichkeit der fünfziger Jahre. Tausend Dank an Andy, der mal wieder den Titel und wichtige Handlungsstränge ersonnen hat. Danke an Gerhard, von dem ich mir Sätze und Gedanken geborgt habe.

Und noch ein ganz besonders dickes Dankeschön an Kripomann Walter, der mir viel über das Empfinden von Polizeibeamten erzählt hat.

Und etwas ganz Wichtiges zum Schluss für alle Oberhausener und Oberammergauer: Das ist ein Roman. Es geht um eine tragische Geschichte, die so hätte passieren können. Hätte! Die Orte sind authentisch, die Geschichte und die Personen sind Fiktion!

GLOSSAR

Fuizbuam (bayr.) – Filzbuben, Buben, die aus einer Moorgegend stammen

Loos gscheid und dann dua eabbas räächts (allg.) – Hör gut zu und tue das Richtige

Zwiderwurzen (bayr.) – ewig schlecht gelaunter Mensch (zwidernes Weib, zwidern)

Schau mer moi (bayr.) – Schauen wir mal, *die* bayerische Philosophie

A Hoibe kaufn (bayr.) – einen trinken gehen, man kauft eine Halbe, man geht nicht auf eine Halbe

Eher scho wia ned (bayr.) – eher schon wie nicht, die zweite bayerische Philosophie

griabig (bayr.) – gemütlich

oide Fischhaut (bayr.) – »alte Fischhaut«, Bezeichnung für gute alte Freunde

zacher Tropf (bayr.) – zäher Kerl

fiechtiger Brocka (allg.) – roher Klotz

Gscheitnäsigen (allg.) – Schlaumeier

kittra (allg.) – lachen

rass Nagerl (bayr.) – Frau mit Haaren auf den Zähnen

Des isch kähl (allg.) – Das ist cool/überraschend

boinige Henna (bayr.) – beinige Henne, dürre Frau

halbscharig (allg./bayr.) – halbherzig

Schelln (bayr.) – Ohrfeige

Grantlhuaber (bayr.) – schlecht gelaunter Mensch, Miesepeter
gschtuhlet (allg.) – Die Stühle stehen oben, d.h., jetzt ist Schluss
Vollbecker (bayr.) – einen Knall haben
umbackt (bayr.) – grobschlächtig, ungeschickt
Hitzblaserl (bayr.) – fette Frau
Grattler (bayr.) – Asoziale, Proletarier, extreme Beleidigung
verdruckte Siecha (allg.) – verhuschte Menschen
Hearndl (bayr.) – Hörnle, Hausberg von Bad Kohlgrub
Hon i mi verkopft und ghirnt (allg.) – nachdenken und nachgrübeln
verhaut und derdengelt (bayr.) – heruntergekommen
kerndlgfuadert (bayr.) – rotbäckig-gesund
Fluckn (bayr.) – Schlampe, Luder
das liederliche Mensch (bayr.) – *das* Mensch, Betonung auf das, Luder, Schlampe, sehr beleidigend
Geschwerl (bayr.) – Pack
Fiasa (allg.) – Füssen
Wöttsch eabbas schaffa? (allg.) – Möchtest du etwas arbeiten?
brocken (allg./bayr.) – pflücken
allat (allg.) – immer, Füllsel, das fast in jedem Satz passt